KB150877

1인용 침대

전종문 지음

백향서원

1인용 침대
전종문 에세이집

초판 1쇄   2022년 11월 4일
지은이   전종문
발행인   정두모
펴낸곳   백향서원
등록번호   제399-2017-000067호(2017.12.23)
주소   경기도 남양주시 화도읍 수레로 1105-27 205동 604호
전화   010-5239-5713
팩스   02-323-6416
이메일   jdmz2024@naver.com
블로그   blog.naver.com/jdmz5713
            blog.naver.com/jdmz2024
편집   해피엔 북스

ISBN   979-11-972112-1-8 03810

이 책에 대한 무단 전재 및 복제를 금합니다.
잘못된 책은 구입하신 서점에서 바꿔드립니다.

값 15,000 원

머리말

나는 문학목회(文學牧會)를 했다. 문학목회를 한다고 외부로 표방은 하지 않았지만 적어도 내가 교회를 담임하는 동안 매 주일마다 발행하는 주보에 시(詩) 한 편과 산문 한 편, 그리고 그 주일의 설교를 요약해서 내보냈다. 담임 목회 30여년을 한결같이 그렇게 했다. 내가 그렇게 한 이유가 있었다. 첫째는 하나님께서 죄인을 구원하시고자 하는 목적으로 특별계시인 성경을 우리에게 선물로 주셨을 때 문자라는 그릇에 담아주셨고, 그 성경은 문학적이었다는 점 때문이었다. 이 점을 누구도 간과해서는 안 된다. 성경을 이해하는데 문학은 큰 보탬이 될 수밖에 없다.

둘째는 신앙과 문학의 깊은 연관성 때문이다. 예술, 특히 문학은 그 자체로도 인간에게 정서적인 안정과 도움을 준다. 그리스도를 닮아가기 위한 인간의 정서에 문학은 큰 도움을 줄 수 있는 것이다. 어떤 사람이 많은 사람의 존경을 받는 인격자라면 그는 틀림없이 정서적인 안정이 있는 사람일 것이다. 죄인의 구원을 목적으로 하는 것이 신앙이지만 올바른 신앙을 지켜 나가는데 문학이 도움을 줄 수밖에 없는 요소가 되는 것이다.

나는 교회 안에서 일어나는 모든 일을 감찰해야 하는 목회자로서 교회 주변에서 일어나는 일과 교회 안에서 일어나는 성도들을 신앙의 눈으로 관찰하는 삶을 살았다. 그리고 귀감이 되거나 교육적 의미가 있는 일이라면 글로 표현해서 모든 성도가 읽는 재미를 맛보도록 배려하였다. 물론 모든 사람을 살피려 했지만 모든 사람이 형상화할 수 있는 대상이 될 수는 없었다. 문학을 이해하려는 사람은 아시겠지만 모든 사람의 인물됨이나 그의 행동이 모두 작품이 될 수 없고 그 작품도 형상화가 이루어지지 않으면 예술적 가치가 없는 것이다. 여기에 소개되는 내용은 당시에 나를 감동시킨 이야기들이다. 제한적일 수밖에 없다는 것과 아쉬운 점이 있다는 것을 밝힌다.

이 글이 모든 사람에게 정서적인 감동을 줄 수 있다면 좋겠다. 특별히 목회나 상담이나 교육을 담당하는 사람들에게 도움이 될 수 있으리라고 기대도 가져본다. 마지막 5부에는 내가 현역시절에 교역자 수련회를 빙자하여 여기저기로 여행한 내용을 기행문 형식으로 몇 편을 덧붙여 놓았는데 사실 기행문은 어렵다. 왜냐하면 우리가 방문한 시대와 환경이 이 변화무쌍한 세계에서 고정되어 있지 않기 때문이다. 당시의 감동이 수십 년이 흘렀어도 그대로 느낄 수는 없다. 그럼에도 여기에 그 기록을 그대로 옮겨 놓은 것은 내 자신이 그 감동을 기념하고 싶어서이다. 물론 나는 개인적으로 여행을 즐긴 일은 단 한 번도 없다. 독자들은 참고적으로 이 글을 읽으시면서 조금이라도 감동을 얻으셨으면 하는 것이 내 바램이요, 욕심이다. 나는 이 글을 책으로 엮으면서 내 지난날의 역사와 함께 동고동락했던 성도들이 눈에 밟히는 감동을 새삼스럽게 느끼지 않을 수 없었다. 특별히 내가 감사한 것은 현역에서 은퇴한 이후에도 나를 인정해 주시면서 나의 문서선교를 돕기 위하여 협력해 주시는 "어은문서선교회" 회원 여러분이다. 독자 여러분에게 무한한 하나님의 은혜와 감동이 있으시기를 빈다.

2022년 늦가을

魚隱 전종문

목차

제3부 내 새끼야, 내 새끼야!

제4부 목사님 때문에 이 교회에 나옵니다

제5부 이 땅을 고쳐주소서

제1부

어디론가 훌쩍 떠나고 싶을 때

1. 기도원의 새벽

차임벨 소리에 잠을 깼다. 새벽기도회 시간을 알리는 신호다. 주섬주섬 옷을 챙겨 입고 예배당을 향하여 올라간다. 차임벨 소리가 아직도 어둠과 고요를 뚫고 사방으로 번져 나가고 있다.

안개가 자욱하다. 오늘 날씨는 포근할 모양이다. 야고보는 인생이 잠깐 보이다가 없어지는 안개와 같다고 했는데(약 4:14) 나는 안개가 자욱한 길을 걷는 것이 좋다. 그는 인생이 짧고 허무하게 느껴져서 안개와 같다고 했겠지만 나는 인생의 길이 안개 낀 길을 걷는 것과 같다는 생각을 종종 해본 적이 있다.

안개가 자욱하게 낀 날은 겨우 내가 서 있는 주위만 보일 뿐 앞이 보이지 않는다. 그러나 그렇다고 멈추어 서 있을 수만은 없다. 앞으로 걸어가야 한다. 그래도 목적지가 있기 때문에 걸어가는 것이다. 가면서 보면 항상 내가 위치해 있는 주위는 밝아 보인다. 앞이 보이지 않을 뿐이다. 그렇게 앞이 보이지 않지만 목적지를 향해서 걸어가는 것이 인생이 아닌가. 우리에게는 내일에 대한 소망이 있다. 그러나 정확히 말하면 내일 무슨 일이 우리 앞에 전개될지는 모른다. 그래도 걸어가야 하는 것이 인생길이 아닌가.

알고 보면 우리는 이 길을 혼자 걷고 있다. 반려자와 가족과 친구와 이웃이 있지만 그래서 동고동락하며 그들이 동무가 되어주지만 막상 인생의 가장 중요한 문제에 부딪치면 언제나 혼자였다. 세상을 떠나실 때 우리 아버지도 혼자 떠나셨고 우리 어머니도 혼자 떠나셨다. 중요한 결단을 할 때도 곁에서 조언은 필요했지만 혼자 해야 했다. 물론 책임도 혼자 져야 했다.

그러나 그렇다고 나는 신앙을 가진 이후부터는 언제나 나혼자 걷는다고 생각해 본 적은 없다. 애굽을 나온 이스라엘 백성들이 광야에서 어디로 가야할지 모를 때 하나님은 낮에는 구름기둥으로, 밤에는 불기둥으로 저들을 보호하며 인도하신 것처럼 오늘도 하나님은 나를 인도하고 계심을 믿었다. 칠흑 같은 어두운 밤에도 보이지 않는 그 하나님의 손길이 우리를 인도하고 있다는 확신만 있다면 무엇이 두렵고 허무하겠는가. 한 치 앞도 분별키 어려운 안개 낀 날에도 발을 옮길 때마다 주위가 밝아지듯 하나님께서 그렇게 나를 인도해 주셨지 않은가. 밝은 낮에도, 어두운 밤에도 한결같이 내 손을 붙드시고 보이지 않는 내일을 보이는 내일로 확신시켜 주시지 않았는가.

돌이켜보면 투명한 앞을 보고 여기까지 온 것이 아니라 안개 속 같은 길을 하나님께서 주시는 힘과 소망을 붙들고 걸어온 것이다. 아브라함이 어느 날 "너는 너의 고향과 친척과 아버지의 집을 떠나 내가 네게 보여줄 땅으로 가라"는 하나님의 말씀을 들었을 때(창12:1) 어디로 가야할지 갈 바를 알지 못했지만(히11:8) 하나님의 말씀을 따라갔더니(창12:4) 축복이 되었다. 나도 죽을 때까지 이 걸음으로 걸어야 할 것을 다짐한다. 앞만 보고, 주님만 바라보고, 주님이 제시하는 길을 열심히 걸어가리라.

"나는 내 아버지에게서 본 것을 말하고 너희는 너희 아비에게서 들은 것을 행하느니라."(요8:38)

오늘 새벽에 우리에게 주신 말씀이다. 예수님께서 자신을 책잡고 죽이려는 유대인들에게 하신 말씀이다. 그렇다. 하나님의 뜻을 받은 예수님은 유대인들을 죄악에서 건져내려 하지만 마귀에게서 배운 유대인들은 예수님을 죽이려 하는 것이다. 하루 동안에 낮이 있고 밤이 있는 것처럼 이 세상에는 살리려는 세력과 죽이려는 세력이 있다. 인생의 한 여정에서 내가 살리려는 세력에 속해 있다는 사실이 너무 감사한 새벽이다.

　기도회를 마치고 밖으로 나오니 안개는 걷혀지고 삽상한 아침이다. 길 곁에 나란히 서 있는 단풍나무가 어쩌면 저렇게 붉을 수 있을까! 어둠 속에 감추어졌던 나무의 실체와 빛깔이 제 모습을 드러낸 것이다. 눈이 부시게 곱다. 분명 선홍의 단풍잎이 초겨울의 낯선 손님의 눈을 부시게 하는 것은 창조주 하나님께서 오늘 이 시간 현란한 아침과 벅찬 환희를 나에게 선사하고 있는 게 아니겠는가. 이는 장차 우리가 이 세상을 마감하고 하나님나라에서 눈을 뜰 때 보여주실 그 찬란함의 예고편이나 다름없으리라.

　아, 아직도 세상은 아름답고, 이 아름다움이 우리에게 아직도 세상을 사랑해야 할 이유와 열심히 살아가야 할 가치를 제공하고 있다.

(오늘의 한국크리스천문학, 2006년 겨울)

2. 어디론가 훌쩍 떠나고 싶을 때

어디론가 훌쩍 떠나고 싶을 때 한적한 기도원을 찾는 것은 어리석은 짓일까. 열차를 타고 창밖을 스쳐 지나가는 풍경을 보면서 나그네가 되어보고 싶은 지금은 그래서 어디론가 훌쩍 떠나고 싶은 충동이 이는 계절입니다. 그 목적지가 파도가 출렁이는 바닷가이든, 억새풀 우거진 산야이든, 가을걷이를 끝내 그래서 조금은 황량해 보일지라도 그러나 아늑하고 인심이 넉넉한 고향 마을이든 규격화된 일상을 털어버리고 찾아나서는 호사를 누려보고 싶습니다. 그리하여 일상에 찌든 앙금과 삶의 찌꺼기를 씻어내 보고 싶습니다. 아, 지금은 대한민국 어디를 가도 그곳은 우리를 반기는 아름다운 공원일 때입니다.

그 모든 것을 버리고 기도원을 찾는다면 낭만도 운치도 모르는 어리석음일까. 어리석다면 어리석은 사람 되어서 나는 이번에도 기도원을 찾았습니다.

하늘이 시리도록 파랗고 기도원을 감싸고 있는 산에는 서서히 단풍이 들기 시작했습니다. 어느 화가가 저런 빛깔을 낼 수 있을까. 누가 일부러 심었을 리 없는데 상록수 사이사이에 붉고 노란 빛깔의 단풍나무들이 심겨 있어서 예술의 세계를 연출하고 있습니다. 거무튀튀하고 우직한 바위가 왜 거기에 있어야 하는가를 알 것 같고 도토리나무 밑에 다람쥐가 서식하도록 한 이유도 알 것 같습니다. 그러나 무엇보다도 맑은 공기와 시원한 바람!

기도원에는 혼자 오는 것도 좋습니다. 북적대는 인파 속에서 나를 인식하기보다는 호젓한 곳에서 나를 찾기가 쉬울 수 있기 때문입니다. 하나님은 어디에나 계시지만 외로운 곳에서 만날 때 더 다정해지는 게 아닐까.

숲 속 나무 밑에서 한 마리의 새가 되어 하나님을 찬양하고, 바위에 걸터앉아 묵상하고, 여기저기로 발걸음을 옮기면서 대화를 나눌 수 있다면 그것이 행복이 아니겠습니까. 성도들이 그립고 가족이 귀한 것도 새삼스럽게 느낍니다. 정말 새삼스럽지만 인생이 무엇인가, 왜 사는가, 어떻게 살아야 하는가도 하나님께 물어봅니다. 조용히 속삭여도 보고 하늘을 향해 우렁차게 주님을 불러도 봅니다. 그러면서 내 음성과 내 마음과 내 소원을 귀 기울여 들으시는 하나님께 감사를 올립니다.

기도원에 와서는 한 3일쯤 금식하는 것도 좋습니다. 육이

고달프면 영이 맑아질 수 있습니다. 맑은 영은 더욱 간절히 하나님을 찾게 하고 느낄 수 있도록 하는 것 같습니다. 늘 무심하게 먹어 치우던 음식에 대한 고마움을 느낄 수 있다면 그것은 현실적 부수입입니다.

개울에 물 흐르는 소리가 풀벌레 소리를 잠재우는 밤에 달이 뜨면 운치가 더하겠지만 달이 없으면 또 어떻겠습니까. 별빛이 영롱한데! 바위에 부딪치며 흐르는 물소리와 나무들과 주변에 내려앉은 고요와 그리고 나, 자연에 묻혀 순수해진 나와 하나님. 각박한 도심에서 우리가 언제 새와 나무와 별무리를 바라보며 다정다감하게 바람을 느끼고 흐르는 물소리에 귀를 기울일 수 있었던가.

훌쩍 어디론가 떠나고 싶을 때는 기도원에 가도 좋습니다. 거기서 나를 보고 우주의 주인이신 하나님 앞에 나의 연약함을 내보이면서 그 하나님의 자비와 능력을 힘입는다면 어딘가로 훌쩍 떠나고 싶을 때 호젓한 기도원을 찾는 것은 결코 어리석은 일이 아닙니다.

(한국 크리스천문학, 2018년 가을)

3. 초가을

근래에 보기 어려웠던 청명한 날씨다. 쏟아지는 초가을의 햇빛이 소중하게 느껴진다. 올 여름엔 하도 비가 많이 내려서 햇빛다운 햇빛을 보지 못하고 계절을 넘긴 것 같다. 그러나 이 가을에 쏟아지는 햇빛이 나를 숙연하게 만든다. 봄의 햇빛은 부드럽고 여름의 햇빛이 열정적이라면 가을의 그것은 우리의 내면을 영글게 하는 사색으로 인도하는 게 아닐까.

나는 지금 서울 근교의 기도원에 와 있다. 마음이 헛헛해지고 비어 있는 느낌이 들면 나는 가끔 조용한 기도원을 찾는다. 이번에도 3일 동안 금식(禁食)을 작정하고 올라왔다. 흔히들 금식을 작정하고 기도원에 올라오면 무슨 문제가 있느냐고 묻는다. 그러나 나는 문제가 있어서 보다는 문제가 일어나기 전에 기도해야 한다는 지론(持論)을 가지고 있다. 치료보다는 예방이 낫지 않은가. 그리고 "힘들겠습니다." 하고 염려 겸 격려를 해주는 사람에게는 "기도할 줄 모르니 떼쓰는 것이죠." 하고 대답한다.

어렸을 적에 괜히 심통이 나면 나는 발 뻗고 앉아 울 때가 있었다. 그러면 영문을 모르는 어머니는 왜 그러느냐고 혼을 내주시기도 하지만 그러나 우는 게 안타까워서 먹을 것을 주시며 달래주는 때가 더 많았다. 나는 금식하면서 그때를 생각한다. 그러나 큰 욕심은 없다. 목회(牧會)를 깔끔하게 잘 마쳤으면 한다. 세속적 욕심에 좌우되지 않고 인생을 잘 정리한 다음 부끄러움을 가지지 않고 하나님 앞으로 갈 수만 있다면 더 이상 무엇을 바라랴. 내 나이 아직 이순(耳順)도 몇 해 남아 정년, 종심(從心)을 생각하면 그런 생각을 하기엔 좀 이른 감이 없잖아 있지만 그래도 지천명(知天命)이 아닌가. 하나님의 뜻을 헤아리면서 하나하나 정리를 한다면 지혜롭다 할 것이다. 불필요하고 짐만 되는 것은 물론이지만 조금 아쉬운 감이 드는 것도 버려야 한다. 비교적 쓸모가 적다고 생각되면 가차 없이 버릴 수 있어야 단출한 이삿짐이 된다. 탐욕, 객기, 자만심 같은 것은 버려야 한다. 명예도 지켜야 할 것이 있긴 하지만 헛된 것이 더 많다. 금식은 나로 하여금 나의 연약함을 알게 하고 버릴 것이 무엇인지를 깨닫게 해준다.

창문을 열고 서 있다. 계곡의 물 흐르는 소리가 여전하다. 어젯밤에는 고즈넉한 밤을 깨우는 물소리를 들으면서 누워 있었다. 물소리는 마치 소나기가 쏟아지는 소리 같았다. 그냥 흘러 보내기가 아까워 잠을 털어내고 계곡으로 나가 봤다. 바람 소리도, 나뭇잎 흔들리는 소리도, 풀벌레 소리도 모두 그 물소리에 숨을 죽이고 있었다. 조금 옅어졌지만 그 물소리가 지금도 들려오는 것이다.

가깝게는 들꽃이 피어있는 뜰이 보이고 하늘에는 나비가 난다. 잠자리도 유유하게 여유를 즐기며 날고 있다. 잣나무 위로 청설모가 날렵하게 기어오르고 다람쥐가 느긋하게 길을 건너는 게 보인다. 가끔씩 산까치가 뜰 앞에 우뚝 서 있는 은행나무로 날아와 까악까악, 정적을 깨뜨려주고 간다. 풋풋한 풀냄새가 난다.

멀리 푸른 하늘을 이고 있는 산꼭대기 위로 솜털구름이 한가롭게 흘러간다. 그 구름은 하늘에도 떠 있지만 산꼭대기에도 걸려있다. 그래서 하늘은 더 맑고 드높아 보인다.

이 기도원은 사면이 산으로 둘러있을 뿐 아니라 첩첩으로 싸여 있다. 그래서 산꼭대기로 해가 떠오르고 산 위로 해가 넘어간다. 아침엔 한 시간도 더 부옇게 밝아 있다가 비로소 해가 떠오르는 모습을 보여주고 저녁엔 해가 지고도 오래도록 잔광(殘光)이 땅에 머물러 있다. 맞은 편 산은 그래서 쏘아주는 낙조(落照)로 한 동안 붉게 물들어 있다가 어둠에 잠긴다.

벌써 나무의 모습들이 초췌해지는 것 같다. 나뭇잎들이 청초하기 보다는 조금 핼쑥한 것이 생기를 잃어가는 모습이다. 곧 찬 바람과 함께 울긋불긋하게 옷을 갈아입으리라. 그 우아한 단풍을 입기 위함일까, 잎사귀들은 부서지는 햇빛을 받으며 고기비늘처럼 은빛으로 반짝이고 있다. 그들에게는 떨어지기 전에 좀 더 햇빛을 받아 자기를 낳아준 나무에게 보답하고자 하는 충직한 사명감이 있다. 엷어져 가는 햇살을 아쉬워하며 그 빛을 받아들이기에 여념이 없는 그 모습은 남아서 또다시 엄동설한을 넘겨야 하는 나무에게 넉넉히 견딜 수 있는 양식을 장만해 주고자 하는 거룩함이 아니겠는가.

　산에는 수목들이 울울창창하다. 그리고 그들은 계절에 민감하게 반응하고 있다. 내버려두어도 계절을 만드신 하나님의 섭리에 순종한다. 봄이 되면 어김없이 마른 가지에 움이 돋고 여름에는 왕성하게 자라지만 가을엔 숙연하게 겨울을 준비하고 겨울이 오면 잎사귀를 떨어뜨리고 쉰다. 내가 그 계절의 순환을 목격한 지가 벌써 몇 차례인가. 수십 년을 보아왔지만 아직도 하나님의 섭리에 순응하기 보다는 내 의지가 앞설 때가 있다. 하나님께서 우리에게 의지(意志)를 주신 것은 거역하는 데 쓰라는 게 아니고, 마음을 주신 것은 깨달아서 선량하게 살란 뜻이 아니겠는가. 그럼에도 세상에서 학문을 더 접하고 더 혜택을 받은 사람이 교만하고 이기적이며 더 교묘하게 악을 행한다면 문제가 있다.

    사람이 들끓고 떠들썩한 곳도 부대끼며 살아가는 인생의 맛이 있어 포기할 수 없지만 나는 때로 이런 호젓한 곳이 좋아 찾아온다. 사람이 많은 곳에서는 다른 사람을 보게 되지만 호젓한 곳에서는 나를 볼 수 있어서이다. 일생을 궁구(窮究)하여도 다른 사람을 다 알 수 없다. 그러나 내가 나를 관조(觀照)하고 다스려 나가기는 더욱 쉽지가 않다. 그래서 나를 바르게 아는 사람만이 나를 지으신 분을 보고 그 은혜와 사랑에 감격할 수 있는 게 아닐까. 초가을 오후의 햇빛이 정밀(靜謐)한 기도원에 쏟아지고 있다. 부드러운 주님의 사랑처럼 내 인생의 초가을에도.

(수필춘추, 2007년 겨울)

4. 미시령을 넘으며

　뒷좌석에 앉아 동행하는 이(李)목사님의 사모님의 입에서 드디어 "우아!"하는 감탄사가 터져 나왔다. 그리고 그것으로 그 아름다움을 다 표현할 수 없었는지 "원더풀!", "뷰티풀!"하고 탄성을 연발했다. 선교여행차 자주 외국에 나가시더니 어느새 우리식 보다는 미국식으로 표현하는 게 더 자연스럽고 익숙해졌나 보다. 끝 발음인 "푸울!"하는 부분에 힘이 가해지고 있었다. 그리고는 곧 "주 하나님, 지으신 모든 세계. 내 마음속에 그리어 볼 때 ...."하면서 찬양을 시작했다.

　우리는 지금 미시령을 오르고 있다. 여기까지 오는 동안 차창 밖의 자연은 "이제 가을이구나!" 하는 느낌을 여지없이 보여주고 있었지만 아직 야산이 단풍으로 물들어 있지는 않았다. 들판에 누렇게 익어 있는 벼가 아직 그대로 있고 양평(楊平)지역에는 군데군데 허수아비들이 세워져 있었다. 그것들이 참새를 쫓기 위한 본래 목적으로 세워져 있는 것이 아니란 것은 금시 알 수 있을지라도 보는 것만으로 정겨웠다. 벼 모가지가 갓 올라오면서 벼 알에 뜨물 같은 것이 생기기 시작하

면 어디서 날아오는지 새까맣게 내려앉는 참새 떼를 쫓는 일
도 우리의 어렸을 때는 큰일이었지 않은가.

산기슭에 피어난 구절초(九節草)가 왠지 쓸쓸해 보이고 길
가에 피어있는 코스모스가 예전에 내가 살던 고향집을 생각
나게 했다. 해마다 코스모스꽃이 삼색(三色)으로 다투어 피어
서 마침 불어오는 소슬바람에 하늘거리던 우리 집의 가을, 고
추잠자리가 많아지면 찬바람이 났다고 했었다. 우리는 지금
공무(公務)로 속초를 방문하기 위하여 미시령을 넘고 있다.

단풍은 여기서부터 시작되는가. 이곳까지 오는 동안 보지
못했던 단풍이 여기는 벌써 물들어 있는 것이다. 계절마다 특
색이 있긴 하지만 아무래도 이 고개는 이 계절에 넘어야 제 멋
이 있다고 생각하는 나에게 다시 한 번 이 고개를 넘을 수 있
는 적당한 기회가 주어졌으니 이것을 곧 행운이라 할 수 있
을 것 같다.

산에 나무가 없다면 얼마나 삭막할까. 나무들은 산의 옷이
다. 그러기에 산을 위해 나무들은 계절을 따라 옷 색깔을 바
꾼다. 지금은 단조로운 초록을 벗으면서 마음껏 호사(豪奢)를
부려보는 계절, 차창 밖으로 바라보는 것만으로도 취할 것 같
은 저 오묘한 단풍!

산에 계곡이 없다면 얼마나 밋밋하고, 바위나 기암절벽이 없다면 또 얼마나 단조로울까. 산이 높으면 계곡이 깊다고 했다던가. 기암절벽이 늠름하게 버티고 서 있고 크고 작은 바위들이 여기저기에 웅크리고 있어 산은 장엄함을 연출하고 있다.

차창 밖으로 지나치는 경치를 아쉬워할라치면 어느새 새롭게 다가오는 장관(壯觀), 끝없이 이어질 것 같은 이 경이로움에 숨조차 크게 쉬어서는 안 될 것 같다. 꾸불꾸불한 고갯길을 오르내리면서 우리는 말하지 않았다. 그렇다. 이곳은 우리에게 침묵을 요구했다. 어떻게 하면 이 장관을 그대로 표현할까 하고 생각하면 오히려 마음이 답답해지는 곳. 그냥 보기만 하라.

"우아!" 하는 감탄사 하나만 준비하고 찾아오면 되는 곳. 차창 밖으로 펼쳐지는 절경을 보면서 그것들을 만드신 분을 느낄 수 있으면 된다. 지금 일상의 생활을 잠시 접어두고 여행길에 올라보는 여유를 누려보고 싶지 않은가. 지금 내 속에는 오색으로 물든 미시령의 단풍이 물결처럼 출렁거리고 있다. 물론 그것들을 지으신 주 하나님의 다사로운 사랑과 평화도 충만하다.

(오늘의 크리스천문학, 2006년 가을)

5. 지도자의 길

승합차 한 대에 합승하여 나를 포함한 네 분의 목사님이 부부 동반으로 속초를 다녀왔다. 지난 8월 마지막 주간이었다. 시찰회의라는 명분을 내걸었지만 실은 같이 바람이나 쐬자는 의미가 더 있었다. 해마다 여름철이면 교회마다 성경학교니 수련회니 하는 여름행사로 목회자들은 마음의 긴장을 풀 수가 없다. 사고 없이 잘 마쳐지기를 기다리다가 무사히 마치게 되면 비로소 "금년에도 해냈구나." 하는 안도와 함께 잠시 긴장이 풀리는 것이 목회자들이다. 이런 때 잠간의 휴식을 갖는다는 것은 정신건강에도 도움이 될 것이라 생각되어 미리 이즈음에 모임을 갖도록 우리는 계획을 세워두었던 것이다.

다행히 동해안으로 가는 길은 막히지 않았다. 불과 일주일 전까지만 해도 피서 차량으로 꽉 막힌다고 하던 그 길이 지금은 시원하게 뚫려있는 것이다. 여전히 한낮의 태양은 따갑게 내려 쪼이는데 계절 감각에 예민한 사람들은 해수욕의 절기가 지났음을 벌써 알고 철수해버린 것이다. 이것이 서글픈 일이라고 해야 할지 아니면 다행한 일이라 해야 할지 모르지만 우리는 교회의 지도자라는 이유로 언제나 남들이 북적대는 피서 철을 피해서 피서지를 찾게 되는 처지가 된다. 확실히 북적대는 인파를 피할 수 있다는 것은 다행스러운 일이지만 남들이 즐기는 그 적기를 놓치고 뒤따라가야 한다는 것은 서글픈 일이기도 하다.

하긴 지도자란 자리가 그렇지 않은가. 남들의 일을 위해서 자기의 일은 때로 뒷전에 밀어놓아야 하고 평생 남들이 즐기는 모습을 먼발치에서 바라보며 기뻐해야 하는 사람, 자신보다는 남들이 성장하고 성공하는 모습을 보면서 자신의 일처럼 기뻐하며 축복해 주어야 하는 사람이다.

이런 속도라면 예정된 시간보다 빨리 목적지에 도착될 것 같아 우리는 진로를 바꿔 진부령을 넘기로 했다. 잠시 화진포에 들러서 〈역사 안보 전시관〉을 관람하기로 했다. 거기에는 세 사람의 별장이 옛 모습으로 있다. 화진포 호수를 끼고 이승만과 이기붕의 별장이 있고 화진포 해수욕장이 내려다보이는 산언덕에 김일성 별장이 있다. 우리 역사의 한 페이지를 장식했던 세 사람의 별장이 공교롭게도 지근(至近)에 있는 것이다. 그들은 아마 스스로를 애국자라고 자부하면서 살았을 것이다. 이기붕이나 김일성에게 물어보라. 이승만 박사는 말할 것 없다. 민족의 염원인 번영과 통일을 꿈꾸었던 사람들이고 그래서 헐벗고 굶주리는 백성들을 보며 공히 가슴 아파했을

지도자였다. 그러나 그럼에도 불구하고 세 사람 모두 최후가 불행했다. 아직 북쪽 체제 하에서 죽은 김일성에 대해서는 자세히 알 수 없지만 4,19 혁명에 의해서 나라가 어지러울 때 이기붕은 가족과 함께 자기가 낳은 자식이 쏜 총에 맞아 죽었고 대통령이었던 이승만은 하야(下野)하여 천리타국으로 망명의 길을 떠나 그곳에서 고국을 그리며 죽었다. 그래서 정치는 무상하다고 하는 게 아닐까. 한 시대를 풍미했던 저들 정치 지도자들의 말로가 지금 우리가 관람하는 공개된 저들의 별장만큼이나 초라하다는 느낌을 새삼 갖게 한다. 전화기 한대와 타이프라이터 한 대가 놓여있는 집무실의 책상, 그리고 응접실과 침실과 그들의 의상과 생활도구가 당시에는 그렇지 않았으련만 지금의 시각으로는 왜 이렇게 초라해 보이는가.

우리가 다른 사람은 몰라도 이승만 박사의 애국정신을 안다. 그의 검소함과 애국충정을 이 나라 백성이라면 누가 모를까. 그러나 역사와 인심은 그의 공(功)보다는 과(過)를 들어서 채찍질했다. 국민들의 소원은 독재보다는 민주주의였던 것이다.

진정 이 세상에는 참다운 지도자가 없는 것일까. 전쟁과 갈등보다는 평화를 사랑하고 제자들을 사랑하여 그들의 발을 씻겨주며 섬김의 도리를 실천했던 예수님 같은 지도자는 없을까. 자신을 희생하므로 인류를 구원하는 헌신적인 지도자,

독려하기도 했지만 먼저 모범을 보여 따르도록 했던 지도자, 청렴하고 정직하며 당장의 이익보다는 먼 앞날을 내다볼 수 있었던 주님은 과연 우리가 흠모할 수밖에 없는 지도자였다.

1948년부터 김일성 일가가 하계 휴양지로 사용했다는 그의 옛 별장에서 내려다보이는 해수욕장에는 이제 한낮임에도 해수욕을 즐기는 사람이 별로 없어 한산하기만 하다. 지난주까지만 해도 발 딛을 틈도 없이 북적댔다고 하는데. 그래서 필요하다 싶으면 몰려들고, 필요 없다 싶으면 언제든 미련 없이 떠나는 게 인심이라 하지 않는가.

한 세대는 가고 또 한 세대가 와도 변함없이 있어서 파도만 밀어 보내는 바다. 그리고 밀려와 모래사장에서 하얗게 부서지는 포말. 그 위로 갈매기가 한가로이 날고. 아, 우리 앞에 전개되는 바다는 한없이 넓고 푸르다. 그 바다와 같은 넓은 마음의 지도자일 수는 없을까. 군림하는 지배자가 아닌 섬기는 지도자.

"…너희 중에 누구든지 크고자 하는 자는 너희를 섬기는 자가 되고 너희 중에 누구든지 으뜸이 되고자 하는 자는 모든 사람의 종이 되어야 하리라"(막 10:43-44)

(한국크리스천문학, 2006년 여름)

6. 가을 나들이에서 얻은 것

가을엔 여행하기가 좋다. 우선 날씨가 좋아서 좋다. 무더운 여름처럼 비지땀을 흘릴 필요가 없다. 추위에 덜덜 떨 필요도 없다. 아침, 저녁으로 약간 싸늘하게 느껴지는 게 오히려 머리를 상쾌하게 한다. 거기에다 울긋불긋하게 단풍이 든 풍경은 얼마나 우리의 마음을 사로잡는가. 환호성을 지르게 한다.

가을걷이를 끝낸 들판의 쓸쓸함은 우리의 정서를 자극하면서 어렵지 않게 시인(詩人)으로 변신케 한다. 아직 매달려 있는 감나무의 감들은 푸른 하늘을 배경으로 자기 존재를 열매라기보다는 꽃으로 표현하고 있다. 가을은 대한민국의 그 어디를 가도 나그네의 마음을 풍요롭게 한다.

올 가을은 우리 일행에게 자칫 도회지 생활에서 완고해지기 쉬운 정서를 풀어주는 역할을 해주었다. 부부 동반한 우리 시찰회 회원들은 강릉에 소재한 교회에 가서 예배를 드리고 양양으로 옮겨 오산리 선사 유적지를 관람했다. 약 8,000년 전의 신석기 유적지에서 발굴된 유물들을 보면서 당시 사람들의 삶을 상상하였다. 그들의 수렵, 어로, 채집과 같은 단순한 생활 속에서도 갈등이 있었을까. 지금은 예전에 비해 많이 풍요로워졌다. 그러나 생존경쟁과 갈등은 얼마나 심화되어 있는가.

해질녘에 바다가 내려다보이는 숙소로 돌아와 하룻밤을 묵고 이튿날은 정선의 아우라지까지 관람하는 일정을 가졌다. 우리는 가는 길 따라 곱게 물든 단풍에 감탄하고 조금은 쓸쓸하고 조금은 시리게 흐르는 강물을 보면서 도회지를 떠난 기쁨을 만끽하였다.

그런데 왜 나는 지금까지 깨닫지 못했을까. 단풍이 아름다운 것은 알았지만 왜 아름다웠는가를 소홀히 한 것이다. 가을의 경치는 단풍이 들어서만이 아름다운 것이 아니었다. 울긋불긋하게 단풍이 든 나무 사이사이로 상록수가 섞여 있다. 푸른색을 끝까지 유지하는 소나무나 잣나무들이 독야청청 제자리를 지키고 있는 것이다. 남들은 다 단풍이 들어서 자신들의 자태를 뽐내다 결국 잎을 떨어뜨리는데 이 녀석들은 고지식하게 그대로 서 있다. 단풍이 드는 나무들의 처지에서 보면 저 녀석들은 자기들과 다른 것이다. 같이 호흡을 맞추지 않는다고 미워할 수도 있고 우리와는 이질적이라고 경계할 수도 있으리라. 그러나 꼭 그렇게만 볼 수 있겠는가. 모든 나무가

다 붉다든지 노랗게만 물들어 있다면 얼마나 단조로울 것인가. 푸른색을 언제나 유지하는 그들이 섞여 있기 때문에 자신들이 더 아름다워 보인다는 것을 깨달아야 한다. 조화가 얼마나 아름다움을 돋보이게 하는가를 알아야 한다. 그렇다. 서로 다른 게 섞여 있기 때문에 불편한 점도 있지만 아름다움을 연출할 수도 있다.

민주주의는 불합리한 점도 많지만 나름대로 좋은 제도다. 획일적이지 않고 누구나 자기 목소리를 낼 수가 있다. 그렇기 때문에 시끄러울 수도 있다. 그러나 서로 다른 목소리라고 서로 탓만을 한다면 그것은 민주주의가 아니다.

우리는 가끔씩 같은 목소리를 내는 사람들의 모임을 보게 된다. 촛불을 들고 모이기도 하고 구호를 외치며 행진을 하기도 한다. 주장이 같으니 얼마나 좋으랴. 그러나 그 목소리에 동조하지 않는 사람들도 묵묵히 살아가고 있다는 사실도 존중해 주어야 한다. 자기들의 주장만 옳은 게 아니고 자기들만 애국자가 아니란 사실도 알아야 한다. 같이 모이지 않아도 잘못된 사람이 아니다. 거기에도 애국자가 있다. 가만히 자기 일에 종사하는 애국자가 많다. 실로 이 땅에 살면서 애국이 무엇인가조차 모르면서 묵묵히 자기 일만 한 사람들도 이 나라를 지킨 사람들이다. 심지어 애국한다고, 독립운동 한다고 이 강

토를 떠날 때, 어디로 떠날 줄도 모르고 묵묵히 핍박을 견디며 살아온 사람도 결국은 나라를 지킨 사람들이다.

큰 나무는 위용을 자랑하며 사랑이라도 받았다. 그러나 잡초는 인정도 받지 못하면서 짓밟혀 왔다. 그래도 끝까지 살아남아서 나라를 지킨 것은 잡초들이고 풀뿌리들이 아니던가. 그들은 국민이란 말도, 국민의 뜻이란 말도 함부로 쓰지 않는다. 자기들도 국민이지만 국민이 원하면 고쳐야 한다는 말도 함부로 하지 않는다. 국민이 아니기 때문이 아니라 나와 다른 생각을 가진 사람도 국민이기 때문이다. 그들은 자기들의 주장이 국민을 대표하는 것처럼 외치기를 싫어한다. 나와 다른 목소리를 가진 사람들도 인정하기 때문이다.

그러고 보면 이 땅에는 정의를 부르짖는, 참으로 의로운 사람이 많다. 의로운 사람이 많다는 것은 좋은 일이지만 때로 그 사람들 때문에 고통을 당하는 사람이 더 많을 때가 있다. 그리고 그들이 부르짖는 정의란 것이 정의가 아닐 수도 있다. 아, 아름다운 가을 강산이여! 울긋불긋하게 물든 사이사이에 언제나 푸른빛을 잃지 않는 네가 있어 더 아름답구나.

(한국크리스천문학, 2015년 봄)

7. 남이섬에서의 하루

날씨가 청명했다. 5월 중순이지만 벌써 한 여름처럼 무더웠다. 젊었을 적 우리 어머니는 이런 날씨엔 볕이 아깝다고 빨래를 해 너셨는데 세월이 지난 오늘 우리는 소풍가며 설레었던 어린이의 마음으로 버스에 올라탔고 경춘가도(京春街道)를 달렸다.

나이가 많은 분은 70을 훌쩍 넘겼고 나이가 적은 사람은 아직 30대인데 그 나이 차이를 극복하고 함께 박수치고 찬송하며 어울린다는 것은 얼마나 좋은 일인가! 우리는 지금 바쁜 중에도 사정이 허락되는 여전도회 회원들과 차를 대절하여 모처럼 남이섬으로 바람을 쐬러 가고 있는 중이다.

언제 달려도 싫지 않는 경춘가도. 푸른 산야와 시원한 강물을 끼고 우리는 달렸다. 차창 밖에 벌어지고 있는 모습은 역시 열심히 살아가는 사람들의 모습들이다. 아파트 단지가 조성되어 고층 빌딩이 올라가고 있는 곳이 있는가 하면 논에 물을 담아놓은 것도 보인다. 못자리의 모가 수북이 자라있는 것을 보면 곧 모내기철이 다가오는 게 분명하다.

경기도 가평을 지나 좀 더 진행하다 오른쪽으로 들어가니 남이섬으로 들어가는 선착장이 있었다. 매표를 하고 배를 탔다. 약 5분쯤 물살을 가르며 나룻배가 실어다 내려준 곳이 우리의 목적지 남이섬. 행정구역상 강원도 춘천시(春川市) 남면(南面) 방하리(芳荷里)에 속하고 북한강 상류의 하중도(河中島)로 총면적이 13만 7,000평이고 섬 둘레는 약 6km라 했다.

본래는 방하리 주민들이 밭을 일구어 농사를 짓던 땅이었지만 1960년대 중반에 한 관광회사가 사들여 잔디밭과 오솔길을 만들고 위락시설을 갖추어 유원지로 꾸며놓았다는데 이제는 우리나라 사람이라면 모르는 사람이 없을 정도로 명소가 되어 버린 것이다.

섬 중앙부에 약 8만평에 이르는 잔디밭이 있어 얼마든지 놀이터로 사용될 수 있고 섬 안에 잣나무, 밤나무, 은행나무 등 230여종의 수목이 있다고 했다. 그러므로 섬 둘레를 산책해도 좋고 특별히 섬 중앙을 관통하는 400여m 에 달하는 길에는 양쪽에 잣나무가 심겨져 터널을 이루며 그늘을 만들어 주고 있다.

언제부터 이 섬을 남이섬이라 불렀는지 확실히 모르지만 선착장 부근에는 남이(南怡) 장군의 묘임을 알리는 비석과 함께 그의 묘가 있다. 태종의 외손이며 세종조에 태어나서 17세에 무과(武科)에 장원을 했고 이시애(李施愛)의 난을 토벌하여 그 용맹을 떨쳤으며 27세의 젊은 나이에 병조판서를 지낼 정도 였으나 평소 그의 승진을 시기했던 유자광(柳子光) 무리의 모함으로 예종 즉위년에 주살(誅殺)되었는데(1441~1468) 그가 여기에 묻혔다는 전설에 의하여 돌무더기와 흙을 덮어 봉분을 만들고 오늘날까지 그의 죽음을 추모하고 있다.

그러나 그 무덤이 남이 장군의 것인지, 아닌지가 지금 우리에게 그리 중요할 것 같지는 않다. 왜냐하면 남이 장군은 실존 인물이고 다른 어느 곳에 그의 무덤이 또 있는 것도 아니기 때문이다. 우리의 마음은 아깝고 억울하게 악인의 모략으로 뜻을 펴지 못하고 꺾인 그의 불우한 생애가 안타깝게 느껴질 뿐이다.

섬에 도착하여 우리는 예배를 드리고 식사를 했다. 언제나 밖에 나가서 먹는 음식은 맛이 있지 않은가! 우리는 정성껏 준비해온 풍성한 음식을 먹고 이어서 청백으로 나누어 놀이를 즐겼는데 뙤약볕도 아랑곳하지 않고 열심히 뛰는 모습이 굼뜨기는 해도 어쩌면 그렇게 어린아이들처럼 천진하고 순박해 보이는지 모르겠다.

　섬의 한 가운데를 지나는 모형 기차가 있어서 그것을 타 보았다. 돌이켜보면 나는 중, 고등학교 6년을 이웃 도회지로 기차 통학을 했었다. 아침, 낮, 저녁 하루에 세 번 밖에 다니지 않는 기차를 놓치지 않게 하려고 우리 어머니는 우리 5남매를 위해서 매일 새벽밥을 지어주셨는데 그 세월이 아마 20년도 더 되었을 것이다. 그때 울리던 기적소리는 우리 어머니의 마음을 조급하게도 했고 설레게도 했을 것이다. 기차 시간에 늦지 않도록 도시락 싸고 밥 먹여 보내자니 조급했고, 학교에 간 자식들이 무사히 돌아오기를 기다릴 때 얼마나 설레었을까. 그 어머니도 가셨고 세월은 흘러서 나도 이제 추억으로 사는 사람이 되어 버렸는가.

　잔디에 앉아서 기억나는 대로 동요를 불렀더니 같이 온 집사님들이 따라 불러 주었다. 자랐던 곳은 모두 달라도 같은 시대를 살았던 우리들이다. 뜸북, 뜸북, 뜸북새 논에서 울고, 뻐꾹 뻐꾹 뻐꾹새 산에서 울 때-------, 산 위에서 부는 바람 시원한 바람 그 바람은 좋은 바람 고마운 바람……, 고향 땅이 여기서 얼마나 되나, 푸른 하늘 끝닿은 저기가 거긴가……

　이렇게 지내다 보니 어느덧 5시가 훌쩍 넘어서고 해가 기울고 있다. 우리는 짐 정리를 하고 돌아와야 했다. 너무 늦어 밤이 되기 전에 돌아와야 하는 우리. 어둠이 내려도 돌아갈 데가 없는 사람에 비하면 얼마나 행복한가.

　바쁘게 돌아가는 세월이기에 더욱 이런 쉼과 여유가 필요하다고 만족해하면서 이시애의 반란을 토벌하고 회군하면서 지었다는 남이 장군의 시(詩)를 가슴에 안고 우리는 돌아왔다.

白頭山石 磨刀盡 (백두산석 마도진)
頭滿江水 飮馬無 (두만강수 음마무)
男兒二十 未平國 (남아이십 미평국)
後世誰稱 大丈夫 (후세수칭 대장부)

(오늘의크리스천문학, 2007년 여름)

8. 용문산(龍門山) 은행나무

이런 일을 가리켜 사람들은 우연이라 할 것이다. 우리가 용문산에 가서 그 은행나무를 본 것은 전혀 계획에 없었던 일이었기 때문이다.

부활절 직후에 있는 봄 노회(老會)는 이틀 기간으로 열린다. 대개 첫날은 그 회기에 노회장(老會長)으로 선출될 사람이 시무하는 교회에서 개회하고 다음 날은 지방으로 이동해서 속회(續會)하는 것이 관례처럼 되었다. 이번에는 경기도 양평(楊平)의 한 콘도를 빌려서 속회를 했는데 조금 서둘러서 이동하고 밤 늦도록 잔무(殘務)를 처리하다 보니 다음 날에 처리할 예정이었던 안건까지 모두 마무리할 수 있었다. 이렇게 되면 해방감이 찾아온다. 하루 쯤 모든 것 잊어버리고 쉬라는 배려로 생각하게 된다. 늘 교회에서 긴장 가운데 있다가 이렇게 하루라도 모든 일을 잊고 자유롭게 쉴 수 있다는 것은 얼마나 큰 선물이요, 행운인가! 아전인수격(我田引水格)인 변명일지 모르지만 열심히 일하는 사람에게 있어서 적당한 휴식은 다음 일에 활력을 줄 수 있다. 어떤 선배 목사님은 "목사는 잠자는 것도 일이다"고 했다지 않은가.

　같은 시찰회(視察會) 소속 목사님들과 함께 바람을 좀 쐬기로 했다. 모처럼 늦잠을 자고 일어나 조반을 먹기 위하여 무작정 나섰다. 한 회원이 청국장이 좋겠다고 해서 찾아가는데 용문산에까지 가게 되었다. 그러나 유감스럽게도 청국장을 파는 음식집을 만나지 못했고 용문사 입구의 식당에서 산채정식을 들었다. 그리고 거기서 은행나무 얘기가 나와 용문사 쪽으로 걸어 올라가게 된 것이다.

　계곡을 곁에 두고 조잘거리는 물소리를 들으며 올랐다. 막 잠에서 깬 듯한 나무들이 앙증스런 잎을 내고 있었다. 가파른 길도 아닌데 후배이신 한(韓) 목사님이 어느새 산행용 지팡이를 사주시는 게 아닌가. 나는 아직 걷는 데는 지장이 없는 사람인지라 너무 일찍 노인 대접을 받는가, 해서 민망했다. 그런 내 마음을 눈치 챈 곁의 이(李) 목사님이 산행을 할 때 지팡이는 꼭 기력이 없어서만 짚는 것이 아니라 무릎 관절을 보호하는 차원에서 좋은 것이라 설명해 주셨고 그때서야 비로소 나는 민망함을 다소 거두어들일 수 있었다.

　신라 말에 창건되었다고 하는 용문사(龍門寺) 앞에 우람한 은행나무가 있었다. 아직도 잎을 내지 않은 나무는 꼭 죽은 것 같았다. 곧 잎이 돋고 성장(盛裝)을 하면 위용이 드러나고 아름다운 자태가 되겠지만 지금의 모습은 너무나 초라했다. 천연기념물 30호요, 수령(樹齡)이 1,100년쯤 된다고 안내판에 소개되어 있다. 높이가 약 41m요, 둘레가 14m로 동양에서 제일 큰 나무라 했고 신라의 마지막 태자인 마의태자(麻衣太子)가 망국의 한(恨)을 품고 금강산으로 들어가는 도중에 심었다는 설도 있고 고승 의상대사(義湘大師)가 짚고 다니던 지팡이를 꽂아 놓은 것이 이렇게 자랐다는 설도 있단다. 그러려니 하기로 했다. 동양에서 제일 큰 나무라 했으나 너른 천지에 그 어딘가 더 큰 나무가 있을지 어떻게 아는가. 그러나 불신의 눈으로 보고 불신의 마음으로 생각하면 아무것도 믿을 게 없다. 마의태자가 심었든 의상대사의 지팡이가 그렇게 자랐든 현존하고 있으니 그러려니 하는 게 마음이 편하다.

지금은 불신의 시대라 해도 과언이 아니다. 눈부시게 과학이 발달하고 인간의 이성(理性)을 지나치게 의지하다보니 이성으로 이해되지 않고 경험되어지지 않은 것은 모두 불신하려는 위험한 생각들을 가진 사람들이 많아진다. 그러나 어디 이 세상에 이성으로 이해되는 것만 존재하고 있는가. 우주 안에 존재하는 우리는 너무나 왜소하고 우리의 지식과 생각은 너무나 짧다는 것을 안다면 누구나 겸손하지 않을 수 없으리라.

세종대왕은 이 나무에게 정삼품(正三品)에 해당하는 당상직 첩이라는 벼슬을 하사했다는데 옛 사람들은 나무에게도 벼슬을 내렸다니 어리석었다는 생각보다는 자연도 인격적으로 대접한 여유를 느끼게 한다.

어떤 사람이 이 나무를 톱으로 자르려 하자 나무에서 피가 나오고 하늘에서 천둥이 친 일도 있고, 조선조 고종 임금이 승하했을 때는 큰 가지 하나가 스스로 부러져 떨어졌다는 전설도 간직하고 있었다. 특이한 것은 나라에 변고가 있을 때마다 소리를 냈다는 것인데 그렇다면 1,100년을 살면서 이 은행나무는 얼마나 많은 소리를 냈어야 했을까.

짧은 시간이긴 했지만 그러나 우리가 서 있는 동안에 은행나무는 아무 소리도 내지 않았다. 제발 변고의 소리는 들려오지 않기를 바라면서 하산하는데 산행을 하는 사람들이 꾸역꾸역 올라오고 있다. 그러고 보니 청명한 날씨요, 나들이하기엔 너무 좋은 계절이다.

우리 시찰회원을 태운 승합차는 봄이 무르익는 금수강산의 일우(一隅)를 달렸다. 새 잎이 나온 수목들의 연두색이 겨울을 견딘 상록수의 진초록과 섞여 산자락에 어울리고 진달래와 산벚꽃이 푸른 나무 사이에서 조화를 이루고 있다. 만나는 마을마다 어김없이 개나리가 피어있고 목련도 화사하다. 꽃을 사랑하는 사람들이 모여 사는 마을에 청명한 날씨를 거느리고 봄이 찾아온 것이다. 봄 길을 달리는 동안 우리는 그동안 기회가 없어서 접어두었던 이야기, 행여 예절에 어긋날까 하여 덮어두었던 이야기, 시시콜콜하지만 한번쯤 듣고 폭소를 터뜨릴 수 있는 이야기들을 나눌 수 있었다.

용문산의 은행나무여, 더 이상 이 한반도에 변고의 소리는 내지 말아다오. 주님의 호령과 천사장의 소리와 하나님의 나팔이 울려올 때까지(살전 4:16)

(한국 크리스천문학, 2008년 봄)

9. 기도원에 내리는 눈

눈이 내립니다. 우수(雨水) 절기를 사흘 앞둔 오늘. 새벽부터 한 낱 한 낱 떨어지는가 싶더니 함박눈이 되어 내립니다. 기도하는 사람들에게 풍성한 선물인가, 땅에는 이미 상당한 양(量)이 쌓였고 앞산과 길과 나무들이 온통 눈을 맞고 있습니다. 먼 산이 보이지 않습니다. 기도원이 온통 눈으로 갇혀 있습니다.

어젯밤까지만 해도 하늘은 맑았습니다. 자정쯤에 나가보니 하현(下弦)달이 동산에 떠오르면서 구름 한 점 없는 차가운 하늘엔 총총히 별들이 박혀 있었습니다. 너무나 또렷해서 수천 년 전 아브라함을 불러내신 하나님께서도 저 별들을 바라보라고 하셨겠지, 하는 생각을 하고 들어와 잠들었었는데 새벽녘에 다시 나가보니 달도 별도 보이지 않는 하늘에서 눈 낱이 떨어지고 있었습니다.

그런데 지금은 함박눈이 내리고 아, 지금은 온 천지가 눈입니다. 눈은 복잡한 도회지에 내려서는 안 됩니다. 내리는 순간부터 곧 교통사정을 걱정하게 만들고 뒷골목을 온통 지저분하게 하며 얼음판을 만들어 통행을 불편하게 만드는 그런 눈은 내리지 말아야 합니다.

눈은 산과 들에 내려야 하고 농촌에 내려야 합니다. 초가지붕이 있으면 그 위에 내려야하고 그리고 그 굴뚝에서는 잿빛 연기가 피어올라야 제격입니다. 어렸을 적 일찍 기침하신 아버지께서 밖으로 나가시기 전에 문구멍으로 밖을 보며 "내년에는 풍년이 들려나 보다"하고 예측하던 날은 소담한 함박눈이 내리고, 밤새 내린 눈은 마당 가득히 쌓여 있었습니다. 그 시절 우리는 눈이 내리면 아이들과 강아지만 좋아한다는 어른들의 말씀을 맞춰드리기라도 하듯 눈사람도 만들고 눈싸움도 하면서 정말 동화나라의 주인공처럼 걱정 없이 뛰어 놀았습니다.

그때는 눈 내리는 계절을 농한기(農閑期)라 했습니다. 딱히 할 일이 없는 사람들이 사랑방에 모여 새끼를 꼬거나 삼태기를 엮으며 입담 좋은 아저씨의 걸쭉한 경험담을 들어주었습니다. 심심하니 한 판 하자고 막걸리 내기로 시작한 민화투 판이 노름으로 발전하여 누가 쌀 한 가마니를 날렸다는 소문이라도 퍼지게 되면 영락없이 그 돈을 잃었다는 집에서는 부부싸움이 있었다는 소문도 났습니다.

그러나 눈도 녹고 삽을 어깨에 메고 들판으로 나가기 시작하면 돈 잃어서 부부싸움 했다던 그 부부도 언제 그랬냐 싶게 바쁘게 들로 나가야 했습니다. 우리 아버지는 쟁기를 지고 소 몰아 논을 가셨고……

눈이 쌓입니다. 눈 내리는 날은 어린 시절을 추억으로 되돌려오고 그치지 않는 눈은 세상을 덮습니다. 하늘과 땅과 그 사이의 건물과 나무들과 말라비틀어진 칡넝쿨과 삼라만상을 덮고 있습니다. 지저분한 세상사도 그렇게 덮고 있습니다.

눈이여, 내려라! 여기서는 얼마든지 내려도 좋다. 여기는 너 내리는 것에 대하여 불평할 사람 하나도 없다. 너의 깨끗함, 너의 순수함, 너의 차분함, 너의 조용함, 너의 풍요로움…… 너는 동화를 만들어내는 위대한 작가, 너는 추억을 되살려내는 기발한 연출가, 너는 동양화를 그려내는 천부적인 화가.

나는 지금 꼼짝없이 눈이 만들어 놓은 한 폭의 동양화 속에 갇혀서 그 눈이 만들어내는 동화 속의 주인공이 되어 있습니다. 그리고 이 차분한 분위기를 행여 다칠세라 다소곳이 머리를 숙이고 손을 모읍니다. 모두가 순결하게 하소서. 모두가 화목하게 하소서. 욕심을 버리게 하소서. 서로 사랑하게 하소서. 온 누리가 오직 그분의 은혜로만 충만하게 하소서. 이 눈 내리는 아침처럼 순백의 눈 나라가 하나님나라가 되게 하소서!

(수필 춘추, 2005년 겨울)

10. 남행(南行)

우리는 승합차를 타고 서해안 고속도로를 달렸다. 아마 내 기억으로는 21세기를 시작하는 2001년 추석을 전후해서 개통된 걸로 아는데 아무튼 이렇게 잘 뚫린 길이 있어 막힘없이 달린다는 것은 얼마나 고마운 일인가. 오전 중에 예정된 일이 있어서 그 일을 마치고 출발하다보니 찬란한 태양 빛이 서쪽에서 비춰올 때 우리는 이 새로 난 길을 달리게 되었다. 새로 부임한 윤(尹)전도사님의 부친께서 소천하셨다는 소식을 듣고 우리는 전라북도 고창(高敞)까지 문상(問喪)을 가는 길이다.

고속도로에 들어서서 약 한 시간쯤 지났을까, 7310m나 된다는 서해대교를 만나게 되었고 우리는 그 다리 위를 달리면서 꽤 길다는 느낌을 받지 않을 수 없었다. 대교 아래쪽으로 이국적인 모습으로 지어진 휴게실에 들어가서 커피 한 잔을 마시면서 넓은 바다를 보았다. 저절로 마음이 넓어지는 것 같고 뭔가 답답한 것을 풀어주는 것 같은 시원함이 거기 있었다. 우리는 상가(喪家)에 문상을 가는 것이 주목적이었지만 이렇게 가고 오는 길에 전개되는 풍광(風光)을 보며 담소도 하고, 감탄도 하고, 음식도 나누는 부차적인 소득도 얻는 것이다.

규격과 같이 짜여 진 생활에서 조금만 벗어나면 이렇게 홀가분하고 자유스러울 수도 있는데……. 답답하고 짜증나는 일을 벗어버리고 흉허물 없이 웃으며 서로 간의 거리를 좁힐 수도 있는데……. 우리는 정말 너무 각박하게 짜여 진 시간과 공간과 상황 속에 붙들려 살고 있는지 모른다.

들과 내와 산이 아직은 겨울의 우수(憂愁)와 메마름을 벗어놓지 못하고 있었다. 논들은 아직 갈리지 않았고 산색도 아직은 건조한 대로였다. 이제 곧 봄빛의 유혹을 뿌리치지 못하고 못이기는 척 슬며시 넘어져 주면서 대지는 윤기 흐르는 푸른 옷으로 갈아입을 것이다. 아쉬운 것은 서해안을 지나면서도 서해 바다를 별로 볼 수 없다는 것이었다. 대천(大川)부근을 지나면서 갯벌이 조금 나타나는 정도라 할까.

금강(錦江)을 건너 일제시대 일인들이 이 지역에서 나는 풍부한 쌀을 수탈하여 자기 나라로 실어 나르기 위해서 발전시킨 고장, 군산(群山)을 지나면서 넓은 들이 전개된다. 이른바 김제(金堤)를 중심한 호남평야. 높은 산이 없고 모두가 작은 마을들과 들판. 지형을 닮아서인지 대체로 성품이 까다롭지 않고 원만하며 후덕한 사람들이 산다는 김제의 만경평야(萬頃平野)를 지나는 것이다.

옛날 어떤 강원도 산골에서 살던 사람이 이 지역을 지나면서 "저것이 다 임자가 있는 논인가!" 하고 감탄했다던 김제를 중심한 호남평야 곡창지대. 우리는 해가 지면서 뿌려주는 잔광을 받으면서 이 곡창지대를 지났다. 과연 뜨는 해도 힘이 있고 찬란하지만 너른 대지를 붉게 물들이는 지는 해의 잔광도 곱다.

모름지기 인생도 질 때가 더 깔끔하고 고와야 하지 않을까. 끝없는 욕심에 사로 잡혀서 험상궂게 늙어가서 되겠는가. 따지고 보면 적어도 50을 넘으면 그때부터 어쩔 수 없이 석양 길을 걷는 나그네인데 마무리 단계가 더 아름다워야 할 것 같다.

여행에 취해서 계속 목포(木浦)쪽으로 달리고 싶다는 분도 있었지만 우리는 목적을 마치고 돌아와야 했다. 우리는 욕심껏 제 마음대로 살아서는 아니 된다. 감정에 치우쳐 절제해야 할 때 절제하지 못하고, 자리에 연연하여 내려와야 할 때 내려오지 못하고, 애착이 지나쳐 떠나야 할 때 떠나지 않으려고 몸부림을 친다면 그처럼 추한 모습이 어디 있겠는가. 어쩌면 인생의 모든 삶 속에서 진정한 아름다움은 얼마간의 여백을 남기면서 살고, 얼마간의 아쉬움을 남기면서 떠나는데 있지 않을까.

어디를 둘러봐도 정겨운 우리 산야에 석양빛은 쏟아지고 우리는 영원한 나라를 향해 가는 긴 여정의 나그네로써 그 한 부분을 또 이렇게 여행으로 보낸 것이다.

(오늘의 크리스찬문학, 2007년 봄)

11. 그 산에 오르고 싶다

나는 산에 오르는 것을 썩 좋아하는 편은 아니다. 어렸을 적부터 평야지대에서 살아 산을 타는데 익숙하지도 못하다. 그런데 지금은 삼각산을 이웃에 두고 살다보니 자주 오르게 되었고 혼자는 엄두도 못 낼 일이지만 단체로 어울릴 일들이 있어 함께하다 보니 국내의 이름 있는 산 몇 군데를 오를 수 있었다. 남쪽 끝에 있는 한라산도 올랐고, 지리산, 설악산도 올라가 보았다. 북쪽의 백두산은 중국을 거쳐서 다녀왔고 금강산은 휴전선을 넘어 관광차 다녀왔다.

산에 오르면서 그때그때마다 수려한 경치에 감탄하고 등반의 의미도 새겼지만 내가 정말 오르고 싶은 산이 있다. 대여섯 곳이다. 에베레스트 산이나 몽블랑, 킬리만자로, 록키산맥 같은 그 높이나 경관으로 이름난 세계적인 산이 아니다. 어쩌면 평범한 산이요, 빼어난 경관을 자랑하는 명성과는 거리가 있는 산일 수 있다. 그래도 나는 외형의 아름다움보다 나에게 교훈을 주는 그 평범한 산에 오르고 싶다.

첫 번째 호렙산이라고도 부르는 시내산이다. 모세가 올라가서 하나님으로부터 십계명을 받아온 산이다. 하나님은 그곳에서 이스라엘과 언약을 맺고 율법을 주셨다. 그 율법은 물론 이스라엘이 하나님의 백성으로써 지켜야 할 규범이었다. 나는 이 산에 올라가서 하나님이 주신 그 율법을 읽고 싶다. 사람이 사람답게 사는 법, 하나님의 백성이 하나님의 백성답게 사는 법을 거기서 배우고 싶다. 하나님은 내가 거룩하니 너희도 거룩하라고 하셨다. 하나님의 백성으로써 품위를 지키라는 뜻이리라. 사람은 하나님이 될 수 없다. 하나님이 되려고 어떤 노력을 한다 해도 그것은 헛된 꿈이고 교만이다. 어리석음이다. 또한 짐승이 되어서도 안 된다. 사람이기를 포기한 부도덕하고 퇴폐한 삶을 사는 사람들이 더러 있다. 자신의 정체성을 잃어버리고 짐승처럼 사는 것이다. 불행한 일이다. 나는 시내산에 올라 하나님도 아니고 짐승도 아닌 하나님의 백성으로써의 품위를 지킬 수 있는 율법을 배우고 내려오고 싶다.

다음으로는 갈멜산에 오르고 싶다. 거기서 선지자 엘리야의 신앙과 기개를 배우고 싶다. 수적 열세에도 불구하고 하나님에 대한 확신 때문에 그 많은 우상 숭배자에게 조금도 위축되지 않은 용기를 본받고 싶다. 여호와가 하나님 되심을 하나님은 불을 내려서 증명해 주셨다. 엘리야는 모든 우상의 선지자들을 기손 강으로 끌고 가서 척결했는데 나는 갈멜산에서 다시 한 번 우상은 허무한 것임을 인식하면서 둘 사이에서 머뭇머뭇하지 않고 하나님 한 분으로 족하다는 신앙을 가지고 하산하고 싶다.

세 번째로 오를 산은 팔복산이다. 나는 이 산에 올라 예수님이 말씀하신 참 복에 대해서 묵상하고 싶다. 솔직히 말해서 복을 싫어하는 사람이 어디 있겠는가. 나도 복을 받고 싶다. 그런데 오늘날 과연 무엇을 복이라고 사람들은 인식하고 있는가. 가치관이 무너져 내린 시대에서 나는 예수님께서 말씀하신 참다운 복을 추구하려 한다. 심령이 가난한 자, 애통하는 자, 온유한 자, 의에 주리고 목마른 자, 긍휼히 여기는 자, 마음이 청결한 자, 화평케 하는 자, 의를 위하여 핍박을 받는 자로 살고 싶다.

그리고 나는 변화산에 오르리라. 예수께서 베드로와 야고보와 요한만 데리고 올라가서 빛처럼 희게 변화된 모습으로 저 옛날에 세상을 떠난 모세와 엘리야와 함께 대화하는 모습을 보여주셨던 곳. 그 영광스러운 곳에는 이미 죽은 사람이 살아있을 뿐 아니라 주님과 함께 주님의 고난과 부활에 대해서 말씀을 나누고 있었다. 그 모습이 얼마나 아름다웠으면 베드로가 여기가 좋사오니 이곳에서 초막을 짓고 머물자고 했을까. 그렇다. 우리가 장차 가서 머물 천상 세계가 그렇게 아름다운 곳이다. 우리에게 그곳에 대한 소망이 있다는 것은 얼마나 감격스러운 일인가! 나는 그 변화산에 올라 천국 소망을 다지고 내려오는 길로 겟세마네 동산으로 가리라.

나는 그곳에서 피땀을 흘리며 고뇌의 기도를 드리셨던 주님을 묵상하고 싶다. 할 수만 있으면 이 잔을 내게서 지나가게 해달라고 기도하시다가 내 뜻대로가 아니라 아버지의 뜻대로 하시라고 하나님의 뜻에 맡기는 그 고통과 순종의 장소에서 나는 내가 어떻게 살 것이며 어떻게 사는 삶이 가장 보람 있고 가치 있는 삶인가를 묵상하고 싶다. 그리고 기회가 주어지면 예수님이 지상 사역을 마치고 승천하신 감람산에 올라 하늘을 우러러 보고 싶다. 그리고 "어찌하여 서서 하늘을 쳐다보느냐. 너희 가운데서 하늘로 올리우신 이 예수는 하늘로 가심을 본 그대로 오시리라"고 하셨던 흰 옷 입은 천사의 음성을 듣고 싶다. 그러면 비록 이 땅에 발을 붙이고 살지만 주님이 가지고 오시는 하나님나라의 소망을 놓치지는 않을 것이다.

그 산에 오르고 싶다. 같은 마음으로 나와 함께 그 산에 오를 사람은 없는가.

(창조문예, 2008년 2월)

제2부

붉은색 넥타이

1. 소영이네

『소영이네』는 수유시장 안에 있다. 일상에 소용되는 물건을 사고팔기 위해서 모여든 서민들이 서로 에누리하며 시끌벅적한 분위기와 생동감을 연출하는 곳, 그래서 서민들의 삶이 이렇다는 것을 적나라하게 보여주는 시장 한 복판에 『파워마트』라는 건물이 있고 그 건물 1층 출입문 쪽에 『소영이네』가 있다. 예닐곱 평이나 될까, 그곳에서 소영이 자매는 화장품을 판다. 아빠는 가게 근처에 얼씬도 안 하시는 것 같고 엄마는 가끔씩 나오셔서 이것저것 신칙하시는 모양인데 장사는 두 딸이 도맡아서 한다. 물론 처음 장사는 엄마가 시작했었다. 그때만 해도 딸들은 요령을 몰라 손님이 오면 쩔쩔맸는데 이제는 딸들이 오히려 엄마보다 능숙하게 손님을 맞고 있다.

소영이 자매는 아름답다. 화장품을 파는 사람들답게 얼굴에 화장을 했는데 그렇다고 화장품으로 얼굴에 맥질을 하다시피 한 것은 아니다. 가볍게 터치한 것이 오히려 청순하게 보이는 것이다. 어쩌면 손님들에게 화장이란 이렇게 하는 것이다 하는 것을 무언으로 보여주고 있는 게 아닐까.

성경은 외모로 사람을 꾸미기보다는 중심을 가꾸라고 권면하지만(벧전 3:3-4) 그렇다고 그 말씀이 외모는 아무렇게나 해도 된다는 뜻일 수는 없다. 아무리 교양 있고 지성인이라 할지라도 깔끔하지 못한 옷차림, 수세미가 된 머리를 보고 호감을 느낄 사람이 어디 있겠는가. 나도 매일 보는 얼굴이지만 화장하지 않은 아내의 얼굴보다는 예쁘게 매만져 놓은 얼굴이 더 우아해 보이고 그 모습에서 사랑을 느끼는 게 사실이다.

소영이 자매가 예쁜 것은 그렇다고 엷게 화장한 청순한 모습에서만 발산되는 것은 아니다. 그들의 진정한 아름다움은 친절이다. 찾아온 손님을 미소로 맞고 상냥하면서도 예절이 담긴 언행이 훨씬 그들을 돋보이게 한다.

그 친절은 물건을 많이 사가는 사람들에게만 베푸는 게 아니다. 로숀 하나 사가면서 샘플로 나온 것을 과다하게 요구하는 얌체, 깍쟁이는 그래도 괜찮다. 바쁜 시간에 "이런 피부에는 어떤 것이 좋은가요? 고급 향수는 얼마인가요? 립스틱은 어떤 색이 어울릴까요? 매니큐어나 아이섀도는 어떤 것을 써야 할까요?" 하는 등 이것저것 물어 보면서 늘어놓게 한 다음 "다음에 올게요."하고 떠나는 손님, 사실 이런 손님이 많다면 짜증이 날 수밖에 없고 돌아가는 뒤통수에 주먹질이라도 하고 싶을 수도 있지만 소영이 자매는 언제나 웃으며 "그러세요."하면서 보내드린다. 아무것도 사지 않았음에도 변함없이 친절하기에 다음에 또 찾아주는 게 아닐까. 단골손님이란 많이 사주어서가 아니라 필요한 것이 있을 때 언제든지 편하게 찾아주는 사람이다.

소영이 자매가 하루 종일 앉을 틈도 없이 바쁘게 일하면서도 피곤한 줄을 모르는 것은 언제나 감사가 넘치기 때문이다. 그 많은 화장품 가게 중에서 하필이면 우리 집을 찾아주셨다는 것이 너무나 감사한 것이다. 감사하니 친절하지 않을 수 없고 친절하니 손님이 더 찾아올 수밖에 없다. 주일에는 교회에서 하루 종일 예배드리고 봉사하며 보내고 평일에는 빠짐없이 일하면서 언짢은 표정 한 번 짓지 않는 딸을 두고 싶지 않은가. 소영이 엄마인 김 권사님은 딸들이 대견하기만 하고 세상에서 제일 착한 딸 같다. 그러나 정작 딸들은 그렇게 생각하지 않는다. "엄마, 우리는 골동품이야. 지금 세상에 우리 같은 아이들은 없어"하면서 발랄하지도, 멋 낼 줄도, 놀러 다닐 줄도 모르는 자신들이 요즘 아이들 보다 한참 뒤떨어졌다고 생각하는 것이다. 하지만 골동품이 어떤가? 골동품을 폄박한다면 그 사람은 희소가치를 모르는 사람이다. 박식하고 똑똑하고 이지적이라 하면서 되바라진 아이들보다 친절하고 순박하고 성실히 일하는 골동품이 훨씬 낫지 않은가.

언젠가 백마(白馬)를 탄 기사(騎士)가 소영이 자매에게 나타나면 소영이네 화장품가게는 어떻게 되는 거지? 부질없는 생각을 한번 해보는 중에도 손님들이 붐빈다. 소영이 자매는 오늘도 화장품만 파는 것이 아니라 친절과 아름다운 마음을 팔고 있다.

(창조문예, 2006년 9월)

2. 안 집사님네 쌀가게

　안(安) 집사님은 딸과 함께 쌀가게를 한다. 남편을 출근시키고 딱히 할 일이 없는 딸이 친정아버지를 졸라서 가게를 연 것이다. 주로 아버지는 밖으로 나가 판촉활동이나 배달을 하고 딸은 가게를 지키며 전화 주문을 받거나 찾아오는 손님을 맞이한다.

　안 집사님네 쌀가게는 서민들이 살고 있는 골목길이라면 어디서나 어렵지 않게 발견되는 전혀 평범한 곳에 자리하고 있을 뿐 아니라 예쁘게 꾸밀 이유도 없다는 듯 허술함을 드러내고 있다. 전화기 한 대가 놓여있는 낡은 책상 하나가 출입문 쪽에 있고 뒤 벽면으로 20kg짜리 쌀 포대가 차곡차곡 쌓여있을 뿐이다.

　딸은 시력(視力)이 좋지 않다. 내가 가게 안으로 들어가도 처음에는 잘 알아보지 못한다. 내가 "안녕하세요?" 하고 인사를 하면 그제야 알아보고 "목사님, 죄송해요 제가 눈이 나빠서 빨리 못 알아봐요." 하면서 빨리 못 알아 본 것이 대단히 잘못된 일이나 되는 것처럼 어쩔 줄을 몰라 한다. 오래 전에 눈병을 앓고 수술까지 했는데 여전히 시력은 좋지 않다는 것이다. 그러나 시력이 좋지 않다고 해서 쌀을 사고파는 데는 전혀 지장이 없다.

아버지 안 집사님은 한쪽 발을 약간 절룩인다. 주의 깊게 보지 않으면 드러나지 않을 정도이지만 처음 쌀가게를 한다고 했을 때 나는 솔직히 염려가 되었다. 쌀가게를 하게 되면 쌀을 배달도 해야 할 터인데 저 몸으로 어떻게 그 무거운 쌀들을 날라다 줄 수 있을까 해서였다.

그러나 그것은 어디까지나 나의 기우일 뿐이었다. 단 10kg이라도 주문이 오면 뉘게 맡기지 않고 손수 배달을 했다. 지난 추석 전이었다. 조금 어렵게 사는 분들하고 쌀 한 포대라도 나누고 싶어서 직접 쌀가게를 찾았다. 저녁때라서인지 부녀(父女)가 같이 가게에 있었다. 내가 "잘 되세요?"하고 인사를 하며 들어갔더니 "목사님, 웬일이세요?" 하면서 반갑게 맞아 주었다. 그리고 묻지도 않는데 오늘은 아침부터 지금까지 배달하느라고 쉴 틈이 없었노라고 했다. 그래서 보니 정말 가게 안에 쌀이 얼마 없었다. 다 배달하고 나니 고작 이만큼 남았다는 것이었다.

몸이 불편함에도 무슨 일이든 열심을 다한다는 것, 몸에 약간 부치더라도 열심히 뛰어다니며 판촉활동과 배달까지 손수 한다는 것이 얼마나 아름다운 일인가. 거기다가 안 집사님은 언제나 긍정적이다. "잘 됩니까?" 하고 인사로라도 물으면 언제든지 "그럼요, 잘 됩니다."라고 대답한다. 한번도 "어렵습니다."라든지 "요즈음은 좀 덜 나갑니다."고 하는 일이 없다. 숨도 들이마실 때가 있으면 내뿜을 때가 있는 법인데 어찌 매일같이 잘 되기만 하겠는가. 그럼에도 안 집사님은 언제나 밝은 얼굴이고 긍정적이다. 행여 그 입에서는 엄살의 말도 들을 수 없다. 단 한 포대라도 고객이 필요로 하면 직접 가져다주는 것을 기쁨으로 여길 뿐 아니라 박리다매(薄利多賣)를 하기 때문에 손님이 많다고 흡족해 하고 있다. 그러나 무엇보다도 안 집사님은 일할 수 있다는 것에 감사하고 있다.

실로 안 집사님네 쌀가게는 언제나 바쁘다. 그러나 그럼에도 주일만 돌아오면 문을 닫고 교회에 와서 온 가족이 예배를 드리며 진지하게 하나님의 말씀을 듣는다. 살아있는 사람에게 반드시 필요한 쌀을 판매하는 일이기에 거기서 보람을 느끼지만 그러나 사람이 밥으로만 사는 것이 아니라 하나님의 입에서 나오는 모든 말씀으로 살아야 한다는 신앙 때문이 아니겠는가.(신 8;3)

안 집사님네 쌀가게는 서민들이 사는 골목길 입구에 있다. 거기서 안 집사님 부녀는 오늘도 기쁨의 땀을 흘리고 있다.

"누구에게서든지 음식을 값없이 먹지 않고 오직 수고하고 애써 주야로 일함은 너희 아무에게도 폐를 끼치지 아니하려 함이니....."(살후 3:8)

(창조문예, 2006년 7월)

3. 김 집사님과 문구점

김 집사님은 초등학교에 다니는 두 남매를 둔 어머니다. 아침 일찍 일어나서 남편과 아이들 뒷바라지를 해서 직장과 학교에 모두 빼앗기고 나면 곧바로 문구점에 나와서 하루를 보낸다. 김 집사님은 문구점을 경영하고 있다.

문구점을 경영한다고 하면 조금 거창하게 들릴지 모르겠는데 사실은 집에서 얼마 떨어지지 않은 곳에 두세 평 정도의 가게를 세 얻어서 사무용품과 학용품을 팔고 있다.

가게가 깔끔하게 정리되어 있다고 볼 수는 없다. 문구용품의 종류가 좀 많은가, 좁은 공간에 그 잡다한 품목들을 진열하다 보니 돼지저금통이나 훌라후프 같은 것은 아예 밖에다 주저리주저리 걸어놓아야 했고 진열장 밖에도 이것저것 놓여있는 것이 많다.

가게 주변 환경도 그렇다. 가게가 들어있는 게 3층 건물인데 3층엔 무슨 부동산 중개업소가 들어와 있고 2층은 주로 밤에 술을 파는 호프집이다. 가게 좌우로 한편엔 시멘트 포대와 스티로폴 같은 정갈하지 못한 것들을 밖에 쌓아 놓은 철물점이고 다른 한편은 간이음식점으로 떡볶이나 라면, 김밥 등을 파는데 가끔씩 허술한 노동자들이 앉아 찌게 끓여 놓고 소주잔을 기울이는 모습이 목격되기도 한다.

철물점과 김 집사님네 문구점 사이에는 붉은색 우체통이 서 있어 경계를 지어주고 있고 문구점 앞에는 음료수 자동판매기가 있다. 그 자동판매기에는 웬 스티커가 그렇게 닥지닥지 붙어 너절한지. 그런데다 문구점임을 알리는 간판을 보면 이것은 도대체 영업에 관심이 있는 사람의 가게인가 할 정도다. 푸른 바탕에 하얀 글씨로 쓴 상호가 이제 퇴색하고 헐어서 도저히 제 구실을 한다고 볼 수는 없다. 다섯 글자 중에 이미 두 글자는 떨어져 나갔고 남아 있는 글자 중에서 또 한 글자도 조금 손상을 입은 상태다. 어쨌든 그 남은 대로를 소개하면 "성□문□사"다. 본래 김 집사님이 이 가게를 인수할 때 상호가 "성우문구사"였는데 언제인가 "우"자(字)와 "구"자(字)가 떨어져 나갔다는 것이다. 그러니 그 간판을 보고 문구점을 찾아오는 손님은 없을 듯한데 그래도 10수년이 훨씬 넘은 가게라서 근방에서는 모르는 사람이 없을 정도로 유명하고 수입도 짭짤하다고 했다.

그렇다면 환경이 중요하지만 그 보다 더 중요한 것이 있다는 뜻이 아니겠는가. 마치 질그릇일지라도 그 안에 보배가 담겨 있으면 보배 합이 되는 것처럼 김 집사님이 가게 안으로 들어서면 그 분위기는 사뭇 새로워지는 것이다. 깜찍한 새장 속의 앙증스런 새 같다고나 할까. 체격이 조금 작아 보이는 김 집사님은 새가 새장 안에서 노래하듯 가게 안에서 친절한 미소로 손님을 맞고 있는 것이다. 그 모습이 우아하여 가게의 분위기를 부드럽게 하고, 그래서 그렇겠지만 주변의 사람들이 찾아와서 동무하고 있을 때가 많다.

그러나 김 집사님은 결코 새장에 갇혀만 있는 새는 아니다. 그가 성실하게 손님을 맞고 물건을 팔지만 가게에 매여 살지는 않는다. 언제든지 필요하면 가게 문을 닫아 두고라도 비상(飛翔)하는 새처럼 외출을 한다.

김 집사님은 가끔씩 학교에 갈 일이 생긴다. 두 아이가 모두 자기들 반에서 회장을 맡고 있기 때문이다. 아시는 분은 다 알겠지만 회장 엄마는 학교에 관심을 더 기울여야 한다. 현장학습이 있는 날에는 학생들과 함께 가서 도우미 선생님이 되어 주어야 하고 어린이 날, 스승의 날, 교내 체육대회, 바자회 같은 행사가 있으면 참석해 도와야 한다. 그 외에도 수시로 봉사를 요구할 때는 가게 문을 닫든지 누구에게 대신 맡겨야 한다. 그래도 김 집사님은 기쁘다. 가게가 잘돼서 돈을 조금 더 버는 것보다 자녀들이 잘 자라주고, 그 자녀들을 위해서 봉사하는 것이 더 낫다고 생각되기 때문이다.

김 집사님은 교회에서 장년들을 위해서는 구역장으로 봉사하고 어린이들을 위해서는 교사로 헌신하고 있다. 이 역할을 제대로 감당하려면 사실 쉽지는 않다. 일주일에 한 번 정도 학교 앞에 가서 전도지를 나눠주며 복음을 전하고 주일에는 차를 몰고 가서 반 어린이를 데려오기도 해야 한다. 강습회에 나가서 배워야 하고, 예배모임과 기도모임에 빠질 수가 없다. 당연히 가게 문을 닫든지 누구에게 잠시라도 맡겨 놓아야 할 때가 있다. 그래도 김 집사님은 기쁘다. 가게가 잘돼서 돈을 조금 더 버는 것보다 생명을 구원하고 하나님 나라를 위해서 봉사하는 일이 더 보람되다고 느끼기 때문이다.

그런데 최근 들어서 가게 문을 닫아야 할 일이 또 하나 생겼다. 인천에 사시는 시아버님께서 갑자기 폐암 진단을 받으셨기 때문이다. 김 집사님은 시아버님의 진료를 위해서 서울의 병원까지 모시고 다닌다. 시아버님께서는 다른 사람이 운전을 하면 못미더워 하면서도 며느리가 하면 마음이 놓인다 하니 저절로 이 일이 김 집사님의 몫이 되어 버렸다. 그래도 김 집사님은 기쁘다. 가게 문을 열어놓고 돈을 조금 더 버는 것보다 부모님을 섬기며 도리를 다하는 것이 훨씬 보람된 일이라 믿기 때문이다.

"남편이 성실하고 잘해 줘요.", "아이들이 잘 자라줘서 감사해요.", "교회에서 쓰임 받는다는 게 정말 좋아요." 피곤한 날도 있고 짜증스러울 때도 있을 법 한데 김 집사님의 고백은 언제나 감사함 뿐이다.

(창조문예, 2006년 8월)

4. 이발소 아저씨

　나는 내가 사는 아파트 후문 앞에 있는 조그만 이발소에서 이발을 했었습니다. 자주 다니지는 않지만 여러 번 다니다가 이발소 아저씨와 친해졌는데 내가 목회자라는 것을 알고부터는 더욱 친절하게 대해 주었습니다. 그는 모 교회의 안수집사였습니다. 교회에서는 찬양대 대장으로 봉사하고 있었고, 부인은 권사님이었습니다. 그는 보조해 주는 사람 하나 두지 않고 혼자서 이발도 하고 면도도 하고 머리 염색도 해주고 머리 감아주는 일도 다 했습니다. 조금 바쁘다 싶으면 부인 권사님이 나와서 거들어 주었습니다. 이발을 해주면서 그는 시시콜콜한 얘기서부터 신앙에 관한 내용까지 다양하게 이야기해 주기도 했고 내게 묻기도 했습니다. 장황하지 않고 소박하게 말하는 것이 듣기에 싫지 않았습니다.

　한참 정부의 고위직에 있었던 사람들의 비리와 부정부패 사건들이 매스컴을 타고 있을 때 그는 자신의 처지에 대하여 감사한다고 했습니다. 자신은 그러한 부정에 연루될 일이 근본적으로 없어서 좋다는 것입니다. 벽에 가격표 걸어 놓았으니까 더 받을 수도 없고 덜 받을 필요도 없다는 것이요, 그런 지저분한 부정에 개재될 여지가 전혀 없다는 것이었습니다. 욕심 부린다고 되는 것도 아니지만 욕심낼 필요도 없고 정확히 수고한 만큼 벌어먹고 산다는 것이 그렇게 마음 편하고 감사할 수 없다고 했습니다. 하긴 그랬습니다.

하루는 나에게 이렇게 물어왔습니다. "목사님, 주일에 문을 닫아야겠지요?" 그는 그때까지 주일에 일을 하고 있었습니다. 그리고 일주일에 하루는 쉬어야 했기 때문에 수요일에 문을 닫았습니다. 나는 "그렇지요. 주일에는 예배드리고 쉬십시오." 라고 상식적인 대답을 해 주었습니다.

그는 실토했습니다. "내가 명색이 안수집사인데 주일에 일한다는 것이 잘못된 것이지요." 그리고는 한 마디를 덧붙였습니다. "그런데 예수 믿는 사람들 중에 이상한 사람들이 있어요. 주일에 예쁘게 하고 교회 간다고 글쎄 주일 아침에 이발하러 온다니까요"

생각하면 모순입니다. 단장하고 하나님께 나아가고자 하는 것은 좋지만 자기 단장하기 위해서 다른 사람은 주일에 일하도록 만드는 것이 과연 옳은가. 그 후 얼마 있다가 그 집사님은 과감하게 주일에 이발소 문을 닫았습니다. 그리고부터 교회에서 찬양대 대장으로 봉사하게 되었습니다. 그릇이 부족하다고 사양했는데 담임목사님이 억지로 임명했다고 했습니다. 그렇지만 직분을 맡은 것이나 담임목사님의 처사가 과히 싫지는 않은 기색이었습니다.

하루는 담배를 피우다가 나한테 들켰습니다. 그렇다고 내가 뭐라고 할 수 있는 처지도 아닌 것 같아서 모른 체 했습니다. 그랬더니 스스로 계면쩍어 하면서 말하는 것이었습니다. "목사님. 제가 명색이 안수집사인데 아직 담배를 못 끊었습니다. 이걸 어떡하지요?" 나는 대꾸를 안 할 수 없어서 "끊는 게 좋지요" 라고만 했습니다. 그 후에 담배를 끊었는지는 모르지만 담배를 피우는 모습이 다시 내 눈에 띄지는 않았습니다.

그리고 한참이 지난 어느 날, 이발을 하러 갔더니 이발소 간판이 없는 게 아닌가. 이발소가 문을 닫은 것이었습니다. 전에 이사를 한다든지, 그만 두게 되었다든지 하는 이야기를 들은 일도 없고 전혀 그런 낌새도 눈치 채지 못했었는데, 아무튼 서운한 감이 왈칵 들었습니다. 무슨 불가피한 일이 갑자기 있었는가보다 생각하며 나는 할 수 없이 다른 이발소를 찾기 시작했습니다.

그 후 이발소도, 이발소 아저씨도 잊어버릴 때쯤 되었는데 드디어 최근에 의문이 풀렸습니다. 길에서 우연히 그 이발소 아저씨의 부인되시는 권사님을 만났기 때문입니다. 내가 너무 반가워서 대뜸 "왜, 어디로 옮기셨어요?" 하고 묻자 권사님은 잠시 머뭇거리다가 알려주는 것이었습니다. "갑자기 그렇게 되었어요. 우리 집사님 천국 가셨어요." 나는 너무 의외라서 처음엔 믿어지지가 않았습니다. 지금도 나는 그분의 이름을 모릅니다. 이제 알 필요도 없게 되었지만, 부를 때 그저 "집사님"이라고 편하게 불렀었습니다. 그런데 심근경색(心筋梗塞)으로 쓰러지고 30분도 못되어 운명하셨다는 것이었습니다. 욕심 없이 수고한 만큼 벌어먹으면서 그것으로 감사하며 편하게 산다고 하더니 떠날 때도 깔끔하게 떠난 모양입니다.

"고통 없이 편하게 잘 가셨어요." 권사님은 오히려 나를 위로하는 음성으로 그렇게 말씀하시는 것이었습니다.

(수필춘추, 2004년 겨울)

5. 1인용 침대

내가 이(李) 집사님 댁을 처음 심방했을 때 내 눈에 특이하게 보여 진 것은 안방에 놓여 있는 침대였다. 폭이 좁은 1인용이 깔끔하게 정돈된 방 한 편에 놓여 있었다.

혼자 자는 방에 1인용 침대. 자주 2인용만 보아서였을까, 하나도 이상할 게 없는데 그 폭이 좁은 침대가 방안 전체 분위기를 숙연하게 만드는 느낌이었다. 거기다가 호젓함을 자아내게 하는 이유는 무엇일까. 말끔하게 정돈된 공간이 서늘하고 커 보였다.

나는 그 공간이 조금이라도 흐트러져 보였더라면 차라리 덜할 텐데 하는 생각을 하다가 하긴 조금만 흐트러져 있어도 남의 말 좋아하는 사람들이 "혼자 살면서 칠칠치 못하게!"하는 식으로 비난할 수도 있겠다는 생각에 부질없다 싶어 더 이상의 생각을 접기로 했다. 예부터 우리네 사람들은 혼자 사는 사람이라면 만만하게 보고 괜스레 트집을 잡고 입방아들을 찧어대지 않았던가. 그러면 청상(靑孀)들은 행여 책을 잡힐까, 또는 오해의 소지를 보일까 해서 전전긍긍해야 했다.

이 집사님은 수년 전에 남편하고 사별(死別)하고 지금은 남편이 끼쳐두고 간 딸아이와 단둘이 산다. 더블 배드(double bed)가 필요 없는 것이다. 더블 배드는 정확히 4년 7개월만 필요했었다. 그동안 아장아장 걷던 딸아이는 "이제 나는 엄마에게 잘할 일만 남았다."고 말할 정도로 장성하였고 대학을 나오자마자 취직하여 직장생활을 하고 있다. 그러니 딸아이가 출근을 하고 나면 집안이 절간처럼 호젓해진다. 그러면 이 집사님은 그 이후로 배달된 신문을 들춰보고 Tv를 틀어 스포츠 중계도 보면서 적당히 게으름을 피우며 지낸다. 그러나 항상 그런 건 아니다. 주일에는 어김없이 교회에 나와서 찬양대원으로 봉사하고 평일에도 간간히 행사가 있으면 나와서 수고를 아끼지 않는다. 최근에는 구청(區廳)에서 관장하는 "어머니 합창단"에 가입하여 노래를 부르는 것이 또 하나의 낙이 되었다. 옛 가곡도 부르고 새로운 노래도 배우는 것이 너무 좋아서 목구멍이 아플 정도로 부르기도 한단다. 돈 되는 일은 아닌데도 열심히 하는 것이다. 운동을 좋아해서 탁구나 배드민턴 라켓을 잡으면 신들린 사람처럼 뛴다.

이런 이 집사님을 가리켜 주변의 가까운 사람들은 세상에서 가장 마음 편하게 사는 사람이라고 평가를 한다. 누가 늦게 일어난다고 간섭을 하는가. 누가 일찍 잔다고 잔소릴 하는가. 하고 싶은 일 마음대로 하고, 가고 싶은 데 마음대로 간다. 누구든 만나고 싶은 사람이 있으면 언제, 어디라도 찾아가 만날 수 있다. 자유스럽다. 그러니 이런저런 사정으로 매여 사는 사람들의 입장에서 보면 그렇게 생각할 수도 있겠지만 그러나 때로는 누구의 간섭도 받아보고 싶고 잔소리라도 듣고 싶어지는 집사님의 심중을 저들이 어떻게 알까. 다행히 남편이 남겨주고 간 재산이 조금 있어서 풍부하진 못해도 생활에 지장을 받지 않는다. 아직까지 건강한 것도 축복이다.

이 집사님은 서른둘의 처녀로써 당시엔 조금 늦었다고 하는 나이에 남편을 만났다. 교회에서 중매로 만나고 보니 12년 연상이었다. 양조장을 하는 지방 부호의 막내아들로 태어나서 40이 넘도록 장가를 가지 않은 사람이었다. 그는 술을 즐기는 사람이었다. 자신의 포부가 이 세상에서 인정되지 않을 때 홀짝홀짝 마시다 보니 어느 사이에 훌쩍 불혹(不惑)을 맞았던 것이다. 그는 감성이 풍부했다. 바이올린과 피아노를 타고 때로는 기타를 치며 노래를 불렀다. 그 애수에 잠긴 표정, 인생에 대하여 고민하는, 어쩌면 무기력해 보이는 모습이 오히려 좋아서 이 집사님은 같이 살기로 했단다. 살아보니 결혼 전에 생각했던 것보다 훨씬 남편의 성품은 자상하고 살가웠다.

그런데 술을 너무 마셔서였을까. 남편은 어느 날 간경화로 쓰러지고 병원에서조차 손을 쓸 수 없는 상태에 이르렀다. 두 사람은 기도원으로 들어갔다. 낫고 싶어서라기보다는 조용한 곳에서 인생을 정리하기 위해서였다.

이 집사님은 남편과의 추억을 생각하면 어느 날 갑자기 여행 중에 먹었던 국수가 생각난다고 했다. 오직 국수 한 그릇을 먹자는 그 한 목적을 위하여 밤 열차를 같이 타고 대전역까지 가서 잠시 정차하는 시간에 승객들에게 파는 그 따끈한 국수 한 그릇을 먹고 돌아왔다는 것이다. 그때는 열차가 정차하는 그 짧은 시간에 플랫폼에서 간식을 팔기도 했었다. 그러나 무엇보다 가슴에 꺼지지 않는 불길처럼 남아 있는 추억은 따로 있었다. 이 집사님은 회생이 불가능한 남편과 함께 잣나무와 소나무가 우거진 기도원 숲길을 걸으며 나누었던 정을 나한테 담담하게 얘기 했다. 아마 남편이 그곳에서 남몰래 기도를 했다면 좀 더 살고 싶다고 생명을 구걸한 것이 아니라 남겨두고 가는 가족들 때문이었을 것이라고 집사님은 회상했다. 화장(火葬)하여 뼛가루를 삼각산에 뿌렸다. 지금도 간혹 산행을 하노라면 그 밑을 지나친다. 마치 아무 일 없었던 것처럼.

왜 그동안 젊어 혼자 사는 사람에게 유혹이 없었겠는가. 그때마다 마음 한번 고쳐먹어 볼까 하는 생각은 왜 없었겠는가.

더블 배드 놓아두고 혹시나 좋은 사람 나타나면 하고 기다리고 싶은 생각은 왜 없었겠는가. 그러나 집사님은 과감하게 침대를 1인용으로 바꾸었을 것이다. 그것을 용기 있는 처사라고 할 수 있을지 모르지만 아무튼 이 집사님의 처신을 보면 다부지게 산다는 게 느껴진다.

그 고고한 자태로 꼿꼿하게 서 있고자 하는 이 집사님에게서는 적어도 서글프다든지 아련한 그리움을 제공하는 과거가 별로 보이지는 않는다. 아니 보이고 싶지 않을 것이다. 그러므로 우리도 당당히 걸어가는 이 집사님의 오늘만을 보면서 함께 기뻐하고 있다.

(창조문예, 2006년 10월)

6. 화창한 봄날

　이 집사님은 지금까지 화창한 봄날이면 쓸쓸했다. 가족이 그녀의 곁을 떠날 때는 언제나 봄날이었고 그날은 어김없이 화창했기 때문이다. 오늘도 딸의 결혼식장에서 이 집사님은 손수건으로 눈물을 찍어냈다. 딸이 바르게 자라서 결혼하게 되었으니 이 얼마나 기쁘고 대견한 일인가. 그러나 잘 자라준 딸에 대한 감사한 마음 한 곁에 미안한 마음이 도사리고 있는 것이다. 어미라고 다른 부모들처럼 뒷바라지를 잘해 주지 못한 것이 못내 아쉬운 것이다. 물론 딸은 지금까지 잘 키워주셔서 고맙다고 수없이 말했지만 어머니로써의 이 집사님의 마음은 그게 아니었다.

　이 집사님이 처음 우리 교회에 왔을 때 그녀는 비교적 작은 키에 뭔가에 눌린 듯한 어두운 얼굴이었다. 새신자 등록을 했지만 과연 이 사람이 여기에 뿌리를 내릴 수 있을까 염려스러웠다. 매 주일마다 예배에 참석하는 것이 아니어서 내심 조마조마할 수밖에 없었고 짐작하기를 아마 무슨 복잡한 일이 자주 일어나는 사람, 아니면 마음이 내키면 주일을 겨우 지키는 불성실한 사람이 아닐까 했다. 그러니 등록만 해놓고 그만 둘 소지는 있는 것이다. 그동안 얼마나 많은 사람이 그렇게 이름만 올려놓고 그만 두었던가. 그러면서도 전에 다른 교회를 다닐 때 거기서 서리집사 임명을 받은 바 있다고 했다.

그러나 교회는 이런 사람에게 더욱 정성을 쏟아야 한다. 나무를 옮겨 심어도 착근할 때까지는 몸살을 앓는 법인데 하물며 새 교회에 등록하고 쉬 적응할 수 있겠는가. 다행히 이 집사님은 뿌리를 내렸다. 여러 사람의 관심도 있었지만 누구보다 여전도사님의 도우심이 컸다고 본인 스스로 그렇게 말한다. 집사님은 교회에 정을 붙이면서 서서히 자신의 과거도 드러내 보였다. 지금 이 집사님은 남편 없이 산다. 남매까지 두었는데 어느 날 남편이 떠난 것이다. 화창한 봄날이었다. 봄바람이 들어오니 처자식도 안중에 없는 것 같았다. 서글픈 일이었지만 이 집사님은 깨끗하게 보내주기로 했다. 그러나 막상 보내놓았을 때 어찌 하늘과 땅이 캄캄하지 않았겠는가. 그렇다고 넋 놓고 앉아 있을 수도 없는 일. 집사님은 그때부터 오기가 발동하기 시작했다. 억척같이 일해서 보란 듯이 살 것이며, 두고 간 자식들 눈에서 눈물 내지 않겠다고 다짐했다. 정말 마음을 독하게 먹어야 했다. 그것이 떠난 남편에 대한 복수라고 생각했다. 그렇게 다짐하고 나니 무엇이든 돈이 되는 일이라면 다할 것 같았다. 그래서 정말 열심히 일해서 모아진 돈과 얻은 빚으로 당시 잘 나간다는 부동산에 투자를 했다. 그리고 부자가 되는 꿈도 꾸었다. 그런데 웬걸, 세상은 그렇게 호락호락하지 않았고 그의 꿈을 용납지 않았다. 부동산 경기가 침체되면서 빚만 늘어가고 있었다.

이러한 때에 이 집사님은 겨우 교회를 찾게 된 것이다. 그동안 돈 모을 욕심으로 신앙생활에 게을렀던 일도 생각났다. 하나님이 원망스럽기도 하고 모든 걸 포기하고 싶기도 했다. 누구하나 붙들어줄 사람 없는 광야와 같은 상황에서 이 집사님은 기도하러 교회를 찾았다. 지난 날 얄팍했지만 그래도 신앙생활을 했다는 끄나풀이 있어서 그 줄을 잡고 교회에 찾아온 것이다.

이 집사님은 울었다. 떠난 남편에 대한 적개심이 얼마나 무모한 일이며, 세상 욕심으로 주님을 떠나 산다는 것이 얼마나 어리석은 일인가를 깨달았을 때 무릎을 꿇지 않을 수 없었다. 이제는 하나님께 맡기며 살기로 했다.

그동안 아들은 군인이 되어 동료 여군인과 결혼하여 곁을 떠났다. 결혼했으니 마땅히 떠나야 하지만 떠나보내는 것이 자랑스러우면서도 한편 섭섭한 것이 어머니 마음 아니던가. 아들은 자기 근무처 부근에서 결혼식을 올렸다. 그날도 화창한 봄날이었다. 지금 그들은 잘 살고 있다. 수시로 연락이 오고 다녀가기도 한다. 이제 마지막으로 떠나보내는 딸. 결혼식이 있는 지방 도시로 버스를 대절하여 가는데 서울을 벗어나니 그곳엔 봄이 와 있었다. 어느새 산등성이엔 개나리가 피어 있었고 산야가 겨울잠에서 막 깨어나고 있었다. 웨딩드레스를 입은 딸의 모습이 나비처럼 아름다웠다. 결혼식이 끝나면 이 딸도 나비처럼 훨훨 날아갈 것이다. 이 집사님은 잘 자라준 딸이 고마워 손수건을 꺼내어 눈을 닦았다.

결국 인생이란 무엇인가. 헤어짐을 위하여 사는 것 아닌가. 이제 집에 돌아가면 딸이 있던 그 자리가 허전할 것이다. 그러나 이 집사님은 감사했다. 다 떠나보낸다고 혼자 남는 것이 아니라 주님이 함께 하신다는 기쁨. 그동안도 몸 건강하여 일할 수 있었고, 믿음 주셔서 복음 전하며 살 수 있었으니 얼마나 감사한 일인가. 그리고 보면 억척같이 살자는 자신의 의지로 여기까지 온 것이 아니라 쓰러지려고 할 때마다 붙들어 주신 분의 은혜 때문이었다.

날씨가 화창했다. 더 이상 화창한 봄날이 이 집사님에게 쓸쓸한 날이 될 수 없으리라. 주님과 동행하는 집사님의 앞날이 화창할 것이라는 기대는 아마 그녀의 밝은 얼굴을 보는 사람은 누구나 느꼈으리라.

(한국크리스천문학, 2010년 여름)

7. 세 환자를 돌보는 여인

　2년 전, 임 집사님의 남편이 교통사고를 만났었다. 사업차 지방에 내려갔다가 돌아오는 길에 운전하던 부하 직원이 깜박 졸다가 가드레일을 받았다. 고속도로에서였다. 운전한 본인은 멀쩡한데 옆에 타고 있던 남편만 다쳤다. 죽지 않은 것만으로도 다행이라고 여겼는데 다리의 뼈가 바스러지고 신경이 끊어져 절단을 해야 하느냐, 마느냐 할 정도였다. 앞이 캄캄했다. 그러나 어떻게 하겠는가. 뼈를 맞추고, 신경을 잇고, 살갗을 이식하는 수술을 받으면서 잘 회복되기만을 바랄 수밖에. 다행히 수술이 잘 되어서 다리는 절단하지 않고 본래 모습을 갖추게 되었다. 주의 깊게 보지 않으면 누구도 약간 저는 모습을 발견하지 못하게까지 되었다.

　그러나 상상만 한번 해보라. 그 동안 아내인 임 집사님이 얼마나 남편 수발하는데 고생을 했겠는가. 집과 병원을 오가면서 곤욕을 치렀다. 그 보람으로 남편은 약간 절룩이긴 해도 정상적으로 걷게 되었지만 지금도 완쾌된 것은 아니다. 신경을 건드리는 일이 있으면 자신도 모르게 소스라치게 놀라며 소리를 지른다. 스스로 양말을 신고 벗기가 어렵다. 도와주어야한다. 날씨가 궂으면 더욱 고통스러워한다. 얼마나 지나야 그 예민한 신경이 무디어질런지.

임 집사님은 체격이 왜소한 편이다. 어느 날 우리 교회에 스스로 찾아와서 새신자 등록을 했다. 삼척에서 살다가 이사를 왔다고 했다. 처음엔 다른 교회를 먼저 나가봤는데 분위기가 냉냉하고 받아들이는 태도가 친절치 못하여 우리 교회에 다니기로 했노라고 했다. 고향 교회에서 이미 집사 직을 맡아 봉사를 했다고 했다. 그 말씨가 부드럽고 애교가 섞였다. 아무려면 어떤가. 등록했으니 뿌리를 잘 내리기만 바랐다. 그런데 그 왜소한 체격에서 어떤 힘이 그렇게 나오는지, 일하는 모습이 깔끔하고 야무져서 훈련만 잘 받으면 앞으로 훌륭한 일꾼이 될 것 같았다.

그런데 느닷없이 남편에게 이런 사고가 난 것이다. 등록한 지 얼마 되지 않은 터라 교회도 걱정이 되었는데 당사자들은 얼마나 힘들었겠는가. 그럼에도 임 집사님은 표정 하나 일그러트리지 않고 잘 견디며 버티어 나갔다. 드디어 불편하긴 해도 남편이 걸음을 떼어놓을 수 있을 정도가 되었을 때, 이 가정에 경사가 찾아왔다. 5개월 간격으로 딸과 아들을 결혼시켰다. 딸이 먼저 시집을 가는데 다행히 남편은 딸의 손을 잡고 예식장에 들어설 수 있었던 것이다. 아들도 예쁜 며느리와 짝지어 분가를 시켰다. 이제는 달랑 두 부부만 남게 되었다.

경사는 경사를 몰고 오는 것인가. 이후에 또 경사가 찾아왔다. 먼저 시어머님이 오시고 조금 뒤에 친정어머님까지 합세를 한 것이다. 두 분 모두 8순을 넘기신 분이다. 공교롭게도 두 분이 모두 골다공증으로 거동이 불편한데 여생을 여기서 보내겠다고 오신 것이다. 그러면 시어머님이나 친정어머님이 당신들을 모실 다른 자녀들이 없어서였는가. 아니다. 두 분 다 여러 자녀를 두었고 어디를 가든 자녀들이 환영을 하는데 굳이 임 집사님 댁으로 오신 것이다. 이유는 간단했다. 이 집이 가장 편하단다. 똑같은 사위라도 다른 사위보다 말 붙이기가 어렵지 않다는 것이 친정어머님의 변(辯)이고, 다른 아들이나 며느리보다 이 아들네가 편하다는 것이 시어머님의 변이다. 쉽게 말하면 시어머님은 이 집 아들과 며느리가 만만하고 친정어머님은 이 집 사위와 딸이 만만하다는 뜻이 아닌가. 말은 안 해도 어린아이들은 누가 자기를 더 예뻐하는가를 아는 법이고 노인은 어디가 만만한가를 눈치껏 아는 것이다.

다행인 것은 두 분의 의가 좋았다. 친정어머님 편에서 보면 딸이고 시어머님 편에서 보면 며느리인데 두 분이 속된 표현으로 궁짝이 잘 맞아서 임 집사님에 대해서 흉도 잘 본단다.

어떤 때는 친정어머님의 잔소리가 싫어 기분이 상하려 하다가도 생각을 고쳐먹는단다. 한편 생각하면 친정어머님이 자기 딸이라고 딸 편역만 들면 집안 분위기가 어떻게 될 것인가. 오히려 두 분이 마음 맞아서 자신의 흉을 보는 것이 얼마나 다행인가 하는 생각이 든다는 것이다. 어느 때는 두 노인이 서로 자신이 더 아프다고, 아픈 것이 무슨 자랑이나 되는 듯 다리를 뻗고 고통스러워한단다. 그러면 남편은 그 앞에서 감히 아프다는 소리 한번 못하고 오히려 웃는다는 것인데 이래서 임 집사님은 세 명의 환자를 돌보는 간호사일 수밖에 없었다.

노인 모시기가 어디 그리 쉬운 일인가. 더구나 거동도 불편한 노인들을 모신다는 것은 아는 사람은 다 아는 일이다. 그래서 "얼마나 힘드세요?" 하고 행여 누가 묻기라도 하면 임 집사님은 주저하지 않고 괜찮다고 대답한다. 격려하는 말로 "하나님께서 복을 주실 것입니다" 하고 말하면 "이미 받았는걸요." 하고 시원스럽게 대답한다. 늙은 어머니를 모실 수 있다는 그 자체가 이미 복을 받은 것이 아니냐는 것이다.

그렇다. 하나님이 누구에게 복을 내리시겠는가. 성경은 이미 부모를 잘 모시는 사람에게 복을 약속하고 있다. 작은 체구지만 늙은 어머님들을 모시는 임 집사님에게는 언제나 풋풋한 사랑 냄새가 난다. 어머님들이여, 건강하시라. 신랑님이

여, 아내의 은덕을 잊지 마시라. 임 집사님이여, 힘을 내시라!

(한국크리스천문학, 2010년 가을)

8. 아름다운 결단

김 권사님이 이사를 갔다. 주일에 본 교회에 참석할 수 없는 먼 곳으로 갔다. 우리에게 섭섭한 마음만 한 아름 안겨주고 떠났다. 본인의 말대로 본 교회와 인연을 끊고 아주 떠난 것은 아니다. 어디까지나 자신은 우리 교회 소속의 권사님이라고 분명히 하고 떠났다. 그럼에도 불구하고 우리가 섭섭하게 생각하는 것은 그의 성실한 섬김의 자세와 충성스런 봉사를 자주 볼 수 없다는 이유에서다. 지난해만 해도 권사님은 교회에서 식당관리를 맡았었다. 매 주일, 전 교인의 식사를 준비하는 일 뿐 아니라 행사 때마다 구정물에 손을 담가야 하는 일이 그리 녹녹치는 않은 것이다. 한겨울에도 땀을 흘려야 하고 한여름에도 한기(寒氣)를 느낄 수 있는 일이다. 육신적으로도 피곤한 일이지만 앞장서서 일하는 사람은 반드시 일을 마친 뒤에 잘잘못에 대한 평가를 다른 사람들로부터 받기 마련이라 여간 신경이 쓰이지 않는 일인 것이다.

이제 이런 모든 일을 마무리하고 남편과 함께 고향으로 떠났다. 권사님의 남편은 근 20년 동안 중국 연변지역에서 사업을 했다. 부부가 떨어져 사는 기간이 많을 수밖에 없었다. 그동안 집안 살림은 모두 권사님 몫이었다. 남매를 양육하는 일도 거의 혼자 하다시피 했다. 지금은 자녀들이 모두 결혼하여 분가를 했지만 그동안 마음고생인들 오죽했겠는가. 그러나 아무 잡음 없이 감당했다. 그런데 이제 남편의 몸이 쇠약해진 것이다. 지병인 당뇨가 물고 늘어졌다. 잘 알려진 바와 같이 당뇨병이란 게 얼마나 신경을 곤두세우게 하는 것인가. 꾸준한 음식 조절과 운동, 그리고 약물치료가 병행되어져야 한다. 그런 남편이 작년부터 부쩍 고향에 내려가 살자고 서두르며 설득하는 것이었다. 고향에 내려가자고 설득하는 남편에게 타당한 명분이 없겠는가. 거부하기 어려운 이유가 분명히 있었다. 본인의 질병 치료를 위해서도 물론 공기가 맑은 시골이 좋지만 무엇보다 지금 고향에는 구순(九旬)의 시어머니가 혼자 계신다. 집안을 돌보아 주시는 분 하나와 시아버지께서 돌아가신 이후 줄곧 혼자 사시는 것이다. 그동안 건강하셨지만 어떻게 그 나이를 무시할 수 있겠는가. 늘 마음에 걸려 여러 번 서울로 모셔오려고 시도했지만 시어머니는 거절하셨다. 김 권사님이 시골에 내려가기 싫은 만큼 시어머니는 서울에 올라오기를 싫어하셨다. 고집스럽게 혼자서 고향집을 지키고 계셨다. 그래서 이제 할 수 없이 단안을 내리고 고향으로 떠난 것이다.

떠난 지 한 달포쯤 되었을까, 권사님이 서울에 올라오셔서 주일예배를 같이 드리고 바람도 쐴 겸 시골집에 내려와서 예배를 드렸으면 좋겠다는 의사를 내게 비치셨다. 어찌 이를 거절할 수 있으랴. 그래서 오늘 우리는 평소에 가까이 지내며 헤어지기를 아쉬워하면서 시간을 낼 수 있는 몇 사람이 함께 심방을 하게 되었다. 우리를 태운 승합차는 거의 세 시간이나 걸려서 경기도 안성시 고삼면에 도착했다. 거기에는 우리 농촌 어디서나 볼 수 있는 아늑한 시골이 자리하고 있었다. 산이 마을 뒤에 병풍처럼 펼쳐 있고 옹기종기 집들이 머리를 맞대고 있었다. 아직은 이른 봄이라 산도 나무들도 모두 건조하게 보였지만 곧 물기가 오르면 푸른 마을을 만들게 되리라. 농촌도 이제는 예전과 달라서 많이 편리해졌다. 아궁이에 불 피워 밥을 짓던 시절이 아니다. 입식 부엌을 가지고 있고 상하수도 시설도 되어 있다. 가스도 들어온다. 아쉬운 것은 사람이다. 젊은 사람들이 돈을 찾아서 고향을 떠났다. 사람이란 사람 속에서 살아야 살맛이 나는 법이다. 사람끼리 부대끼며 사는 것이 진정한 살맛 아닌가. 아무리 공기가 맑고 산천이 수려해도 이야기를 나눌 사람이 없으면 적적한 것이다. 사람들이 득실거리는 도회지의 삶에 익숙해 있다가 어느 날 갑자기 입을 다물고 자연경관만 바라보는 것을 낙으로 삼기가 쉬운 일이 아니다. 사실 권사님도 이점에 겁이 났을 것이다. 그동안 서울에서 살면서 시골 살림을 잊은 지 오래다. 서울이 고향이 되어버렸고 고향은 이미 타향으로 남아 있었던 것이다.

예배를 드렸다. 지금까지 지내온 것 하나님의 은혜라고 찬송을 부르고 하나님께서 목자 되셔서 우리 권사님 가족을 지키고 인도해 주실 것을 기도했다. 사실 이 세상은 어디서 살아도 편리한 점과 불편한 점이 있다. 좋은 점과 나쁜 점이 있기 마련이다. 공기가 맑은 것은 분명히 시골이 도회지보다 낫다. 그러나 사람이 없어 적적한 것은 늘 사람들 무리 속에서 살아온 사람에겐 귀양살이만큼이나 힘든 부분이 될 수 있다. 그러나 김 권사님은 결단을 했다. 잘한 결단이다. 홀로 되신 어머니께 효도할 기회가 주어졌다는 것은 정말 잘된 일이다. 나중에 밀어닥칠 불효의 뉘우침을 조금이라도 줄일 수 있는 절호의 기회를 얻은 것이다. 성경도 권하지 않는가. "누구든지 자기 친족, 특히 자기 가족을 돌보지 아니하면 믿음을 배반한 자요, 불신자보다 더 악한 자니라." 라고(딤전 5:8). 어찌 늙으신 어머니를 두고 내 편한 대로만 살 수 있겠는가.

마을 어귀에 작은 교회가 하나 서 있었다. 우선 봐도 꽤 오래된 것 같았다. "저렇게 보여도 100년이 넘은 교회입니다." 우리나라 개화기에 세워진 교회라고 권사님의 남편이신 윤 선생님이 설명해 주었다. 그래서 당시 이 마을은 작지만 여기서 많은 정보를 얻고 선진 학문의 혜택을 받을 수 있었노라고 했다. 그동안 이 마을에서 박사(博士)가 수십 명이 나왔다고 자랑도 했다. 이곳에 내려와서 권사님 부부는 주일마다 이 교회에 나간다고 했다.

아름다움이란 무엇인가. 노모님을 위해서 나의 편리함을 뿌리치고 고향으로 돌아가 여생을 살펴 드리고자 한 결단. 그리고 몸이 불편한 남편과 함께 나란히 예배당을 찾아가는 모습. 얼마나 보람 있고 아름다운 모습인가. 김 권사님은 좋은 결정을 하신 것이다. 우리는 그저 여기에도 계시는 주님께서 이 가족을 돌봐주실 것을 믿고 기도해야 했다. 주님 모시고 살면 형편이 어떻든 거기가 천국 아닌가.

(한국크리스천문학, 2011년 여름)

9. 불가항력적 은총

장례가 진행되는 기간 동안 나는 내내 기뻤다. 내가 이렇게 말하면 의아하게 생각할 사람이 많겠지만 그럴만한 이유가 있다.

성도님 한 분이 병상에서 돌아가셨다. 일생 교육계에서 일하시다 정년을 맞아 은퇴하고 쉬시던 분이었다. 성품이 대쪽 같고 깔끔하여 자기주장에는 고지식하다 할 만큼 완고했다. 대개 이런 분들의 특징은 남에게 피해를 주지 않는 삶을 살려고 애쓰는 것이다. 그리고 사회에서 일어나는 온갖 부조리나 불의에 대해서 분개한다. 그러나 이게 지나치면 자신에게는 잘못이 하나도 없고 모든 잘못은 남에게 있다는 쪽으로 발전할 수 있다. 그러면 아집과 독선에 사로잡히게 된다.

부인은 우리 교회의 집사님이시다. 곧 권사로 취임하기 위하여 피택 된 상황이다. 그러니 신앙생활을 게을리 하지 않는 분이다. 바로 이 점 때문에 이 가정엔 부부간 마찰이 일어날 때가 있었다. 주일에 교회에 나가는 정도는 이해를 하지만 그 외에 너무 지나치게 교회에 나가는 것처럼 느껴질 때는 용납할 수 없다는 것이 남편의 주장이었다. 신앙생활을 해도 너무 지나치게 하지 말라는 것이다.

그러나 어디 신앙생활을 제대로 하려면 그 뜻을 받을 수 있는가. 전도활동도 하고, 기도생활도 하고, 봉사활동을 하다보면 집을 비워야 할 때가 있기 마련이다. 남편은 이것이 싫었다. 나중엔 어느 정도로 발전했느냐 하면 부인이 거의 한 달 동안을 혼자서 해외여행을 하느라 집을 비워도 그것은 괜찮은데 유독 신앙생활에 열심을 내는 것은 싫어하기까지 되었다. 그 뿐인가, 누구든 신앙생활을 같이 하자고 권유만 해도 그는 노골적으로 거부감을 드러내며 비판했다.

그러니 부인 집사님의 심적 고통은 얼마나 컸겠는가. 얼마나 남편의 영혼을 위해서 그동안 기도하며 그의 회심을 위하여 갖은 방법을 동원해 보았겠는가. 거의 한 평생을 부인은 남편을 위해서 그렇게 살았다. 남편의 기분을 상하게 하지 않으려고 애써야 했고, 아내의 바른 자세로 살려고 노력했고, 자식을 반듯하게 키우는 어머니가 되려고 애썼다. 그 결과 남매는 부끄럽지 않은 사회인으로 장성했고 처음 어렵게 시작했던 살림도 이제는 궁핍을 면하게 되었다. 가정의 신앙문제만 해결되면 그야말로 아무 걱정이 없는 집안이 된 것이다.

그런데 작년에 이상한 바람이 불었다. 남편이 가정에서 목사인 나와 함께 예배드리는 것을 허락했다는 것이었다. 기뻤다. 그러나 뛸 듯이 기뻐하는 부인 집사님과는 달리 내게는 한편 걱정도 뒤따랐다. 중도에서 어그러지지 않게 잘 이끌어야 한다는 부담 때문이었다. 물론 하나님께서 하시는 일이지만 모처럼 맞은 기회를 수포로 돌아가게 할 수는 없지 않은가.

예배 때마다 사도신경을 풀어드리며 기독교의 진리를 깨우쳐 드렸다. 그러면서 그분의 주장이 옳으면 동조해 주고 그르면 가급적 대답을 피했다. 그런 결과 기분이 좋아져서 우리 내외를 초청하여 식사대접도 해주시고 교회에 나와서 등록도 했다. 주일에는 꼭 교회에 나와 예배를 드리겠다고 약속도 했다. 이제 됐구나 싶었다. 원체 성품이 곧은 분이라서 한번 결심하면 틀림없이 지키리라고 기대를 했다. 그런데 웬걸, 몇 달이 못 되어 몸이 피곤하다는 핑계로 신앙생활을 중단했다. 실제로 몸이 아프기도 했다. 기본적인 신앙이 없다보니까 나중엔 예배를 드리기 위해서 앉아 있는 시간도 힘들었던 것 같다.

그리고 해가 바뀌었다. 느닷없이 부인 집사님으로부터 연락이 왔다. 지금 남편과 함께 예배를 드리면 어떻겠냐는 것이었다. 한 번 실패한 일이 있지만 이런 경우 거절할 이유는 없다. 찾아갔다. 그동안 몸이 많이 야위어 있었다. 예배를 드리고 나서 기회가 그리 많지 않을 것 같은 예감이 들어 넌지시 허무한 인생에 대해서 말씀드리고 구원과 천국에 대해서도 다시 말씀드렸다. 그리고 신앙을 고백할 것을 권했다. 그랬더니 고개를 끄덕이는 게 아닌가. 그는 내가 하는 대로 따라서 고백을 하기 시작했다.

"나는 죄인입니다.",
"나를 용서해 주십시오.",
"나는 예수를 믿습니다.",
"예수님은 내 구주가 되십니다."

이렇게 맑은 정신으로 또렷하게 고백할 줄은 몰랐다. 오히려 신기했다. 어떻게 이리 순한 양처럼 되셨을까? 그리고 전에 함께 불렀던 찬송을 부르고 주기도문도 암송했다.

"주의 친절한 팔에 안기세. 우리 맘이 평안하리니 항상 기쁘고 복이 되겠네. 영원하신 팔에 안기세"(찬송가 405장)

"세상 사는 동안에 나와 함께 하시고 세상 떠나 가는 날 천국 가게 하소서. 날 사랑하심, 날 사랑하심, 날 사랑하심, 성경에 쓰였네."(찬송가 563장)

그렇다. 지난번에 함께 드린 예배가 헛되지 않은 증거였다. 더 놀라운 것은 다음부터는 많은 성도들이 모여서 같이 예배를 드렸으면 좋겠다고 하였다. 그렇게 성도들의 권유를 싫어했던 그의 입에서 어떻게 이런 말이 나올 수 있었을까. 실로 기적이었다.

그리고 며칠 후, 성도님은 병원에 입원을 했다. 통증을 견디기 어려워서였다. 위문을 가서 기도를 하는 동안 너무 늦지 않아야겠다는 생각이 들어 이튿날 찾아가 문답을 한 후 병상세례를 베풀어 드렸다.

그러고 나서 사흘 후 갑자기 쇠약해지더니 운명을 하셨다. 그러니 왜 내게 기쁨이 없겠는가. 물론 죽음은 슬픈 일이고 안타까운 이별이지만 다른 편으로 생각하면 죽음은 누구나 겪는 일이다. 얼마나 오래 사느냐 보다는 어떻게 살았느냐가 더 중요하다. 예수 그리스도 안에서의 죽음이란 천국을 가기 위한 관문을 통과하는 일에 불과한 것이다.

개혁주의 교회에는 "불가항력적 은총"(不可抗力的 恩寵)이라는 교리가 있다. 하나님께서 주권적으로 택하신 백성은 그 구속의 은총을 항거할 수 없다는 진리다. 과연 하나님은 부인의 끈덕진 기도를 외면하지 않으셨고, 성도님은 하나님의 그 불가항력적인 은총을 거부할 수 없었다고 볼 수밖에 없다.

(한국크리스천문학, 2012년 가을)

10. 붉은색 넥타이

똑똑똑, 노크 소리가 나더니 대답도 하기 전에 벙긋이 문이 열리면서 주름진 얼굴부터 나타난다. 할머니 집사님이시다. 칠순을 넘긴 할머니 집사님이 들어오시는 거다. 반갑다. 그러나 나는 이 할머니 집사님의 방문이 때론 두렵다. 반사적으로 나는 집사님의 손을 본다. 자주 들르지는 않지만 들를 때마다 거의 그 손에 뭔가가 들려 있기 때문이다. 아닌 게 아니라 이번에도 쇼핑백이 들려져 있다. "어서 오세요." 하고 인사는 하지만 "이걸 어떻게 하나?" 하는 걱정부터 앞선다.

이 할머니 집사님은 혼자서 삼남매를 키웠다. 아들 둘에 딸 하나다. 가족 구성 요소만 생각하면 아기자기해야 할 터인데 현실은 그렇지 못하다. 딸은 언젠가 집을 나갔다. 어디서 무얼 하고 사는지 모른다. 전에는 가뭄에 콩 나듯 소식이라도 전해 주었는데 최근 들어서는 그 소식마저도 끊겼다. 내 속에서 나온 피붙이인데 얼마나 보고 싶겠는가. 그럼에도 할머니 집사님은 전혀 내색을 않고 사신다. 그러므로 속사정을 깊이 아는 사람이 아니면 그 할머니 집사님에게 딸이 있는지조차 모른다.

막내아들은 결혼해서 따로 산다. 물론 넉넉하게 살지 못하기 때문에 어머니에게 경제적 도움은커녕 저희들 살기도 부친다. 어찌할 수 없이 마흔이 넘었지만 아직 결혼도 안 한 큰아들과 같이 사는데 전셋집을 전전하고 있다. 그럼에도 나는 이 할머니 집사님으로부터 이사할 때마다 곤란한 일 없이 순적하게 들어가게 해달라는 기도 부탁은 들었어도 내 집 하나 달라고 하는 기도 부탁을 받은 일이 없다. 돈이 좋고 내 집 갖고 사는 게 편리하다는 걸 모를 리 없겠지만 달관을 하셨는지, 체념을 하시고 사는지 도무지 그 부분에 대해서 초연해 보인다. 그리고 아직도 건강하다면서 자신이 번 돈으로 생활을 해오고 있다. 생각해 보라, 칠순 노인이 무슨 일을 하여 얼마나 벌겠는가. 쓰레기 하치장 같은 재활용품 수집소에서 품목별로 구분하는 일을 하고 있다. 구청의 배려로 그나마 일거리가 있는 것인데 여름철엔 일이라기보다는 파리 떼와 악취와 먼지의 협공에 대항하는 싸움이라고 해야 맞을 것이다. 땀은 또 얼마나 흘리겠는가. 어떤 때는 옷에 절은 땀 냄새가 할머니의 고달픔을 대변해 주기도 한다.

그럼에도 이따금 나를 찾아올 때는 빈손이 아니다. 참외가 들려있기도 하고 딸기나 포도를 들고 오기도 하신다. 수박은 아예 머리에 이고 오신다. 사실 이 할머니 집사님이 나를 찾아오는 목적은 이런 것들을 전해주기 위한 것이다. 그러나 생각해 보라. 이런 선물을 어떻게 넙죽넙죽 받으며 맛있다고 아무렇지 않게 목구멍으로 넘길 수 있겠는가. 어렵고 힘든 일이다. 그래도 거절하여 실망시키는 것보다 흔쾌히 받아 집사님이 진정으로 기뻐하시는 모습을 보는 게 덕스럽다. 이렇게 안 하셔도 집사님 마음 다 아니까 제발 앞으론 이러지 마시라고 부탁을 해도 통하지 않는다. "성의니까, 성의를 무시하면 안 되는 것이라"고 오히려 내게 훈계하려 든다. 그리고 잊어버릴 만하면 또 찾아오신다. 그리고 내가 묻지도 않는데 이런 걸 사오는 것은 당신의 월급 축내는 것이 아니라 일터 오가며 버려진 파지나 종이박스 같은 것들을 주워 모아두었다가 고물상에 내다판 값으로 한다고 내 마음을 안심시키려 든다. 아무리 그래도 그렇지, 계산적으로 하나, 도리로 보나 내가 사드려야지 어떻게 오히려 받아야 하는가 말이다.

오늘은 넥타이를 사오셨다. 하나도 아니고 둘이나. 붉은 색이 유독 눈에 띄는 것이었다. 얼마든지 길거리나 시장에서 볼 수 있는, 니어카에 주렁주렁 매달아 놓고 파는 그런 종류였다. 젊어 보이라고 일부러 붉은색 계통으로 골랐노라고 흐뭇해 하신다. 귀 밑부터 희끗희끗해지는 내 머리털이 이 할머니 집사님에게는 걱정거리가 되었나보다. 다음 주일에는 붉은색 넥타이를 매고 한껏 젊어진 모습을 보여 드려야 할 것 같다. 그리고 내 사정을 외면치 않으시는 만만하신(?) 하나님께 기도드린다.

"하나님, 절대로 저 할머니 집사님의 고집은 제 마음대로 어떻게 안 됩니다. 제발 딸 소식 전해주시고 아들 장가나 보내주세요!"

(한국크리스천문학, 2011년 가을)

11. 목도리

   지난 늦가을에 목도리 하나를 선물로 받았다. 짙은 갈색인데 목에다 걸어보니 그 길이가 길어서 양 끝이 발목까지 내려왔다. 목에 두어 번 감아 보니 목 부분이 훈훈하면서 털실에서 상긋한 나무 냄새가 났다. 색깔도 나무색이고 냄새도 내가 좋아하는 나무 냄새다.

   언제 시간이 있어서 뜨개질을 다 했을까. 뜨개질을 하면서 나를 생각했을 것이다. 정성이 뭉클하게 묻어났다. 비교적 젊은 층에 들어가는 최 집사님은 항상 바쁜 사람이다. 그러나 내가 보기에는 언제나 밝은 표정이라서 바빠 보이질 않는다. 품성이 넉넉한 탓이리라. 결혼하여 자녀를 두었으니 아내 역할도 해야 하고 엄마 역할도 해야 한다. 그러나 그것은 주부라면 누구나 하는 일이니 그렇다 치고 집사님은 어려서부터 교회에서 예배 반주를 했다. 지금도 여전히 반주를 하는 찬양대원이다. 그 외에도 한 구역을 맡아서 구역장으로 봉사하고 외부 기관의 찬양단에서도 활동하고 있다. 그렇게 바쁜 중에도 개인적으로 피아노 교습을 하고 전도활동에 적극 참여하고 있다. 한 몸으로 참 여러 가지 활동을 하고 있는 것이다. 그럼에도 그 모든 일을 기쁨으로 감당하고 있으니 내가 어찌 그에게 대견하다는 생각을 갖지 않을 수 있으랴

이렇게 순종하고 충성하니까 하나님께서 복을 주셨을 것이다. 좋은 남편을 만났고 착한 딸을 두었다. 이참에 솔직히 말하면 집사님이 결혼을 할 때 나 뿐 아니라 알만한 사람들은 염려를 했다. 교회에서 반주를 하는 사람이 어찌 저런 남자를 택했을까 해서였다. 신랑감이 불신 가정의 불신자였다. 그런데 우리의 염려는 그야말로 기우가 되고 말았다. 결혼한 남편이 어쩌면 그렇게 순박할 수가 있을까. 아내의 신앙을 반대하기는커녕 철저한 신앙인으로 바뀐 것이다. 세례 받고 직분 맡는 순서를 어김없이 밟아 나가더니 인정을 받아서 지금은 중직까지 맡게 되었다. 착한 마음에 하나님께서 복을 내리신 게 아니겠는가.

요즈음 나는 새벽에도, 낮에도 집사님이 손수 한 올, 한 올 정성스럽게 뜬 목도리를 두르고 외출을 한다. 집사님의 사랑이 전해오는 것 같다. 착한 마음이 내 목을 두르고 내 마음을 감싸주는 것 같다. 그렇잖아도 나이가 들면 혈압이 높은 사람은 목을 따뜻하게 간수해야 한다는 말을 들었는데 나도 이제 제법 나이도 들어가고 혈압이 높아서 약을 복용하고 있다. 추

위를 조심해야 할 처지에 적절한 선물을 받고 보니 감사하다. 그러나 그보다 더 감사한 것은 이런 착한 사람들과 내가 신앙 생활을 같이 하고 나를 아껴주는 분들과 함께 하나님을 섬긴 다는 것이다.

사도 바울이 얼마나 감격했으면 자신의 선교사역을 돕는 분 들을 잊지 못하여 어떤 사람들은 자신을 위하여 목이라도 내 놓으려 했으며(롬 16:4) 할 수 있었더라면 눈이라도 빼어주려 고 한 사람들이 있었다고 술회 했었을까.(갈 4:15) 나는 지금 바울 사도의 마음을 이해하면서도 바울 사도가 부럽지 않다 는 생각을 한다. 이런 좋은 성도들 앞에서 목덜미가 화끈거리 는 부끄러운 행동을 해서는 안 된다는 생각을 할 수밖에 없다.

언젠가 최 집사님이 구역 예배를 드리고 나서 나에게 소박 한 소원을 말한 적이 있다. 구역원들과 편하게 예배드리는 조 금 넓은 방이 있었으면 좋겠다는 것이었다. 내 생활의 편리보 다 신앙을 위한 공간을 먼저 생각하는 마음. 아직 집사님은 전 세를 살고 있다. 나는 조만간 이 가정에 자기들의 집을 마련 해 주실 것으로 믿는다. 그리고 한 명의 자녀는 더 주셔도 될 것 같다는 생각을 한다.

목이 따뜻하니까 마음까지 한결 따뜻해지는 느낌이다. 나무 냄새가 나는 목도리 두르고 함박눈이라도 소담하게 쏟아지는 거리를 걸으면 내가 생각해도 내 모습이 그럴듯할 것 같다.

(한국크리스천문학, 2014년 겨울)

12. 토시

김 집사님이 토시를 가지고 왔다. 손수 만든 것이라 했다. 옷을 만드는 곳에서 일한다는 것은 알고 있었지만 이렇게 좋은 것을 만들어 올 줄이야. 일하는 중에 시간이 좀 나서 만들었나 보다. 오랜만에 보는 것이고 또한 성의가 고마워서 곧 받아 끼어보니 기분이 좋다. 어떻게 토시를 만들 생각을 다 했을까.

김 집사님은 남의 마음을 기쁘게 하는데 탁월한 소질이 있다. 해야 할 일이 눈에 띄면 자동적으로 발이 옮겨지고 순발력이 있게 손이 움직인다. 예를 들어 마당에 휴지가 떨어져 있으면 아무리 바빠도 그냥 지나치지를 못하고 깨끗해야 할 곳에 먼지라도 끼어 있으면 걸레로 닦아내야 직성이 풀리는 사람이다. 누가 시켜서 하지 않는다. 그러면서도 내가 이런 일을 했노라고 드러내지를 못한다. 그런 행동이 사람들을 즐겁게 한다. 그는 남들이 보지 못하는 것을 보고 다른 사람이 보고도 못하는 것을 한다. 이는 그의 성품이 세심하다는 것을 나타낼 뿐 아니라 그 일에 관심이 있다는 뜻이 아니겠는가.

그렇다. 남이 지금 필요로 하는 것이 무엇인가 하는 것을 빨리 깨닫는 것은 관심에서 나오고 그 필요를 순발력 있게 채워주는 것은 마음에 익숙한 봉사정신이다. 그가 지난 가을에 자전거를 타려고 하는데 난데없이 두툼한 장갑을 내미는 게 아닌가. 겨울이 가까워 오는데 무방비로 핸들을 잡는 내 손이 시려 보였던 모양이었다. 남들이 보지 못하는 것을 그는 어느새 보고 준비해 두었다가 내민 것이다. 과연 선물이란 관심과 성의의 산물이며 이렇게 필요를 채워주는 요긴한 것일 때 더 큰 기쁨을 안겨준다.

그런데 이번에는 토시다. 김 집사님은 어떻게 내가 이런 선물을 기뻐할 줄을 알았을까. 검정색이다. 아니 좀 더 자세히 말하면 군청색이고 깃의 주름잡힌 부분에 하얀색 줄이 나란히 세 개가 둘러져 있어 모양도 예쁘다. 토시란 팔뚝에 끼는 것으로 한 끝은 좁고 다른 한 끝은 넓어 마치 저고리 소매와 비슷하게 만들어서 본래는 어르신들이 추위를 막는데 사용했던 제구다. 그러나 오늘날에는 추위를 막기 위해서 토시를 끼는 사람은 거의 없는 것 같다. 다만 일하는 사람들이 와이셔츠 소매가 더럽혀지지 않도록 하기 위하여 그 위에 덧끼는 경우는 간혹 있는 것 같다.

참으로 오랜만에 토시를 보니 초등학교 시절에 학교에서 일하던 소사(小使)가 생각난다. 우리가 어렸을 때는 학교의 자질

구레한 일이나 교무실에서 선생님들의 잔심부름을 맡아 하는 사람을 소사라 불렀는데 당시 소사가 일을 할 때에는 대개 검정색 토시를 끼고 있었다. 그때는 학교에서 가정으로 안내문을 보낸다든지 시험 문제를 낼 때 일일이 등사원지에 철필로 글자를 긁어야 했다. 그러면 소사는 그 등사원지를 등사판에 올려놓고 그 위에 등사 잉크를 바른 다음 로울러로 밀어서 박아냈다. 이때 일을 하다보면 등사 잉크가 손이나 옷소매에 묻기가 십상이다. 이것을 방지하기 위해서 토시를 끼었다. 그러므로 소사가 끼고 있는 토시는 언제나 검정색이었고 자세히 보면 등사 잉크로 얼룩져 있었다. 그 토시가 지금 내게 주어진 것이다. 나는 즐겨 이 토시를 끼고 일을 한다. 어느 때는 토시를 벗어놓지 않은 채 윗도리를 걸치고 집에까지 오는 날도 있다.

김 집사님은 왜 나에게 뜬금없이 토시를 만들어 선물했을까. 잠시 어린 시절로 돌아가 보라는 뜻일까. 아니면 옛날 소사처럼 열심히 일하라는 뜻일까. 그것도 아니면 토시의 정신을 본받으라는 뜻인지 모른다. 토시는 손목이 춥지 않도록 감싸거나 하얀 와이셔츠 소매가 더렵혀지지 않도록 자신이 그 위를 덮어주는 일을 한다. 예수님은 우리의 죄를 덮어주기 위해서 그 죄를 대신 짊어지셨고 김 집사님은 토시의 정신을 닮았다.

(한국크스천문학, 2011년 봄)

13. 국화분(菊花盆)을 받고

    김 집사님은 꽃집사님이시다. 꽃을 좋아하셔서 더러 방문할 일이 있어 댁을 찾아가보면 집안은 그리 넓지 않아도 언제나 마당과 거실엔 웬만한 화원을 방불케 할 정도로 초록 세상이요, 꽃이 만발하다. 봄철에서 가을까지는 말할 것도 없고 겨울철에도 방안에는 화분이 가득하다.

    나는 그 집안에 있는 꽃 이름조차 다 모른다. 어릴 때 장독대 옆이나 마당가에 만들어진 작은 뜰에서 흔히 보았던 채송화, 봉숭아, 백일홍, 분꽃, 옥잠화, 접시꽃, 나팔꽃, 해바라기, 맨드라미 같은 정도야 구별할 수 있는 실력이 있지만 시클라멘이니, 벤자민, 제라늄, 페튜니아, 루피너스, 콜레우스, 프리뮬러… 하는 식의 외국 이름으로 나가기 시작하면 머리에 혼동이 온다. 향은 그윽하지만 키우기가 여간 까다롭지 않은 난(蘭)의 종류는 얼마나 많으며 열사(熱砂)의 나라에서 옮겨와 대접을 받고 있는 선인장의 종류는 또 얼마나 많은가. 요즈음엔 같은 꽃이라도 개량종이 많이 나와서 폭넓게 아름다움을 관상할 수 있지만 헷갈리게 하는 경우도 적지 않다.

그런데 김 집사님은 꽃에 대해서 아는 것이 참 많다. 이름은 말할 것도 없고 원산지가 어디며 성품이 어떻다는 것까지 알아서, 얘는 볕을 좋아하고, 저 애는 그늘에서 키워야 한다든지, 이 나무는 자주 물을 주어야 하고, 저 꽃은 물을 자주 주면 죽는다고 일일이 설명도 해준다.

어느 정도로 좋아하는가, 하는 차이는 있을 수 있어도 아마 꽃을 좋아하지 않는 사람은 없으리라. 나도 꽃이 좋다. 이른 봄에 첨병(尖兵)처럼 피는 매화, 귀족처럼 고고한 기품을 자랑하며 피는 백목련, 근처에만 가도 미리 향기로 자신의 존재를 알리는 수수꽃다리, 다른 나무의 줄기를 의지하면서 늘어져 피어 있는 능소화, 길가에 피어 소슬바람에 한들거리는 코스모스의 물결, 보아주는 이 없어도 산기슭에 무리지어 청초함을 느끼게 하는 들국화, 눈이 내리는 날에도 떨어지지 않고 단심(丹心)을 보여주는 동백, 산야에 널브러져 아기자기하게 피어있는 야생화까지 오밀조밀하지 않은 것이 없고 아름답지 않은 꽃이 없다.

그런데 김 집사님은 가끔씩 화분을 들고 와 내 방안을 화사하게 꾸며놓고 가신다. 당신이 직접 키우던 것을 가지고 오시기도 하지만 화원에 가서 일부러 사오시기도 한다. 지난봄에는 만개한 철쭉 화분을 손수 머리에 이고 오셨고 재스민을 가지고 오시면서 지나는 길에 향기가 좋아서 사왔노라고 하시기도 했다. 그리고 꽃을 가꾸는데 필요한 상식을 가르쳐 주시는데 "이 꽃은 적어도 이틀에 한 번씩은 물을 주어야 해요" 하는 식이다.

그러면 나는 한 동안 그 꽃과 함께 있게 된다. 설교 준비를 하다가도, 책을 읽다가도 잠시 쉬면서 얼굴을 들면 화분이 나를 지켜주듯 앞에 있다. 싱싱한 꽃이 언제 보아도 곱다. 내가 너를 보며 싫증내지 않으니 너 또한 내 곁을 싫어하지 않으리라 생각하며 바라본다.

그러나 언제나 싱싱한 것만은 아니다. 어느 때는 잎이 시들해져 보일 경우도 있다. 그래서 생각해보면 물을 주어야 할 시간을 깜박 넘긴 것이다. 오죽 목이 말랐을까, 하면서 부랴부랴 물을 주면 언제 그랬냐싶게 다시 생기를 찾는데 그런 현상이 어쩌면 그렇게 내 모습과 흡사할까. 나도 가끔씩 일상에 매몰되어 나른하고 맥이 없어지는 경우가 있다. 그런데 신기하게도 주님의 은혜를 깨닫는 순간 곧바로 평안이 찾아오고 활기를 되찾는다.

그렇다. 꽃을 좋아하고 사랑한다는 것은 꽃을 보면서 아름다움만 취하는 것을 의미하는 것이 아니다. 그에게서 향기와 아름다움만 탐하고 그의 갈증과 아픔을 이해하지 못한다면 그것이 무슨 사랑인가. 이해와 관심이 없는 사랑은 거짓이요, 위선이다.

이번에도 김 집사님은 계절에 걸맞게 황국(黃菊) 화분을 내 탁자 위에 놓아주고 가셨다. 예닐곱 송이는 이미 만개했지만 올망졸망하게 몽우리를 맺은 것이 수 없다. 이 꽃들이 다 피는 날 내 방은 가을의 정취로 가득하리라.

문득 면앙정(勉仰亭) 송순(宋純)이 생각났다. 그는 명종(明宗) 임금이 궁중에서 가꾼 황국(黃菊)을 홍문관(弘文館)에 내려주시면서 선비들로 하여금 시(詩)를 지으라고 하자 선뜻 시조(時調) 한 수(首)를 지어 바쳤다.

풍상(風霜)이 섞어친 날에 갓피온 황국화를
금분(金盆)에 가득 담아 옥당(玉堂)에 보내오니
도리(桃李)야 꽃이 온양 마라, 님의 뜻을 알쾌라.

송순(宋純)은 오상고절(傲霜孤節)을 자랑하는 국화(菊花)를 보내주신 임금의 뜻을 알았다고 했다. 그렇다면 김 집사님은 왜 가끔씩 나에게 화분을 보내주시는 걸까? 꽃처럼 아름답고 향기로운 사람이 되라는 뜻일까. 그러나 무엇보다도 이 각박

한 세상에서 정서(情緒)에 메마르지 말라는 의미일 것이다. 정말 나는 꽃처럼 아름답고 이웃에게 향기를 전해주는 삶을 살고 싶다. 그러기 위하여 부지런히 아름다움을 닮고 선한 생각을 가져야겠다. 꽃은 아름다움과 향기가 외모에서 나오지만 사람은 내 안에 형성된 인격에서 나오리니.

(창조문예, 2006년 11월)

14. 그 이발사의 친절

나는 이발을 자주 하는 편이 아니다. 머리에 신경을 많이 쓰는 성품이 아닌데다 머리가 잘 자라지도 않는 탓으로 한 달에 한 번꼴로 하게 된다. 그렇다고 아무데나 가서 하지는 않는다. 아무리 신경을 덜 쓴다 해도 마음에 들고 안 들고는 따로 있잖은가.

그런 나에게 연초부터 이발소를 바꾸어야 할 일이 생겼다. 지금까지 다니던 집 근처의 이발소가 어떤 이유로인지 문을 닫았기 때문이다. 무엇이든지 한번 정하면 쉬 바꾸지 못하는 성품이라 당장 이제부터 어디로 다녀야 하는가 하는 난감한 일이 생긴 것이다.

그런데 마침 관리집사님이 내 사정을 듣더니 소개를 해주었다. 이발도 괜찮게 할 뿐 아니라 삯도 저렴하고 무엇보다 이발 후 샤워까지 하고 나오면 개운하다고 했다. 따라간 곳이 목욕탕 안에 있는 이발소였다. 내가 처음 본 그 이발사는 탈의실 한편에 의자 하나 달랑 놓여 있는 시설에서 이발을 하고 있었다. 키가 크고 얼굴이 선량해 보이는데 총각인줄 알았더니 자식이 딸린 학부형이라 했다. 동행한 관리집사님이 "우리 목사님인데 잘 좀 부탁한다."고 나를 소개하자 말없이 빙긋이 웃음으로 그렇게 하겠노라는 의사 표시를 했다. 말이 많은 사람이 아닌 것 같아서 일단 마음이 놓였다. 이발을 하는 동안 줄곧 수다를 들어주는 것도 보통 고통이 아니지 않는가.

그 후로 나는 특별한 경우가 아니면 이 이발소를 찾고 있다. 아닌 게 아니라 이발 후 목욕탕에서 샤워를 하고 나오면 몸도 마음도 가볍고 개운했다. 그렇다고 목욕탕 시설이 좋은 것은 아니다. 낡고 허술하다고 해야 정확한 평가가 될 것이다. 탈의실을 거쳐 목욕탕에 들어가면 전면에 온탕이 있고 그 뒤로 열탕과 냉탕과 사우나 실이 있는데 내가 이 목욕탕을 출입한 이후 한 번도 열탕에는 물이 담겨 있은 적이 없었다. 두어 평 공간의 사우나 실에는 의자 세 개가 놓여 있었는데 벽면을 푸르스름한 옥(玉) 색깔이 든 돌로 쌓아 놓았다고 허울 좋게 "옥사우나실"이라는 이름을 붙여 놓았고 액세서리처럼 둥근 모양의 온도계와 모래시계가 놓여 있는 게 고작이었다. 목욕탕 양쪽 벽에는 각각 앉아서 사용하는 샤워기가 아홉 개, 서서 사용하는 샤워 배스가 네 개씩 달려 있다.

그러니 이런 시설에 아무리 서민들이 사는 지역이라 하지만 손님이 많이 찾아오겠는가. 내가 갈 때마다 비어 있지는 않았지만 겨우 두어 명 정도가 한가하게 목욕을 하고 있었다. 자연히 "이래 가지고 타산이 맞나?" 하는 생각이 들게 하지만 그러나 한편 생각하면 조용하다는 것이 내게는 얼마나 다행인가 싶기도 했다. 아무리 시설이 좋아도 사람들이 북적거리고 아이들이 탕 안에서 물장구나 치며 시끄럽게 굴면 정신이 산만해진다.

확실히 세상에 존재하는 모든 것은 좋지 않은 부분이 있으면 좋은 점도 가지고 있기 마련이다. 장점이 많은 사람에게서 이따금 눈살을 찌푸릴 일이 발견될 때 얼마나 당혹스럽고 실망하게 되는가. 완벽하게 좋다든가 모두가 나쁜 것은 없는 법이다.

아무튼 이런 시설 안에서 이발을 하고 있으니 손님인들 얼마나 되겠는가. 그럼에도 이곳에서 일하는 것은 이발료 외에도 약간의 수입이 있어서인 것 같았다. 간혹 때를 밀어달라는 사람이 있으면 거기서 봉사료를 받기도 하고 목욕탕 청소를 해주면서 주인으로부터 얼마의 월급도 받는 모양인데 그렇다 하더라도 수입이 넉넉할 것 같지는 않았다.

중요한 것은 이 이발사가 내게 베푸는 친절이다. 나는 아직

이 분의 이름도 모른다. 내가 묻지도 않았고 또 본인이 밝히지도 않아서인데 내게 대한 정성이 지극하다. 머리를 세심하게 다루는 것을 보면 최선을 다하여 이발을 해주는 것은 분명하고 거기다가 손님이 없으면 목욕탕에 들어와서 등을 밀어주기도 하고 목욕이 끝나면 음료수 한 병을 따서 내밀기도 한다. 그 뿐인가, 내가 목욕하는 동안에 구두를 빛나게 닦아놓는 것이다. 그것도 손님을 끌기 위해서 어쩌다 한 번 하는 것이 아니라 매번.

나중에 알고 보니 이 이발사는 신앙을 가진 사람이었다. 스스로 내가 교회에 나가는 사람이라고 밝히지도 않고 묵묵히 친절을 베푸는데 나에게는 내가 목사라는 이유 때문인 것 같다. 비록 자신이 다니는 교회의 목사는 아닐지라도 자신이 다니는 교회의 담임목사님을 존경하듯 나를 대하는 것이리라. 이 어찌 황송한 일이 아닌가. 결국 나는 하나님 덕분에 이런 대접을 받고 있는 것이다. "주님이시여, 제가 주님의 이름으로 이런 감당키 어려운 친절을 받습니다." 이발소를 나올 때마다 나는 하나님께 이런 고백을 드릴 수밖에 없다. 복 내리소서!

(한국크리스천문학, 2013년 가을)

15. 예쁜 사람

예쁜 사람은 우선 말하는 게 예쁘다. 이 집사님은 고작해야 일 년에 두세 번 우리 교회에 출석한다. 친정 부모님의 생신이라든지 가정에 어떤 행사가 있을 때 친정집에 왔다가 권사님인 어머니와 함께 예배를 드린다. 그러면서도 우리 교회가 좋단다. 우리 교회가 자기 교회란다. 평상시에 다니는 교회는 국내에서 내로라 할 만큼 규모도 크고 이름을 대면 삼척동자도 알만한 교회다. 그런데도 우리 교회가 제일 좋고 설교도 나를 가리켜 우리 목사님이 제일 잘한다고 한다. 그 말하는 태도를 보면 그 진지함이 그냥 듣기 좋으라고 하는 빈말이 아니라는 게 느껴진다. 내가 바보인가, 그의 신앙생활에 개선할 점이 있다는 것을 알면서도 그런 말을 들으면 기분이 좋다. 모름지기 교회가 멀면 가까운 교회에 등록하고 그 교회의 지도를 받는 것이 바람직하다. 그럼에도 이 집사님은 집 가까운 곳에 있는 교회에 출석하면서도 굳이 자기 교회는 내가 담임하고 있는 우리 교회라고 고집하는 것이다. 딱한 노릇이기도 하다.

조금 지난날의 일이다. 전화가 와서 받았더니 이 집사님이었다. 뜬금없이 바쁘시지 않으면 지금 목사님 만나러 갈 터인데 밥 한 번만 사달라고 했다. 말투로 봐서 나쁜 일은 아니란 감이 잡혔다. 그나저나 늘 바쁘게 살기 때문에 전화 통화도 한 달에 한 번도 어려운 사람이 무슨 좋은 일이 있는 걸까. 은근히 기대가 되는데 "목사님, 목사님이 한 번 밥을 사 주시면 저는 열 번을 사 드릴게요." 하는 게 아닌가. 이런 전화를 받고도 기분이 안 좋다는 사람이 있을까. 그리고 조금 후에 이 집사님이 찾아왔다. 나는 딸을 두지 못했지만 딸을 둔 사람들은 아마 시집간 딸이 찾아오면 이렇게 기쁠 것 같다. 사실 우리 부부는 사석에서 만나면 이 집사님을 딸이라고 부르기도 하고 자기도 그렇게 인정을 한다.

이 집사님의 가문이 처음 신앙생활을 할 때는 집안 분위기가 우울했었다. 큰아들이었던 동생이 갑자기 세상을 떠났는데 마침 그 동생의 친구가 우리 교회에 출석하고 있었다. 병석에서 친구의 위로를 받았던 동생이 임종 전에 가족에게 자기 친구가 다니는 교회에 다니라는 유언을 남긴 것이다. 그 이후로 그의 가족이 우리 교회에 출석하면서 신앙 지도를 받았다. 물론 이 집사님도 이렇게 우리 교회와 인연을 맺었는데 알고 보니 온 가족이 진국이었다. 이런 보배가 그동안 왜 숨어 있었을까. 예수를 믿지 않았을 뿐 모든 가족의 성품이 온유했다. 시쳇말로 법 없어도 살 사람들이었다. 하나님의 섭리는 우리가 이해하기 곤란한 점도 많지만 이 가정에게는 한 아들을 잃는 아픔 뒤에 나머지 온 가족이 구원을 받는 복을 허락하신 결과가 된 것이다.

이 집사님은 들고 온 가방에서 두터운 봉투를 꺼냈다. 현찰이었다. 눈짐작으로 셈해도 적잖은 금액 같았다. 건축헌금이라고 했다. 지금까지 목표액을 정하고 기도하면서 모으고 있었는데 오늘 드디어 다 모아져서 가지고 왔다는 것이었다. 얼굴이 상기 되어 있었다. 하나님께 이렇게 드릴 수 있어서 너무 좋다고 소감을 말했다. 이렇게 기뻐하는 표정을 그동안 나는 누구에게서도 발견한 일이 없다. 그 기뻐하는 모습, 하나님께 드리면서 그 기뻐하는 모습을 보면서 내 눈시울이 뜨거워 왔다. 목회자의 보람은 이런 게 아닌가 하는 생각에 뭉클했다. 돈 아깝지 않은 사람이 누군가. 오죽했으면 예수님께서도 재물과 하나님을 같이 사랑할 수 없다고 하셨을까. 그런데 그 아까운 돈을 이렇게 기쁜 마음으로 자원하여 드릴 수 있다니.

최근에 우리 교회는 교육관을 조금 늘렸다. 한 공간에서 전체 주일학교를 운용하다 보니 짜증이 날 정도로 비좁았다. 그런 중에 곁에 건물이 하나 나서 매입을 하게 되었다. 교회가 모아 놓은 돈이 없는데 어떻게 구입했겠는가. 빚을 져야 했다. 그럼에도 그동안 단 한 번도 나는 교회에서 별도의 건축헌금을 하자는 제안을 하지 않았다. 하나님의 교회는 하나님께서 알아서 하실 것이라는 믿음 하나로 버티어 왔다. 성도들도 교회의 사정을 다 알고 있는데 강요할 필요가 어디 있겠는가. 그래도 재정적인 큰 어려움 없이 이끌어져 왔다. 그런데 생각지도 않게 이 집사님은 자신의 마음으로 작정하고 있었던 것이고 그 결과물을 지금 가져온 것이었다. 이런 사람이 진정으로 교회와 주님을 사랑하는 사람이 아니겠는가. 우리는 같이 식사를 했다. 세상 경우대로 한다면 그가 한 번 식사를 내게 대접한다면 나는 열 번을 그에게 대접해 드리는 게 옳을 것 같은데 오히려 이 집사님은 그 후에 나에게 한 번 밥을 사준 일이 있어서 앞으로 아홉 번이 더 남았다고 하고 있다.

이제 이 글을 마무리 하면서 최근에 있었던 이야기를 해야한다. 전화가 왔다. 물론 이 집사님의 전화였고 시간이 있냐고 했다. 나는 마침 밖에 나와 있을 때여서 내일 보자고 했다. 오늘이 토요일이니 내일은 주일 아닌가. 내일 주일 지키면서 보면 되지 않겠느냐고 했다. 내 제안에 그쪽 대답이 조금은 힘이 빠진 듯한 목소리로 그럼 그렇게 하자고 했다. 이튿날, 예배를 드리기 전에 이 집사님이 어머니 권사님하고 내 방을 찾아왔다. 이 예쁜 딸 집사가. 이번에도 두둑한 봉투를 내놓았다. 웬 것이냐고 묻기 전에 퇴직금 전부를 가져왔단다. 10년 동안 직장생활을 했는데 금년부터는 연금제도로 바뀌면서 그

동안의 퇴직금을 일시불로 받게 되었다는 것이었다. 실제로 퇴직한 것은 아니란 점을 강조했다. 아마 내가 걱정할까 봐서 이었을 것이다. 내가 이래도 되느냐고 묻자 자신은 하나님께 드리는 재미로 산다고 했다. 자신은 하나님께 몇 백배를 받고 살 뿐 아니라 한 가지도 아쉬움 없이 산다고 했다. 사람들은 이 재미를 모르는 것 같다고도 했다. 하나님은 지금까지 자신 이 드린 것보다 언제나 넉넉하게 채워 주셨을 뿐 아니라 섭섭 하게 하신일이 없었다고 했다. 옆에서 어머니 권사님이 눈물 을 찍어냈다. 대견해 하고 있었다. 자신은 형편이 여의치 못 해서 늘 하나님께 죄송한 마음인데 딸이라도 이런 믿음으로 사니 얼마나 좋은지 모른다고 했다. 그 어머니의 그 딸이 아 닌가. 나는 어머니의 훌륭한 믿음 때문에 이런 딸이 된 것이 라고 위로를 했다.

이 집사님이 말했다. 자신이 이 교회에 헌금을 하는 것은 멀 리 살고 또 시간이 없어서 다른 봉사를 할 수 없어서이고 생활 에서는 어느 누구에게도 친절하게 대함으로 하나님의 영광을 가리는 일이 없도록 각별히 애쓴다고 했다. 곁에 어머니가 계 시지만 인간적인 형편으로라면 어머니께도 좀 나누어 드리고 남동생에게도 주었으면 좋겠다는 생각도 든다는 것이었다. 그러나 그렇게 하는 것은 잘못은 아닐지라도 순간적이 될 것 이고 또 그런 일은 자신의 월급으로라도 얼마든지 감당할 수 있으니 이런 목돈은 하나님께 드리는 것이 옳다고 생각 된다는 것이었다. 그리고 그것이 장래를 위해서 더 넘치게 거두는 계기가 되지 않겠느냐고 했다. 어쩌면 지금 세상에도 이런 사람이 있을까. 아무리 생각해도 나보다 더 좋은 믿음의 소유자다. 내가 그 앞에서 무엇을 자랑할 수 있을까. 부끄러운 감이 화끈하게 밀려들었다. 그의 이런 믿음을 어떻게 감추어 두어야 하는가. 본인은 원치 않아도 내 부족한 믿음은 그를 널리 자랑하고 싶다. 그는 지금 재물을 하늘에 쌓고 있는 것이다. 물질 있는 곳에 마음도 있다 했으니 그의 마음은 틀림없이 지금 하늘나라에 있을 것이다.

"목사님, 이게 퇴직금 전부인데요, 조금 더 보탰어요. 끝전이 있어서 떼어 버리려다 생각하니 떼어먹는 것 같아서 우수리에 보태서 아귀를 채웠어요. 그것은 내가 하나님께 드리는 팁이에요." 하고 이 집사님은 배시시 웃었다. 앞으로 자기가 나를 대접할 일이 아직 아홉 번 더 남았다는 말도 잊지 않았다.

(한국크리스천문학, 2014년 여름)

제3부

내 새끼야, 내 새끼야!

1. 몸만 아프지 않으면

송(宋) 집사님은 체구가 왜소하다. 좀 과장을 해서 말한다면, 그가 사람들 속에 섞여 있으면 눈에 잘 띄지 않을 정도다. 그런데 송 집사님이 사람의 눈에 잘 띄지 않는 것은 체구만 작아서가 아니라 말이 없어서이기도 하다. 너무 조용하다보니 있어도 없는 것 같다. 여간해서 송 집사님은 주일예배에 빠지지 않는다. 늘 주일을 지키신다. 그러나 출석했을 때와 출석하지 않았을 때가 별 차이가 없다. 그만큼 송 집사는 자기 소리를 내지 않는다.

송 집사님이 교회에 나오게 된 것은 거의 억지였다. 누구나 처음은 그럴 수 있지만 송 집사님도 교회에 대해서 아는 바가 전혀 없었다. 더 정확히 말한다면 기독교에 대한 막연한 오해와 편견을 가지고 있을 뿐이었다. 특별한 이유가 있어서가 아니라 지금까지 자신의 주변에서 보아온 유교나 불교 전통과는 다르게 느껴졌기 때문이었으리라. 그런데 자기의 딸이 교회에 다닌다는 것을 늦게 알게 되었다. 그렇다면 큰 일 아닌가? 교회 사람들의 꾐(?)에 빠져 있는 딸을 구출해 내야 했다.

그래서 딸 찾으러 오면서 교회 문턱을 넘어보게 된 것이다.

　당시 우리에게 보여진 송 집사님의 모습은 왜소한데다 그 표정마저 밝지를 못했다. 한쪽 구석이 늘 그늘져 있었다. 알고 보니 송 집사님도 가난을 벗어나기 위해 고향을 버리고 서울로 올라온 케이스였다. 그러나 서울이라는 곳이 어디 처음부터 정을 붙일만한 곳이던가. 겉으로는 화려한 것 같지만 아는 사람도 없고, 모아 놓은 것도 없는 사람들에게는 얼마나 냉정하고 삭막한 곳인가. 처음 셋방살이로 둥지를 틀었는데 그나마도 어느 날 그렇게 건장했던 남편이 갑자기 세상을 떠나고 말았다. 그 왜소한 아내에게 어린 삼남매와 가난만 물려주고 훌쩍 떠나버린 것이다. 어찌 앞이 캄캄하지 않았으랴. 어찌 원망인들 들지 않았으랴. 하늘이 무너진 것 같았을 것이다. 이런 때에 어린 딸이 가족 몰래 교회에 다니고 있었던 것이다. 송 집사는 경황이 없었지만 그래도 딸이 잘못되지 않아야 했기 때문에 딸의 교회 출석을 막았고, 그래도 딸이 교회에 가면 그 딸을 찾으러 오다가 드디어 자신도 교회에 다니는 신자로 남게 된 것이다. 우리는 이런 경우를 하나님의 섭리라고 말한다. 그리고 그 섭리는 당시 집사님이 처한 어려운 환경과 무관하지 않았을 것으로 본다. 외로운 그녀에게 그래도 기대고 싶은 곳이 있었다면 당시 사랑으로 붙들어주는 교회였을 것이라.

당시 송 집사님은 자주 몸이 아팠다. 남편을 갑자기 잃은 충격이었는지 아무렇지 않다가도 원인 모르게 찾아오는 고통에 몸을 가눌 수가 없었다. 그래서 자주 병원으로 실려 갔는데 그런 때에도 자신을 돌보아 줄 사람이 없었다. 자녀들은 아직 어렸다. 결국 송 집사님이 도움을 요청할 수 있는 곳이 교회라는 것을 알았을 때 나중에는 낮이건 밤중이건 고통스런 증세만 나타나면 전화로 연락을 해왔다 예배시작 10여분 전에 고통을 호소해 오면 난감할 때도 있었다.

그 당시, 그 상황에서 송 집사님이 나에게 고백한 말을 나는 지금도 잊지 않고 있다. "몸만 아프지 않으면 무엇이든지 할래요." 얼마나 힘이 들었으면 그렇게 말했을까. 놀라운 것은 그 이후 송 집사님은 교회에 꾸준히 출석하면서 언제부턴가 그 고통이 사라진 것이다. 본인도 자신이 언제부터 아픔에서 놓임 받았는지 정확히 알지를 못한다.

아무튼 그 이후 송 집사님은 자녀를 키우고, 또 먹고 살기 위해서 정말 열심히 일했다. 주로 대중음식점에서 종업원으로 일했는데 자신이 고통스러울 때 고백한대로 아프지 않으니까 무엇이든지 닥치는 대로 했다. 그리고 교회에 다니는 것이 큰일 날 일이 아니라는 것을 안 후부터 철저하게 주일을 지켰다. 주일을 지키기 위해서 대신 주인에게 자기 월급을 줄여 달라고 손수 요구하면서까지 성실하게 일하고 출석했다.

지금은 자녀들이 모두 장성하여 둘은 결혼시켜 내보내고 하나만 데리고 산다. 모두가 어머니의 은덕을 잊지 않고 끔찍하게 생각해 준다고 송 집사님은 말한다. 지금도 옛날 얘기를 꺼내면 겸연쩍은 얼굴을 한다. 그러나 여전히 말수는 적고 톤은 낮아서 말하는 소리가 마치 소곤거리는 것 같다.

그 체구가 어디 갔으랴. 송 집사는 지금도 여전히 사람들 속에 섞이면 눈에 잘 띄지 않는다. 그러나 자신이 앉아 있어야할 자리에는 언제나 비우지 않고 앉아 있다. 몸이 아프지 않기 때문에 교회에서나 직장에서나 주어진 일은 무엇이든지 하겠다는 자세로 그렇게 있는 것이다.

(한국크리스천문학, 2010년 겨울)

2. 뺑소니 씨에게

　죽을 뻔 했다. 밤 10시가 넘었다면 귀가 시간으로는 조금 늦은 편이었다. 횡단보도 부근의 불고기도 팔고 술도 파는 간이음식점엔 젊은 사람들 몇이 앉아서 노닥이며 시간을 때우고 있었지만 거리에는 지나는 사람도, 차량도 뜸했다. 적어도 내가 자전거를 타고 횡단보도를 건너기 위해서 좌우를 살폈을 때는 내 시야에 차량이 보이지 않았다. 그런데 마음 놓고 횡단보도를 건너 막 중앙선을 넘는 순간 나는 길 한복판에 나뒹굴게 되었다. 내 의지와는 전혀 상관없이 자전거와 함께 내팽개쳐진 것이다. 순간적이었다. 내가 겨우 정신을 가다듬고 일어났더니 마침 택시를 타고 가다가 내 사고 현장을 목격한 사람이 우정 내려와서 "괜찮으세요?, 괜찮으세요?" 하고 여러 번 반복해서 물었다. 나는 사실 내가 왜 이렇게 되었는지 어리둥절할 뿐이었다. 어디가 아픈지도 몰랐다. 하도 어이가 없어 차가 가는 전방을 바라보니 나를 친 오토바이는 벌써 시야에서 사라지고 있었다. 나는 비로소 불의의 교통사고를 만난 것을 알고 나를 친 그 사람은 어느새 뺑소니가 되어 있던 것이다. 나는 느닷없이 당한 일이라 상황 파악이 쉽지 않앉지만 내 사고를 목격한 분에 의하면 내가 죽든지 아니면 중상을 입었을 것으로 예상 되었다는 것이다. 주변에서 신고를 해줘 경찰차가 왔고 사고 경위를 메모한 경찰관도 큰일 날 뻔 했다며, 머리가 먼저 땅에 부딪쳤더라면 위험할 뻔 했다고 했다. 죽음을 면한 것이 천만다행이라는 뜻이리라. 나도 그렇게 생각되었다.

여기서 나는 나를 치고 달아난 사람에게 몇 마디 말을 하고 싶다. 인연을 강조하는 사람들에 의하면 옷깃만 스쳐도 인연이라 하는데 비록 피해자와 가해자라는 관계지만 인연은 인연이 아닌가. 나는 물론 그 사람이 누군지 모르고 또한 이 글을 읽으리라고도 생각지 않는다. 그러나 내 소회를 말하고자 하는 충동은 억제하지 못 하겠다. 편의상 그 사람의 호칭을 지금부터 뺑소니 씨라고 불러야 하겠는데 독자들도 이해해 주시기 바란다.

뺑소니 씨, 이건 예의가 아니다. 사람을 쳤으면 어디 다치진 않았는가, 살펴도 보고, 미안하게 됐다는 간단한 인사 한 마디라도 건네는 게 도리가 아니겠는가. 갑자기 당한 일이라 당신도 당혹스러웠고 본능적으로 그 자리를 피하고 싶었으리라는 마음도 이해가 되지만 그러나 그것은 엄연히 잘못한 행동이다.

그러나 그렇다 하더라도 내 도리로 말하는데 나는 당신의 마음에 남아있는 불안을 조금이라도 해소시켜 주고 싶다. 당신에게도 일말의 양심이 있을 터인데 사람을 치고 달아나서 어찌 마음의 부담조차 없겠는가. 결론부터 말하면 내 몸엔 이상이 없다. 교통사고는 당장은 괜찮은 것 같아도 나중에 후유증이 있을 수 있으니 검사를 받아 보아야 한다는 주변의 권유로 인근 병원에 가서 X-Ray 검사를 받았는데 뼈에 이상이 없다는 판단이 나왔다. 새로운 진단의 발견이나 후유증, 합병증이 추가로 발생할 수는 있지만 지금까지는 얼굴의 좌상, 찰과상, 그리고 허리뼈의 염좌 및 긴장이라는 가벼운 진단으로 두 주간만 안정 가료하면 될 것이라는 진단이다. 얼마나 감사한 일인가. 지금도 허리 쪽과 궁둥이가 자연스럽지 못 하지만 곧 괜찮아 질 것으로 안다. 내가 이렇게 확신하는 것은 하나님이 그런 위험 상황에서 생명을 구해주신 분이라면 크게 다치지 않도록 보호도 해 주셨으리라는 그 분에 대한 개인적인 신뢰가 있기 때문이다.

뺑소니 씨, 나는 그렇고 당신은 또 얼마나 놀랐는가. 나는 당신이 나를 고의적으로 치지는 않았을 것으로 짐작한다. 그러나 재수 없어서 사람을 치었노라고 하지는 말라. 당신은 언제나 조심해야 할 횡단보도에서 과속을 했으니까 잘못한 것이다. 잘못을 저지르고 재수가 없어서 사고를 냈다고 변명처럼 말한다면 용납이 안 되는 것이다. 앞으로 더욱 조심해야 한다. 나는 나의 교통사고가 경찰서에 보고되었고 어쩔 수 없이 당신에게는 뺑소니라는 이름이 붙게 되었지만 당신이 잡히는 것을 원치 않는다. 사회정의를 생각한다면 잡혀야 한다. 그래서 잘못에 대한 응분의 대가(代價)를 지불하는 게 당연하다. 그러나 잡히지 않기를 원하는 것은 뺑소니에게 주어지는 처벌이 얼마나 무거운 것인가를 내가 알기 때문이요, 고의성이 없는 한 번의 잘못은 용서해 주었으면 하는 바람 때문이다. 내가 용서한다고 용서 되는 것은 아니지만 당신이 스스로 잘못을 시인하고 뉘우친다면 용서해 주고 싶다. 아니 나는 이미 내가 섬기는 절대자에게 그렇게 기도했다.

  뺑소니 씨여, 나는 이 사고를 통해서 많은 것을 배우게 되었다. 새로운 것을 배웠다 라기 보다 이제까지 상식적으로 알았던 일들을 구체적으로 체험하게 된 것이다. 사고가 순간적이라면 죽는 것도 순간적이겠다, 하는 것도 알게 되었다. 나만 조심한다고 안전한 것이 아니란 사실도 깨달았다. 남의 잘못에 의해서 얼마든지 위험에 빠질 수 있다는 사실을 확인한 것이다. 내가 위험에 노출된 허약한 인간이란 사실과, 그러나 감사한 것은 아무리 위험한 지경에 처한다 할지라도 보호하시는 위대한 힘이 있다는 사실을 확신하게 된 것이다. 뺑소니 씨여, 부디 조심하시라. 이런 사고는 두 번 다시 일으켜서는 안 된다. 사람은 누구나 가해자가 피해자도 될 수 있으니 조심을 더 많이 하시라. 끝으로 두 가지만 권고하겠다. 죄를 사하는 권능은 오직 한 분만 가지고 있으니 그분에게 용서를 빌라. 용서 받으면 평안이 올 것이다. 그리고 살아 있다는 것은 그분이 살아 있어야 할 이유를 부여하고 있다는 것을 알고 앞으로 바르게 살라. 그것을 우리는 사명이라 하거니와 나도 이 사건을 통하여 그분이 나를 위험에서 건져주신 이유도 내게 아직 사명이 남아 있다는 뜻으로 이해를 하고 부끄럼 없는 삶을 살고자 노력하련다. 주님의 가호를 빈다.

(한국크리스천문학, 2009년 가을, 겨울호)

3. 김 집사님을 보내드리며

또 한 분의 성도를 우리는 보내드려야 했다. 차마 붙들 수 없어서 보냈고 우리 힘으로 막을 수 없어서 놓아드렸다. 향년 81세의 김 집사님. 요즈음 계산으로도 결코 짧지 않은 생을 살았지만 그러나 그 긴 생애가 오히려 우리의 마음을 아리게 하는 것은 그가 스물여섯에 혼자되었다는 이력 때문이다. 시방 같으면 아직 결혼도 하지 않았을 나이에 남편 여의고 그 남편이 남겨두고 간 남매를 키우기 위해서 수절(守節)을 했다니. 그동안 좋아하는 사람이 있어서 속된 표현으로 팔자를 고칠 수 있는 좋은 기회가 있었다는데 무슨 영화를 보겠다고 그 외롭고 험난한 길을 택했을까. 부질없는 일이라 할지라도 옛날 같으면 열녀문 하나쯤은 세워줄 수도 있었겠지만 요즈음 세태에서는 누가 그 마음을 알아나 주겠는가. 자식들 때문에 재혼하지 않고 그 긴 세월을 보냈다고 하면 오히려 바보나 천치쯤으로 여기는 사람도 있을지 모른다. 다행히 신앙이 있어서 주님을 신랑 삼고 격랑의 세상과 모진 세월을 이겨냈으리라.

그동안 김 집사님의 삶을 어떻게 표현할 수 있을까. 한 마디로 말한다면 김 집사님은 소리가 없으셨다. 이분이 여기에 계신지, 아니 계신지 모를 정도로 조용히 사셨다. 누가 싱거운 농담이라도 걸면 빙긋이 웃으실 뿐 늘 깔끔하셨다. 나이답지 않게 건강하시다 했는데 어느 날 입원하셨다는 전갈이 왔고 그 길로 일어나지를 못했다. 그동안 아프지 않은 것이 아니라 그 성품상 아픔을 참고 계셨는지 모를 일이다. 옛사람들이 보리와 노인은 한번 쓰러지면 일으켜 세우기가 어렵다고 하시더니 이런 경우를 두고 한 말일 터. 다행인 것은 병상에 누워서도 큰 통증이 없이 조용히 눈을 감고 계셨다. 아마 한 달도 채 되지 못했으리라,그동안 보고 싶은 자여손들과 인척들을 다 만나보고 모든 성도의 위로를 받으셨다. 실례가 될지 모르지만 병상에 누워있는 얼굴 모습이 활동할 때보다 더 평화스럽고 고와 보였다. 그 평온한 얼굴을 조금도 일그러뜨리지 않고 집사님은 숨을 거두셨다. 자식들의 눈에서 눈물 흘리지 않게 하겠다고 끝까지 수절하였던 생애를 그 장성한 자식들이 낳은 자손들이 보는 앞에서 마감했다.

어찌된 일인지 금년에는 서울에 눈이 내리지 않았다. 두어 번 내린 눈도 겨우 바람에 흩날릴 정도였고 날씨는 추워서 집사님이 세상을 하직하고부터 그의 아픔의 세월을 표현이라도 하듯 체감온도가 영하 30도에 육박할 정도였다. 그런데 뜬금없이 호남지방에는 연일 객쩍은 폭설이 내린다고 보도하고 있었다. 장례에 지장을 주지 않을까 걱정이 될 수밖에 없었는데 오히려 그것이 은백(銀白)의 향연(饗宴)이 될 줄이야.

우리를 실은 영구차는 남도(南道)를 향해 달렸다. 고향 선영(先塋)이 전라남도 해남(海南)이라서 이른 새벽부터 서둘러야 했던 길이다. 중부지방을 다 지나면서 날이 부옇게 밝아오기 시작했고 금강(錦江)을 지나면서 폭설이 내렸다는 보도를 실감케 하였다. 과연 호남은 눈이 많이 내려 있었다. 낙락장송(落落長松)들의 숲이 눈을 이고 있었고 나뭇가지마다 그 무게를 이기지 못하여 늘어져 있었다. 드넓은 들판은 우뚝우뚝 전선주만 서 있을 뿐이고 인적 없는 마을들과 전개되는 산야가 온통 눈으로 덮여 태고의 고요가 거기 흐르고 있었다. 집사님의 마지막 길은 그렇게 은빛으로 치장되어 있었다.

우리는 집사님이 젊어서 살았다는 고향 마을에 다다라 차에서 내렸다. 이제부터는 운구하는 사람들의 뒤를 따라 눈 덮인 산길을 걸어야 했다. 거울처럼 맑은 물이 가득 담겨진 저수지를 지나 외진 산록(山麓)에 유택(幽宅)이 마련되었다. 흙으로 지음 받은 육신이기에 결국 흙으로 돌아가야 하는 순리 앞에서 우리는 하관예배를 드렸다.

해 보다 더 밝은 저 천국. 믿음만 가지고 가겠네.

믿는 자 위하여 있을 곳, 우리 주 예비해 두셨네.

며칠 후, 며칠 후, 요단강 건너가 만나리.

며칠 후, 며칠 후, 요단강 건너가 만나리. (찬송가 606장)

산을 내려왔다. 이런 외진 곳에 집사님만 뉘어놓고 우리끼리만 내려왔다. 날씨가 맑았다. 햇빛이 쨍쨍하게 하얀 눈에 쏟아지면서 눈을 부시게 하였다. 이 하얀 눈처럼 순백했던 집사님이여! 곤고했던 영혼은 이제 사모하던 하나님 품에서 안식하고, 고단했던 육신은 여기서 주님 오시는 날까지 편히 쉬시라. 아지랑이 아른거리는 봄날에는 진달래꽃의 아름다움을 보며 그 향기에 취하고, 여름엔 녹음 우거진 숲속에서 노래하는 새소리와 하염없이 스쳐가는 바람소리를 들으시라. 우리는 낙엽 지는 계절에 이 땅에서의 육신적 삶의 허무와 고독을 이야기 할 것이고 소담한 함박눈이 내려 당신의 무덤을 덮는 날 소리 없이 살다간 당신을 생각하리라.

(창조문예, 2006년 12월)

4. 내 새끼야, 내 새끼야!

"진석이가 잘못되면 나도 살 이유가 없어요."

전화기를 통해서 들려오는 한 집사의 음성은 울먹이고 있었다. 밑도 끝도 없는 말에 나는 "아니, 왜요? 무슨 일이 있어요?"하고 다급하게 물었고 한 집사는 아들이 지금 병원 중환자실에 입원했다고 했다. 응급실도 아니고 중환자실이라니 직감적으로 보통 일이 아니구나, 하는 생각과 함께 걱정이 앞섰다.

췌장이 녹았다고 했다. 암은 아닌데 염증으로 녹아내려서 병원에서는 검사 결과 오래갈 것 같지 않다고 했다는 것이었다. 아니 췌장이 녹아내릴 때까지 몰랐단 말인가. 팔팔하던 녀석이 왜 갑자기 그래. 나는 일단 면회 시간에 맞춰 그가 입원하고 있는 병원으로 가서 병실에 누워있는 그를 보았다. 의식이 또렷하고 얼굴은 환자 같지 않은데 복수가 차서 배가 불러있었다. 목사가 이런 경우 할 수 있는 일이 무엇인가. 병원 측에서 3,4 일을 넘기기 어렵다고 했다니 일단 신앙고백을 하도록 하고 기도했다.

나는 이런 경우에 한없이 무력함을 느낀다. 이제 겨우 스물여섯밖에 되지 않은 나이, 물론 결혼도 하지 않았다. 어쩌란 말인가. 왜 이 가정, 한 집사네는 이렇게 시련이 많은가. 착잡한 마음으로 돌아왔는데 정확히 3일 만에 한 집사로부터 전화가 왔다. 순간적으로 덜컥 겁이 났다. 아니나다르랴, 진석이가 잘못 되었다고 했다. 지금 영안실에 안치 중이라 했다. 너무 급작이 일어난 일이라서인지 아니면 체념한 상태라선지 지난번에 첫 사실을 알릴 때보다 오히려 침착했다. 한 집사는 울지도 않았다.

한 집사는 왜 이리 시련이 많은가. 남편이 수년째 암 투병을 하고 있다. 술을 좋아해서 중독 상태였다. 지금은 간암이 번져서 여러 장기에 전이되었고 심지어 구강에까지 왔다고 했다. 그래도 술을 끊지 못했다. 상식적으로 생각해도 술이 암 치료에 얼마나 방해가 되겠는가. 그래서 아르콜 중독자 치료 시설로 입원도 시켰지만 병원 측에서 손을 내저었다. 수용할 수 없으니 제발 데려가 달라고 해서 데려올 수밖에 없었다. 자신이 어떤 상태에 있다는 것을 알고 있으면서도 술을 안마시면 폭력적이 되기 때문에 가족은 차라리 술을 사다가 대기해 놓아야 할 형편이었다. 이런 경우 병 치료 문제는 나중 일이었다.

솔직히 말해서 이런 상태라면 벌써 생명이 끝날 수도 있었을 터인데 그의 명은 길었다.

그런데다 하나밖에 없는 아들이 곱게 자라주지를 않았다. 엄마의 마음을 가끔씩 들쑤셔 놓았다. 아이의 심성이 악하다고 볼 수는 없었다. 적어도 내가 곁에서 관찰한 결과는 의지가 박약할 뿐 자진해서 악행을 할 녀석은 못되는 것 같았다. 그런데 학교를 다니기를 싫어해서 겨우 고등학교를 나왔다. 그러자니 그의 어머니는 그동안 얼마나 애를 태웠겠는가. 학교를 나와서 여러 군데로 아르바이트를 한다고 다녔는데 그때 허리를 다쳤는지 군대를 갈 수 없을 정도가 되었다. 그럼에도 억지를 부려 군에 입대를 했다. 어떤 아이들은 군대 가기가 싫어서 이유를 만들어 기피도 하는 판국인데 이 녀석은 억지로라도 군대에 가겠다고 부모 몰래 지원을 한 것이었다. 나중에 안 일이지만 신체검사를 한 결과 본인이 입영을 거절하면 입대를 시킬 수 없는 상태였는데 이 녀석은 끝내 가겠다고 우겨서 입영을 했다고 했다.

그때도 나는 우울해 하는 한 집사를 위로했다. 젊은 아이들은 환경에 따라 여러 번 바뀌는 것이니까 기도하면서 조금만 더 참자고 했다. 자원해서 입대도 했고 남자가 군대를 갔다 오면 정신이 들어서 올 터이니 두고 보자고 했다. 그런데 이 녀석이 군 생활도 수월하게 하지 못했다. 한번은 병영을 이탈했다가 잡혀서 하마터면 탈영병이 될 번도 했다. 막상 병영을 빠져나왔는데 갈 데도 없고 두려워서 나무숲에 숨어 있다가 잡혔다고 했다. 그러나 그의 성품을 아는 부대장이 관용을 베풀어 없었던 일로 하고 제대까지 했다. 그리고 1년이 못되어 군대 갔다 오면 정신을 가다듬고 가정에 보탬이 되리라고 믿었던 기대를 저버리고 정말 사고다운 사고를 저지르고 말았다.

어느 날, 그날도 내게 걸려온 한 집사의 목소리는 힘이 없었다. 역시 밑도 끝도 없이 진석이가 잡혀 들어갔다고 했다. 왜 그랬습니까, 하고 물었더니 술 마시고 술김에 세워놓은 남의 차를 타고 가다 몇 m도 못가서 다른 차를 치는 사고를 냈다는 것이었다. 무면허 운전에, 음주 운전에, 남의 차 탈취에, 거기에다 교통사고, 도대체 하나의 사고에 걸린 죄명이 몇 가지란 말인가. 도저히 정상참작 같은 이유로 용서될 수 있는 상황이 못 되었다. 이런 때 목사가 할 일이 무엇인가. 담당 검사와 재판장에게 탄원서 써 보내고 기도하는 일밖에 더 있는가. 치료조차 받을 수 없는 아버지의 병환, 어머니 혼자 가정을 꾸려가야 하는 형편 등을 들어서 법의 허용 한계 안에서 선처해 달라고 부탁했다. 다행히 법은 그가 초범이라는 이유로 그에게 6개월의 징역을 살고 나오게 해 주었다.

그리고 두 달도 채 못 되어 이 슬픔을 당한 것이다. 어찌 그동안 병세를 몰랐느냐고 하니까 영창에 있을 때에도 몸에 이상이 있었지만 죄 지은 사람이 무슨 염치로 말할 수 있겠냐며 참았다고 하더란다. 집에 돌아와서도 아프면 병원에 가자고 하니까 조금만 견디어 보고 더 아프면 자기가 가겠다고 할 터이니 기다려 달라고 하더란다. 그러더니 얼마 후, "엄마, 이제 아파서 병원에 가야 하겠어." 하더란다. 그래서 별거 아닐 것으로 알고 진찰을 받아보니 이렇게 손을 쓸 수가 없게 됐더라는 게 아닌가.

　그리고 이 녀석은 말없이 제 갈 길을 갔다. "엄마, 내가 돈 벌어서 엄마 고생시키지 않을게." 하던 약속도 지키지 못하고 떠났다. 온 교회가 떠난 그 녀석이 아까워서도 울었지만 남겨진 한 집사 때문에 더욱 울었다. 저 아픔을 어떻게 안고 살 것인가. 살았다고 누가 큰소리하며 살 수 있는가. 그는 한 줌의 재가 되어 돌아왔다. 장례를 마친 후, 한 집사는 3일 후에 예대로 아들의 재가 안치 된 납골당에 다녀오더니 그 이튿날도, 그 이튿날도 찾아가는 것이었다. 도저히 아들이 떠났다는 것이 믿어지지 않는다고 했다. 누가 그 마음을 모르겠는가. 부모가 죽으면 산에다 묻고 자식이 죽으면 가슴에다 묻는다고 했지 않은가. 착한 한 집사가 일생을 두고 그 아들 때문에 마음 아파할 일을 생각하니 우리의 마음도 아프지만 위로

할 길은 없었다. "이제 아들한테 그만 가시고, 마음 단단히 하세요." 나는 그렇게 말했다. 이것이 무슨 위로인가. 그러나 나는 안다. 우리의 연약함을 아시는 하나님은 한 집사의 마음을 강하게 붙들어 주실 것이고, 한 집사의 신앙은 하나님의 위로에 자신을 온전히 맡기고 장차 위로의 하나님을 찬양하며 살아가게 될 것이란 사실을. 그렇다. 절망스러운 환경 속에서도 한 집사는 소망으로 주신 하나님나라를 바라볼 것이다. 하나님은 살아계시고 또한 하나님께서 붙드시는 사랑을 그 누구도, 그 어떤 환경도 끊을 수 없을 테니까.(롬8:35, 38-39) 신앙생활이란 무언가. 내 뜻을 관철하기 위하여 기도하며 사는 게 아니라 하나님께 내 생을 맡기고 그 뜻과 섭리에 순복하는 것이 아닐까.

나는 한 집사가 자식의 입관을 위하여 염습을 할 때 울던 모습을 잊을 수가 없다. 아니 앞으로도 잊혀지지 않을 것 같다. 옷을 갈아입히고 마지막 얼굴을 보여주는 시간에 한 집사는 차디찬 자식의 얼굴에 자신의 얼굴을 부비며 울부짖었다. "내 새끼야, 내 새끼야 !"

(크리스천문학나무, 2018년 겨울)

5. 고종명(考終命)

누가 처음으로 고종명(考終命)을 오복(五福) 중의 하나라고 생각했을까. 어떤 의미로든지 잘 사는 것이 아니라 잘 죽는 것도 복으로 여긴 것은 일단 잘한 것 같다.

제 어머니는 8순(八旬)을 넘어서도 정정하셨다. 잠시 우리집에서 모실 때가 있었는데 가끔씩 "어떻게 죽을지 모르겠다."하고 우리들 앞에서 걱정을 하시는 경우가 있었다. 그때마다 나는 우리가 잘못 모셔서 그런가 하는 생각도 들고, 죽는다는 말씀이 듣기도 싫어서 "왜 쓸데없는 걱정을 하세요." 하고 핀잔 비슷한 말투로 일축하곤 했었다. 그런데 이젠 그게 남의 얘기 같지만 않다.

저의 어머니는 86세에 세상을 뜨셨다. 위급하다는 소식을 듣고 고향으로 내려갔더니 이미 혼수상태셨다. 초저녁 무렵부터 깨어나지 못하고 숨만 거칠게 몰아쉬시더니 새벽녘에 운명하셨다. 임종을 바라보는 우리들의 눈에는 안타까웠어도 본인은 고통 없이 가셨을 것이다. 의식이 없는데 육신의 고통을 느낄 수 있었겠는가. 주무시는 것 같은 평온함이 숨이 끊어진 뒤에 더욱 그 얼굴에 나타났었다. 부족한 믿음이지만 예수 믿는다고 고백한 분이니 그 공로로 천국에 가셨을 것이다.

최근에 우리 교회를 섬기시던 김 장로님께서 78세를 일기로 하나님의 부르심을 받았다. 그렇게 건강하셔서 100수(壽)도 너끈히 하실 것이라 했는데 어느 날 입원을 하셨다는 전갈이 왔다. 처음엔 담석증(膽石症)이라 했다. 그렇다면 별게 아니라고 생각했는데 나중에 알고 보니 그게 아니었다. 암(癌)세포가 자라고 있었던 것이다. 두어 달 동안 통원 치료도 하고 입원도 하시면서 항암치료를 받으셨다. 원래 병이란 육안으로 정확히 진단할 수 없는 것이라 우선 보기에 때로는 좋아지는 것 같기도 하고 때로는 나빠지는 것 같기도 해서 곁에서 바라보는 우리를 안심시키기도 하고 걱정시키기도 했다. 그러더니 급속도로 쇠약해지시면서 나중에는 식사를 잘 못하신다고 까지 했다. 누가 감히 건강에 대해서 자신할 수 있으랴. 장로님의 건강했던 육신은 서서히 암세포에 의해서 점령되고 허물어져 가고 있었던 것이다.

그날은 아무래도 심상치 않다는 연락이 있어서 급히 찾아뵈었지만 예단하기 어려운 상태라 일단 예배만 드리고 돌아왔는데 밤 늦게 다시 연락이 왔다. 이제는 어렵게 되셨나 싶어

부랴부랴 달려가 보니 의식은 없고 숨만 답답하게 쉬고 계셨다. 우리는 하나님께 그 영혼을 의탁하는 임종예배를 엄숙히 드렸다. 그리고 그치지 않고 기도와 찬송을 드리고 있었는데 찬송을 부르는 도중에 숯불이 사그라지듯 장로님은 조용히 숨을 멈추셨다. 삶과 죽음의 간격이 이렇게 가까운가.

장로님은 모든 가족이 지켜보는 가운데 예배를 마치고 잠잠히 세상과 고별을 하셨다. 그리고 그렇게 사모하시던 하늘나라, 주님 품에 안기셨다. 시간을 보니 목요일 오후 11시. 토요일에 3일장으로 장례를 치렀다. 다행한 것은 누워계시는 중에도 육신의 통증이 없으셨고, 자손들에게 고생을 덜 시키려 했던지 오래 앓지 않으셨고, 교회에 덕을 세우려 했던지 주일을 빗겨서 장례를 치르게 되었는데 날씨마저 겨울답지 않게 포근했다. 성도들은 한결같이 호상(好喪)이라 했고 죽음복(福)은 저렇게 타야 한다고 했다.

장로님은 교회나 세상에 크나큰 업적을 드러나게 남기지는 못했다. 그러나 장로 직을 계급이나 벼슬로 착각하여 목회자를 견제하는 수단으로 사용하지도 않았고 당회원이라는 이름으로 성도들 위에 군림하려 하지도 않아 충돌이 없었다. 말을 아끼며 겸손히 섬겼다. 어찌 사람인데 당신 마음에 들지 않는 일은 없었겠는가. 그래도 장로님은 그런 문제를 기도하며 풀어갔지 않나 싶다. 새벽마다 거르지 않고 교회에 나와서 엎드렸고 순종의 본을 보이셨다. 성도들은 그런 장로님의 죽음을 아쉬워했다. 이것이 진정한 고종명(考終命)이 아니겠는가.

세상에서 죽음을 피할 사람은 아무도 없다. 병사(病死)를 당할 수도 있고, 사고사(事故死)를 당할 수도 있다. 그러나 마음먹기에 따라서 얼마든지 피할 수 있는데도 불명예와 악한 이름을 남기고 떠나는 사람이 많다. 스스로 목숨을 끊는 자살(自殺). 악한 일을 해서 억지로 죽임을 당하는 사형(死刑). 인생의 목적을 이 땅에서의 안일과 쾌락에 두고 좀 더 오래 살겠다고 발버둥치다 가는 사람. 일생을 사랑만 하고 살다 떠나도 짧은 세월을 마치 천년만년 살 것 같이 큰소리 치고 남의 마음을 아프게 하다가 가는 사람들. 이는 모두 추(醜)한 모습이요, 덕스럽지 못한 죽음이다.

꽤 오래 됐는데도 잊혀지지 않는 글귀가 하나 있다. 내가 어렸을적 동네 어르신이 돌아가신 초상집에서 본 만장(輓章)의 글귀다.

生也一片浮雲起 (생야일편부운기)
死也一片浮雲滅 (사야일편부운멸)

어떻게 인생을 마무리하고 떠나느냐도 중요하다. 그러나 살아있는 동안 어떻게 덕을 끼치고 사느냐는 더 중요하다. 현세는 짧고 내세는 영원하기 때문이요, 죽은 후에는 심판이 있기 때문이다.(히9;27) 믿음을 지킨 사람들에게 주시기로 약속된 의(義)의 면류관을 사모하면서 남들로부터 손가락질 받지 않고 살다가 모든 사람에게 아쉽다 하는 감정을 남기고 운명할 수 있다면 그것이 고종명(考終命)의 축복이 아닐까.

(창조문예, 2004년 7월)

6. 빗길을 뒤돌아보며 가셨을까?

　비가 내리는 날, 김 권사님이 우리 곁을 떠났다. 여러 달 동안 병상에서 신음하시다 가셨다. 하필이면 고통이 가장 심한 질병 중의 하나라는 췌장암(膵臟癌)이었다. 남달리 신앙이 좋으신 분이라 나는 말기환자에게 으레 주지시켜 주어야 하는 하늘나라에 대한 소망이라든지, 주님의 십자가에 대해서 말해 줄 필요를 느끼지 않았다. 어떻게 하던지 우리 권사님이 이 고통에서 벗어나게 해 달라고 기도할 뿐이었다. 그만큼 곁에서 보기가 안타까웠다.

　속수무책이란 말은 아마 이런 경우에 사용하라고 만들어져 있을 것이다. 담당의사들 조차 손을 놓은 이후 도대체 나에게 권사님의 아픔을 해소시켜 줄 어떤 방법도 없었다. 가슴을 쥐어짜는 신음소리를 들으면서 기도하는 수밖에 없었다. 생명을 조금만 더 연장시켜 주었으면 하는 소원은 나중의 문제고 우선 아프지만 않게 해 주었으면 싶었다. 그런데 내 소원대로 되지 않았다. 진통제를 맞아도 소용이 없었다. "의인의 간구는 역사하는 힘이 크다"고 했는데,(약5:16) "믿음이 있고 의심치 않으면 산더러 들려 바다에 던져지라 하여도 될 것이라" 했는데,(마21:21) 히스기야 왕은 죽을 병이 들었을 때 "내가 진실과 전심으로 주 앞에 행하며, 주께서 보시기에 선하게 행한 것을 기억하옵소서." 하고 통곡하며 기도하니까 그의 생명을 15년이나 연장시켜 주셨다는데,(왕하20:1-7) 나의 기도는 우리의 뜻대로 이루어지지 않았다. 사랑하는 성도가 날로 초췌해져가며 사그라져가는 모닥불처럼 생명이 서서히 꺼져 가는데 그 모습을 그냥 곁에서 바라만 봐야 하는 일이란 얼마나 고통스런 일인가. 나는 시들어가는 권사님의 생명 앞에서 너무 미안했다. 고통을 당하는 그에게 내가 아무 힘이 되어 드리지 못한다는 사실이 죄스러웠다. 당신이 나에게 베풀어 준 사랑이 얼마인데, 나는 당신에게 이처럼 무능한 존재로 남아 있다는 것이 정말 죄송했다. 대신 아파 줄 수만 있다면 당장 그렇게라도 하고 싶었다. 하나님의 주권과 섭리 앞에서 나는 나의 무기력을 통감할 수밖에 없었다.

나와 권사님과의 인연은 내가 본 교회의 담임목사로 부임하면서부터 맺어졌다. 나중에 직접 들은 얘기지만 전에 교회 안에 불화가 있었을 때 권사님은 이 교회를 떠날까 하는 생각도 하셨단다. 그러나 나를 만나고부터 갈등도 해소되었고, 기쁘게 주저앉게 되었다고 했다. 이 얼마나 고맙고 격려가 되는 말씀이었던가. 그러나 나는 그 말씀 안에 앞으로 더욱 잘 하라는 채찍도 숨겨있다는 것으로 받아들였었다.

그 이후로 권사님은 나의 목회활동에 많은 도움을 주셨다. 물론 나를 위해서라기보다는 본인의 신앙적 행동이었지만 성도의 올바른 신앙생활은 곧 목회자를 돕는 일이 되는 것이다. 권사님은 교회의 모든 행사에서 당신이 해야 할 일이 발견되면 솔선하여 참여했다. 예를 들면 주일학교 수련회나 성경학교가 열리게 되면 언제나 먼저 후원을 해주셨다. 연말에는 전 교사에게 수고하였다고 선물을 챙겨주시기도 했다. 수시로 구역원이나 전도회원을 대접하는데 인색하지 않았다. 형편이 어렵다거나 곤경에 빠진 사람이 있으면 남모르게 손을 잡아주고 봉투를 내밀었다. 그런 권사님이 담임목사인 내게는 어떻게 하셨겠는가. 대접을 해도 가장 좋은 것으로 하려 들었다. 같이 식사하는 것으로도 족하다고, 간단하게 하자고 만류를 해도 그것만은 순종하지 않으셨다. 그 뜻은 알지만 이럴 때도 가끔은 있어야 한다고 당신의 고집을 굽히지 않으셨다.

그렇다면 권사님이 물질적으로 넉넉해서 그런 봉사를 할 수 있었는가. 아니다. 남편의 사업이 잘못 되어서 오래 어려움을 겪은 것으로 알고 있다. 그러다가 호구지책으로 작은 화장품 가게를 열었는데 하나님께서 그 사업에 복을 주신 것이다. 부지런히 일해서 그런대로 생활에 지장은 받지 않고 사는 정도였다. 우리가 잘 아는 사실이지만 남을 섬기는 일이란 것이 꼭 물질이 많기 때문에 하는 것은 아니잖는가. 모든 것이 다 갖추어졌기 때문에 헌신하는 것은 아니다.

권사님은 오래전부터 지병으로 달고 다녀야 하는 고통이 있었다. 류마티즘. 그래서 걷는데도 자유스럽지 못했다. 그럼에도 근래까지 구역을 맡아서 봉사하셨다. 몸이 따르지 않는다고, 맡지 않고 다른 일로 봉사하겠다고 하면서도 교회가 구역장으로 임명하면 절룩거리면서 구역원을 섬겼다. 그 순종하시던 모습이 당시에는 얼마나 고맙고 자랑스럽던가. 그러나 지금 와서 생각하니 차라리 그때 좀 쉽게 해 드릴 걸 하는 아쉬움도 남는다.

권사님은 몸이 그렇게 힘들어도 가정사(家庭事)에 도우미를 쓴 일이 없으시다. 주위에서 더러 "그렇게 힘들 땐 도우미를 쓰라"고 권해도 듣지 않으셨다. 도우미에게 나갈 비용을 하나님께 드리기 위해서였다. 어떻게 자기가 하고 싶은 일 다 하면서 주님의 일을 할 수 있느냐면서 그렇게 좋아하는 여행도 다니지 않으셨다. 시간도, 비용도 하나님께 쓰겠노라고 하셨다. 자신을 위해서라면 그렇게 인색했고 검소하게 사셨다.

나는 지금까지 권사님으로부터 남을 칭찬하는 말은 많이

들었어도 흉을 보거나 헐뜯는 얘기를 들어본 적이 없다. 간혹 내가 이런 권사님에게 칭찬의 말이라도 해 드리면 여지없이 그 특이한 영남지역 억양으로 "아니에요" 하는 게 고작이었다. 자신의 공로는 도무지 드러내려고도, 인정하려 들지도 않았다. 권사 임직을 받을 때는 얼마나 감격하셨던가. 자신은 아니라고 했다. 자격이 없다고 하셨다. 그리고 정년이 돼서 은퇴할 때는 물의 없이 마치게 됨을 누구보다 감사해 하셨다.

목회는 사명으로 하는 것이다. 누구 때문에 하는 것이 아니다. 자기를 위해서 하는 것도 아니다. 하나님께서 불러주셨다는 소명감과 하나님께서 맡겨주셨다는 사명감으로 하는 것이다. 누가 내게 잘 하라고 충고한다면 나는 그 사람의 말을 경청할 것이다. 그러나 그 충고 때문에 목회를 바르게 하겠다고 생각하기 보다는 이렇게 말없이 순종하고 자기 위치에서 충성하는 사람들 때문에 열심을 낼 수밖에 없다. 어찌 내가 목회 활동에 소홀히 하여 이런 분들의 기대를 저버리고 실망시킬 수 있겠는가. 남의 마음을 아프게 하는 것은 범죄다.

그런데 왜 이런 우리 권사님에게 고약하기로도 유명한 췌장암이 들어왔단 말인가. 그동안 죽 류마티즘만 치료한다고 다른 데 신경을 쓰지 않다가 덜컥 병석에 눕게 된 것이다. 비로소 검사를 해보니 말기였다. 손을 쓸 기회를 놓친 것이다.

그 날은 주일이었다. 모든 예배를 마치고 권사님이 입원하고 계신 병원을 찾아갔다. 벌써 의식이 없고 숨만 가쁘게 쉬고 계셨다. 가족들과 동행한 성도들 앞에서 "만일 땅에 있는 우리의 장막집이 무너지면 하나님께서 지으신 집, 곧 손으로 지은 것이 아니요, 하늘에 있는 영원한 집이 우리에게 있는 줄 아느니라."(고후5:1)는 말씀을 전하고 예배를 마쳤을 때 권사님은 조용히 숨을 거두셨다. 고통도 끝나고 그 얼굴에 평화가 찾아들었다. 권사님은 임종예배를 마치고 성도들의 찬송을 받으며 주님의 품으로 가셨다. 어찌 복된 죽음이 아닌가 (계14:13).

장마철이라서 권사님의 장례 절차가 진행되는 기간 내내 비가 내렸다. 그럼에도 권사님의 죽음을 애도하는 사람은 그치지 않았다. 아마 본 교회 장년 성도로는 90% 이상이 참여했을 것이다. 권사님의 시신은 한 줌의 재가 되어 먼저 세상을 떠난 남편 곁으로 갔다. 세월이 빠르다. 권사님의 남편이 떠난 지가 벌써 5년이나 지나 있었다. 여기서 주님이 다시 오시는 날까지 피곤했던 육신은 쉬고 있으리라.

권사님이 병상에 누워 계실 때 찾아가서 불렀던 노래들이 생각난다. "지금까지 지내온 것 주의 크신 은혜라"를 부르고 "나를 위해 예비하신 고향집에 돌아가 아버지의 품 안에서 영원토록 살리라"고 고백도 했다(찬송가 301장). "세상 사는 동안에 나와 함께 하시고 세상 떠나 가는 날 천국 가게 하소서" 하는 소원도 아뢰었다(찬송가 563장). "거기서 우리 영원히 주님의 은혜로 해처럼 밝게 살면서 주 찬양하리라"고 찬양도 했다.(찬송가 305장)

권사님과 나는 아주 작은 추억을 하나 가지고 있다. 저 지난 날, 권사님도 나도 조금 젊었을 때, 여전도회 회원들과 남이섬으로 야유회를 갔었다. 남들은 뛰어노는데 그때도 같이 뛸 수 없었던 권사님은 나와 함께 잔디에 앉아서 노래를 불렀다. 거의 같은 시대를 살아온 우리는 맑은 하늘 아래서 금방 의기투합이 되어 동요를 불렀었다. 여고시절에 합창단원으로 활동했다던 권사님과 내가 함께 부른 동요, 그 동요를 병상에서도 불렀다.

"뜸북뜸북 뜸북새 논에서 울고
뻐꾹뻐꾹 뻐꾹새 숲에서 울제
우리 오빠 말 타고 서울 가시면
비단 구두 사가지고 오신다더니"

어떻게 가셨을까? 사람의 의지로 막을 수 있는 일이라면 우리는 권사님을 그렇게 보내지 않았을 것이고, 아마 권사님도

3남매를 두고 우리 곁을 그렇게 훌쩍 떠날 수는 없으셨을 것이다. 사랑하며 섬기던 교회와 아직 결혼도 하지 않은 딸이 있는데 마음을 내려놓기가 쉽지 않았을 것이다. 뒤돌아보며, 뒤돌아보며 빗길을 걸어가셨을까. 아니다. 하늘에서 내려주신 황금마차를 타고 가셨을 것이다. 훨훨 새처럼 날아 하나님 나라에 입성하셨을 것이다. 천사들의 환영을 받으며 주님의 품에 안겼을 것이다. 거기서 세상 고통을 벗고 영원한 안식에 참여했을 것이다.

(한국 크리스천문학, 2011년 겨울)

7. 목포에 다시 올 일은 없을 것입니다

음력 정월 초하루, 설날이다. 우리는 오전 9시 30분에 승합차에 몸을 싣고 목포(木浦)로 향했다. 목포에 사시는 오(吳) 집사님의 모친께서 어제 늦은 시간에 세상을 떠났다는 소식이 왔기 때문이었다. 그 전갈을 받고 우리는 여러 가지로 걱정을 했다. 정초, 그것도 명절에 문상을 가겠다는 사람이 얼마나 있을 것인가에서부터 일기예보대로 한다면 서해안 지역에 폭설이 내린다고 했는데 길은 미끄럽지 않을 것이며 귀성행렬에 길은 막히지 않을까 하는 것 등이었다. 그러나 어떻게 해야 하는가, 받아 놓은 밥상인데. 만사를 제폐하고 만난이라도 무릅써야 했다. 밤중에 경조부에게 연락을 취하도록 하고 아침에 기다렸더니 문상에 참여하겠다는 인원이 승합차 한 대에 동승할 만큼 모였다. 다행이었다.

여기서 미리 말씀드리면 지난 밤 우리의 걱정은 그야말로 기우에 불과했다. 목포에 도착할 때까지 길이 전혀 막히지 않았다. 서해안 고속도로에 진입할 때까지 서울 시내 길은 한산했고 고속도로는 어느 한 곳도 눈이나 차량으로 막히지 않았

다. 당진과 서산 부근 산야에는 제법 눈이 쌓여 있었는데 그것
은 오히려 우리에게 그림처럼 아름다운 경치를 보여주고 있
었다. 우리가 어떻게 문상길이 아니면 설날에 이런 설경을 구
경할 수 있겠는가. 눈 더미를 이고 있는 소나무는 언제 보아
도 정취가 있다.

　두어 곳을 지날 때에는 함박눈이 빗겨 내렸다. 그 속을 뚫고
질주하면서 나는 지금 유족들을 위로하러 가는지 아름다운
경치를 감상하기 위하여 드라이브를 하고 있는지 착각할 정
도였다. 하긴 명절에 갈 데 없어 쓸쓸히 집안에 갇혀 있는 것
보다 슬픔을 당한 가족을 찾아가 위로한다는 것이 얼마나 보
람된 일이며 덤으로 오가는 길에 바람을 쐰다는 것은 얼마나
다행한 일인가. 싫은 게 있으면 좋은 것도 있고 잃는 게 있으
면 얻는 것도 있는 법, 이번 설날은 오 집사님 어머님께서 떠
나시면서도 우리에게 덕을 끼쳐 주신 결과가 되었다.

　오 집사님의 어머니는 금년 86세, 권사님이셨다. 슬하에 9
남매를 두셨는데 모두가 신앙가족이다. 흔히들 다복한 가정
이라고 하지만 한편 생각해 보면 남편 여의고 홀로 9남매를
키울 때 고생은 좀 하셨겠는가. 자녀들이 모두 효도하는 사람
들이라 어머니를 극진히 모셨는데 지난 연말에 서울에 사는
큰딸이 잠시 자기가 모시겠다고 모셔와 지내는 동안 그만 목

욕탕에서 넘어져 그 길로 의식을 잃고 3개월 동안 중환자실에 계시다가 떠나셨다. 큰딸은 괜히 자기가 어머니 모시고 와서 이런 어려운 일을 만나게 했는가, 해서 가책을 느끼는 듯싶었지만, 그건 아니다. 사람이 태어나는 것이 자기 마음대로가 아닌 것처럼 떠나는 것도 하나님의 섭리를 벗어날 수 없는 법이다. 하나님이 정해준 기한을 다하고 떠난 것이다. 다행히 문상을 마치고 돌아오는 길도 일부 구간을 제외하고는 막히지 않아서 밤 10시에 도착할 수 있었다.

오 집사님은 목수라는 직업을 가지고 있다. 전통 한옥을 짓고 수리할 수 있는 재주를 가진 요즈음 구하기 힘든 분야에서 일하고 있다. 물론 고급 빌딩의 인테리어에도 능숙한 전문인이다. 어려서 보리밥이 먹기 싫어서 고향을 등지고 서울로 올라왔다는데 많은 양의 음식은 먹지 않으면서 맛있는 음식을 찾는 일종의 식도락가이다. 어디 가면 어떤 음식이 맛있다는 것을 꿰고 있다. 하긴 일 따라 전국을 다니다 보니 자연히 알게 되었으리라. 지금은 많은 돈은 모으지 않았어도 먹기 싫은 보리밥은 먹지 않고 살만한 형편이 되었다.

오 집사님과 나와의 인연은 내가 개척교회를 시작하고 얼마되지 않아서였다. 내가 건물 2층을 세(貰) 얻어서 교회를 시작할 때 그의 가족이 교회 근처로 이사를 왔고 결국 교회에 등록까지 했다. 그러니까 교회 초기의 어려움을 같이 겪어준 사람이다. 당시 부인인 강 집사님의 호탕한 웃음소리가 우리에겐 얼마나 큰 힘이 되었던가. 더구나 집이 교회 근처라는 이유로 주일예배를 마친 뒤 성도들은 집사님 댁으로 가서 점심을 먹었다. 하나님과 성도를 섬기는 믿음이 없었던들 아무리 교회와 가깝게 산다고 해도 그런 힘든 봉사를 해낼 수 있었겠는가. 그 봉사와 헌신을 하나님은 영원히 기억하고 계실 것이다. 그때 정말 우리는 그 풍성한 음식을 먹으면서 성도의 교제를 나누는 초대교회의 모습을 거기서 열었다. 지금은 그때에 비하여 교회도 성장하고 그런 봉사를 하지 않아도 될 정도가 되었다. 본인들의 몸도 예전과 같이 튼튼하지도 않다. 그러나 매 주일마다 오 집사님은 나와 교회에서 수고하는 분들에게 피로를 제하여 준다는 음료수를 말없이 들여 놓아준다. 본인은 적은 것이라 하지만 지금도 이런 저런 일로 섬김의 끈을 놓고 있지 않는 것이다.

문상을 마치고 돌아오려는데 오 집사님이 말했다. "이제는 목포에 다시 올 일이 없을 것입니다." 이제 부모님 다 돌아가시고 특별히 문상 올 일이 없게 되었다는 서글픈 마음이 담겨 있는 말이었다. 거기에는 다른 날도 아닌 설날에 먼 길까지 문상을 와 준 것이 감사하고 미안하다는 뜻도 배어 있었으리라.

그러나 오 집사님, 강 집사님, 힘내십시오. 좋은 일로 아름다운 목포에 올 일을 만들어야지요. 유달산에도 오르고, 선창으로 가서 세발낙지도 먹어야지요.

(한국크리스천문학, 2010년 봄)

8. 나는 어떻게 살라고

공 집사님은 장례를 치루는 내내 통곡을 했다. 특별히 입관하는 자리에서 가장 서럽게 울었다. 이제 겨우 40대의 절반도 넘기지 않은 나이다. 늦었더라면 아직 결혼도 하지 않았을 나이에 남편이 먼저 세상을 떠났으니 그 슬픔을 어떻게 절제할 수 있겠는가.

남편은 철도 공무원으로 재직하고 있었다. 성품이 온유하고 가정적이었다. 기관차를 운전하듯 안전하고 매끄럽게 가정을 이끌었다. 큰 아이는 아들인데 중학교 3학년이 되었고 둘째는 딸인데 아직 초등학교도 들어가지 않은 철부지다. 이런 어린 자식과 처를 두고 훌쩍 떠난 것이다. 성실하게 직장 생활 잘하던 사람이 어느 날 배가 아프다고 해서 부랴부랴 진찰을 받아보니 간암이었다. 그것도 이미 전문 의사마저 손을 쓸 수가 없게 된 말기였다. 그렇지만 어떻게 하겠는가. 어떻게 하든 고쳐보려고 근 반년을 노력했지만 허사였다. 으레 암 환자가 그렇듯이 숨 거두는 순간까지 의식이 또렷하였고 그렇기 때문에 쥐어짜는 듯한 고통을 감당해야 했다. 주치의의 "

오늘 넘기기가 어렵겠습니다."하는 선언이 있은 후에도 한 달 가량을 버티다 이제 세상을 떠났다. 그동안 너무 힘들어 하는 모습을 보면 차라리 어서 돌아가셔서 고통을 벗었으면 좋겠다는 생각도 들었지만 그런 생각은 잠시고 조금만 더 살아 주었으면 했고 기적적으로 치료 되었으면 하는 생각뿐이었다.

그런데 마지막 날에 혼수상태에 빠지더니 그 길로 회생하지 못하고 숨을 거두고 말았다. 이제는 신음소리도 들을 수 없게 되었다. 조금 있으면 남편의 형상도 볼 수 없게 되었다. 공 집사님은 하염없이 울었다. 소리 내어 울었다. 나중에는 목이 쉬어서 꺼억꺼억 소리만 냈다. 통곡 소리조차 낼 수 없게 되었다. "창훈이 아빠, 나는 어떻게 살라고, 창훈이는 어떻게 키우라고, 주영이가 아빠 찾으면 어떻게 대답하라고…" 공 집사님은 남편의 시신을 붙들고 울었다. 창훈이는 아들의 이름이고, 주영이는 딸아이의 이름이다.

나는 이 장례의 주례를 맡았다. 세상을 살다보면 이런 일도 만나고 저런 일도 만나게 되지만 결혼 주례를 선 부부에게 불행이 덮쳐 장례 주례까지 선 것은 이번이 처음이다. 가정을 이루고 공 집사님은 알뜰하게 살림하면서 건강상 부실하셨던 시어머니를 잘 모셔서 칭찬도 많이 받았고, 신앙생활도 예쁘게 해서 사람들의 사랑도 많이 받았다. 그런데 남편의 근무지가 대전으로 옮겨가는 바람에 불가피하게 이사를 갔었다. 당연히 교적도 옮겨갔다. 그동안 들려오는 소식은 좋았다. 무엇보다 신앙생활을 잘한다는 소식을 들으면서 나는 대견하게 생각하고 있었다.

그런데 이 무슨 청천벽력 같은 일인가. 사람의 의지로 막을 수 있었다면 어느 누가 그를 보낼 것이며, 사람의 노력으로 그 길을 가지 않을 수도 있다면 고인(故人)이 어떻게 어린 처자식을 남겨두고 떠날 수 있었겠는가. 하나님의 섭리를 거역할 수 없어 보내놓고 서럽게 울어야 하는 나약한 인간의 모습. 공 집사님은 모든 사람의 슬픔을 혼자 다 짊어진 사람처럼 통곡했다.

나는 이런 경우, 사람의 말이 그에게 많은 위로를 줄 수 없다는 것을 안다. 그래서 위로예배 때마다 하나님의 말씀을 전했다. 하나님께서 예비해 놓으신 영원한 하나님나라를 전했다. 주님께서 십자가를 지고 돌아가실 때 회개하는 한편 강도에게 "오늘 네가 나와 함께 낙원에 있으리라"고 말씀하신 것처럼 우리에게는 숨 끊어지는 순간에 주님과 함께 하는 낙원이 있음을 전했다. 떠나시기 전에 근심하는 제자들에게 "너희는 마음에 근심하지 말라"고 하시면서 당신은 장차 우리가 거할 거처를 예비하러 가신다고 하신 말씀도 전했다. 하나님의 뜻과 섭리를 우리의 이성으로 이해하기 곤란하지만 그러나 고인(故人)은 이 세상의 고통과 슬픔을 다 내려놓고 주님의 품 안에서 안식을 누리게 되었다는 말씀도 전했다.

그렇다. 나는 하나님이 계시고, 영원한 하나님나라가 존재하며, 예수 믿어 구원 받은 사람은 천국에서 영원한 안식에 참여한다는 모든 사실을 성경 말씀대로 믿는다. 하나님께서 당신이 택한 백성을 사랑하심도 믿는다. 그렇지만 지금 공 집사님에게 닥친 이 슬픔을 어떻게 주님의 사랑과 긍휼로 설명할 수 있겠는가. 물론 신앙적으로 이해한다면 떠난 사람은 고통을 마무리했으니 행복할 것이다. 세상에서 당하는 고통을 벗고 하나님의 위로를 받을 것이다. 그러나 살아있는 아내는 앞에 남은 수많은 세월을 어떻게 보내란 말인가. 기쁜 일을 만나거나 슬픈 일을 당할 때마다 떠오르는 남편 생각을 어떻게 가슴에 묻고만 살 수 있겠는가. 어찌 가슴에 새겨진 이 아픔을 지울 수 있고 잊을 수 있을 것인가. 두툼한 이불을 덮고도 따뜻함을 느낄 수 없는, 저 시린 가슴과 허전한 마음을 어떻게 달랠 수 있단 말인가. 밝은 달도, 붉게 물든 단풍도 예사로 보이지 않고, 깊은 밤에 들려오는 바람소리도, 풀벌레 소리도 예사로 들리지 않을 것이다. 어쩌란 말인가!

장례식 날은 아무 일도 없다는 듯 날씨가 온화하고 하늘은 청명했다. 화장을 하고 납골당에 유골을 안장했다. 마지막 예배를 드리면서 나는 위로의 말씀을 전했다. 하나님을 알지 못하는 사람들은 "하늘이 무너져도 솟아날 구멍이 있다"는 속담을 듣고도 힘을 얻어 사는데 우리는 영생을 믿지 않습니까. 우리가 이렇게 부족하고 나약하니까 더욱 하나님을 의지해야 합니다. 하나님께서 도우실 것입니다. 인도해 주실 것입니다. 하나님께서는 수많은 방법이 있으니 하나님의 방법으로 위로와 복을 주실 것입니다. 남편이 끼치고 간 아이들 잘 키우며 보람을 가지셔야 합니다. 우리는 누구나 이 땅을 떠나게 될 나그네이고 언젠가는 다시 만나게 됩니다. 힘내십시다, 하고.

유족들과 헤어져 돌아오면서 나는 새삼스럽게 인생의 이 땅에서의 허무를 생각하며 기도할 수밖에 없었다. "하나님, 공 집사님에게 힘을 주십시오. 너끈히 세상을 이기며 살 수 있는 용기와 담대함을 주십시오. 아들, 딸 잘 키우며, 보람을 느끼며 살게 해 주십시오. 도와주십시오. 인도해 주시고 지켜 주십시오."

(한국크리스천문학, 2013년 여름)

9. 공범(共犯)

42세의 나이로 김 집사가 인생을 마무리했다. 지름길을 택했다. 그녀는 누구에게도 자신의 행로를 말하지 않고 떠났다. 아니 정확하게 말한다면 그런 말을 나눌 사람이 주변에 없었다. 같이 기거하는 사람들이 예민했더라면 낌새가 이상하다는 느낌을 받았을 수도 있었겠지만 가족들은 그렇지 못했다. 둔했다. 무관심했는지 모른다.

이른 새벽에 그녀의 남편에게서 연락이 왔다. 울먹이는 소리였다. 떠났다고 했다. 어찌 이런 일이 있을 수 있느냐, 하다가 짐작이 가는 게 떠올랐다. 순간적으로 이 소식을 전하는 그녀의 남편이 밉다는 생각이 들었다.

김 집사의 얼굴색은 유난히 하얬다. 언뜻 보면 창백하게 느껴질 정도였다. 주렁주렁 세 아들을 두었다. 현재 큰아이는 중학교 3학년이고 막내가 초등학교에 갓 입학한 상태다. 남편은 영업용 택시를 몰았다. 다른 사람들은 택시 영업을 하면서도, 넉넉하지는 못해도 그런대로 살아가던데 이 집은 그게 아닌 것 같았다. 이 남편에겐 왜 그게 어려웠을까. 교통사고를 냈다는 소식은 들은 바 있지만 운전하는 사람에게 교통사고는 병가(兵家)의 상사(常事)와 같지 않은가. 아무튼 생활이 어렵다고 했다. 교회에서 조사한 바로는 도움을 주어야 하는 가정으로 분류가 되었다. 세 아이를 키우는 데도 벅찼을 것이다.

김 집사는 도무지 말이 없었다. 가정사 뿐 아니라 자신에 대해서 개방이 어려운 사람이었다. 누구의 방문도 허락지 않았다. 누가 식사라도 같이 하자고 나오라 해도 한사코 거절했다 한다. 성품도 그렇거니와 환경 때문일 것이라고 우리는 짐작해야 했다. 아마 자신의 어려운 환경이 외부에 노출되는 것을 싫어했다고 치부할 수밖에 없었다. 그러므로 교회는 그녀의 자존심을 훼손시키지 않으려고 항상 적당한 거리를 유지시켜 주어야 했다. 그중에 그래도 내 집사람이 그와 사귐이 조금 있어서 한 번 찾아가 봤는데 먼지 하나가 없을 정도로 깔끔할 뿐 아니라 정리정돈을 잘 해놓고 살더란다. 개구쟁이 세 녀석을 기르다 보면 조금 어지러워 있어도 흉이 아닐 터인데 그게 아니더라는 것이었다.

신앙생활도 그랬다. 주일에만 만나는데 아무하고도 접촉하지 않고 예배만 마치면 부지런히 돌아갔다. 물론 구역 편성도 되어 있고 여전도회에도 가입되어 있었는데 거기에 참여하지도, 더구나 어울려 활동하지도 않았다. 지나고 생각해 보니 누가 그렇게 만들지는 않았지만 스스로 외톨이가 되었고, 거기에 따르는 소외감을 아무렇지 않게 받아들인 것 같다.

김 집사는 누구에게도 외롭다는 말을 하지 않았다. 남들의 열심에 대해서 시샘하지도 않았다. 생활이 어렵다는 얘기는 더구나 입 밖에 내지 않았다. 우울하다는 말도 하지 않았다. 자기 속내도, 집안의 속내도 드러내지 않았다. 그러므로 그런 그녀의 모든 형편은 모두가 남들이 지레 짐작하여 하는 말이라고 봐야 한다. 우울증이 있다는 사실도 아는 사람만 알고 있었다.

이런 그녀에게 우리는 본인이 받아주지 않는데 어떻게 접근할 수 있었겠느냐고 얼마든지 변명할 수 있다. 그러나 원칙적으로 생각하면 그렇기 때문에 더욱 접근을 시도했어야 하지 않았을까. 교회의 본질로 생각한다면 그녀는 어쨌든 교회 안으로 들어온 사람이다. 교회는 그녀의 진정한 친구가 되어 주었어야 맞다. 지난 이야기지만 그의 자존심을 지켜준다고 접근을 포기한 것보다 그의 아픔과 고민과 우울한 환경을 이해해 주려고 노력한 사람들이 되었어야 했다.

한 동안 그녀가 교회에 나오지 않은 때가 있었다. 따로 사는 시어머니에게 연유를 물어봤더니 고향 제주도에 갔는데 아직 안 돌아왔노라고 했다. 왜 아이들 맡겨놓고 살림하는 여자가 오지 않는지 모르겠다고 오히려 며느리에게 서운한 감정을 표시하였다. 그런 후에 그녀가 돌아왔다. 집안에만 갇혀 있으니 답답하기도 하여 부모형제 만나고 왔겠지 했다. 친정 식구 만나서 조금이라도 위로를 받고, 우울한 마음도 고향 바다에 날려 보내고 가벼운 마음으로 돌아왔겠지 했다. 때로 우리는 그런 환경 변화로 기분 전환도 하고 느슨해진 생활에 활력을 불어넣기도 하지 않는가.

그리고 얼마 지나지 않아서 그녀가 이렇게 우리 곁을 떠나 버린 것이다. 그의 나이가 너무나 아까웠다. 차려진 빈소에 놓인 영정사진은 왜 그렇게 예쁘게만 보이는가. 긴 머리를 늘어트리고 살포시 웃는 그 모습이 왜 그리 내 마음을 억울하게 하는가.

장례식을 진행하면서 더욱 내 마음을 착잡하고 울적하게 만든 것은 비로소 그녀의 친정 사정을 듣고부터였다. 김 집사가 아주 어렸을 적에 그의 부모가 이혼을 하였고 아버지는 곧 새엄마를 얻었다. 김 집사는 새엄마 밑에서 자라야 했다. 그동안 새엄마는 아버지로부터 배다른 형제들을 낳았고 김 집사는 당연히 그 동생들과 함께 자라야 했다. 뭐가 뭔지 잘 모르던 때는 그러려니 하고 살았지만 철이 들자 그녀는 같이 살 수가 없었다. 집을 나와 혼자 살다가 지금의 가난한 남편을 만난 것이었다. 고생은 되더라도 외롭지는 않기 위해서였을까.

딸이 죽었다는 소식을 듣고 아버지가 왔다가 입관이 끝난 뒤에 되돌아갔고 장례 마지막 날까지 함께한 사람은 부산에 사는 생모와 배다른 동생들이었다. 그들은 서럽게 울었다. 소리 없이 눈물만 짜냈다. 그렇다면 지난번에 김 집사가 찾아간 고향은 도대체 어디였단 말인가. 피곤한 몸과 답답한 마음을 내려놓을 데가 그래도 친정집밖에 없어서였을까. 그렇다면 과연 그녀가 찾아간 친정집이 그녀에게 안식과 평안을 주었을까. 그녀는 거기서 얼마나 따뜻한 대접을 받았을까. 어쩌면 우울한 마음의 짐을 내려놓기는커녕 한 아름 더 안고 왔는지 모를 일이다. 아니다. 흔히 세상을 떠나는 사람들의 행동처럼 고향집 한 번 둘러보면서 마지막 인사를 하고 왔는지 모른다.

화장장에서 한 줌의 재가 되어 나온 그의 실체가 땅에 묻혔다. 그녀는 떠나면서까지 세상과 이웃에 대하여 단 한마디의 원망도 내뱉지 않았다지만 그렇다면 과연 그녀의 마음을 우울하게 만든 것은 무엇이었을까. 오히려 세상이고 가까운 이웃과 가족과 우리들 성도가 아니었을까. 그것이 결국 자신의 생명을 자신의 손으로 자초할 수밖에 없도록 했을 것이다. 그렇다면 그녀에게 이 세상에서의 삶의 의미를 찾지 못하게 하고 이 세상은 그래도 외로운 곳이 아니라는 것을 알게 하지 않은 우리는 공범자다. 막다른 곳으로 몰아넣어 움쭉달싹 못하게 만든 공범자. 그녀가 최종적으로 다녀온 고향 바다가 어떤 사람들에게는 마음을 시원하게 터주는 역할을 할 수 있었겠지만 그녀에게는 오히려 쓸쓸함을 자아내게 하지는 않았을까. 철썩철썩 밀려와 부딪치는 파도소리가 말이다. 지금에 와서 우리의 "얼마나 외로웠을까. 조금 따뜻하게 대할 걸, 손 한 번 잡아주었어야 했는데" 하는 후회가 무슨 소용이 있으랴.

5월 막바지의 하늘이 왜 이렇게 찬란한가. 갓 피어나기 시작한 장미꽃의 붉은 색깔이 왜 이렇게 요염한가. 아무런 일도 아니란 듯 쨍쨍 내리쪼이는 햇볕이 얄밉다. 아무 일도 일어나지 않은 것처럼 이 젊은 여인에게 무심한 온 세상이 얄밉다.

(한국크리스천문학, 2016년 봄)

10. 안타까운 이야기

목회를 하다보면 개인적으로 기쁜 일을 많이 만나지만 더러 슬프고 안타까운 일도 만나진다. 본질적인 것이 아니라 지엽적인 일로 의견이 갈려 갈등을 빚을 때는 가슴이 아프다.

예수님의 동정녀 탄생을 부인한다거나 예수님의 부활을 부인하는 등의 근본적인 문제를 만나면 진리를 지키기 위해서 순교를 각오하고 싸워야한다. 그러나 교회가 야유회를 떠나는데 한라산으로 가야 하느냐, 북한산으로 가야 하느냐 하는 문제라든지, 야유회를 떠날 때 성도의 간식으로 찰떡을 만드느냐, 메떡을 만드느냐 하는 것은 결코 싸울 일이 아니다. 의견을 살펴서 적절하게 대응하면 되는 것이다.

그런데 이런 지엽적인 문제를 놓고 생사를 걸듯 싸우려들면 실로 난감하지 않을 수 없다. 개척교회 시절이었다. 성도 중 한 분의 형님이 돌아가셨다. 직계도 아니고 지방에 사시는 분이니 목사님이 교회 대표로 문상을 다녀오시면 좋겠다고 해서 교회에서 주는 여비와 조의금을 가지고 문상을 다녀온 일이 있었다. 그 후 한 달이 지나서 재정부 보고를 하는데 경조비를 지출한 것에 대해서 한 집사님이 시비를 걸었다. 왜 교통비까지 경조비에 포함시켰느냐는 것이었다. 경조비와 교통비를 엄연히 구별해서 기장(記帳)을 해야 한다는 것이었다. 도무지 생산적이지 않은 일로 의견이 분분하기에 내가 설득에 나섰다. 기왕에 기장을 그렇게 했고, 교통비라 해도 이번 사항의 교통비는 문상과 관련되어서 발생한 것이니까 이번엔 그냥 그렇게 넘어가자고 했다. 기왕에 지출된 금액이 기장을 다르게 한다고 다시 돌아올 리 없지 않은가. 그럼에도 무엇이 불만인지 그 집사님은 한사코 그래서는 안 된다고 했다. 끝내 기장을 고쳐야 한다고 고집을 부리다가 돌아갔다.

그 후 성도들이 다 돌아간 후 혼자 남아있는 내 집무실에 다른 여 집사님이 찾아왔다. 낮에 있었던 제직회에서 경조비와 교통비는 구분해서 기장해야 한다고 고집했던 그 집사님과 가까이 지내는 집사님이었다. 예의 그 경조비에 왜 교통비를 포함시킨 일에 동조했느냐고 다시 따져 물었다. 알고 보니 재정을 맡은 집사님과 관계가 별로 안 좋았던 것이다. 낮에 설득했던 내용을 다시 한 번 반복해서 설명해 주고 일단락을 지으려 했더니 이게 웬일인가, 최근에 어떤 어려운 집사님이 개업을 했는데 교회적으로 기념품을 사드린 것을 걸고 늘어지는 것이었다. 개척교회의 규모에서 어떻게 생각하면 한

심한 일이었다.

자기는 1톤 트럭을 끌고 다니면서 교통이 막히는 지점이 있으면 그곳에서 호두과자를 만들어 파는 일을 하는데 그 차에 간판을 만들어 걸어달라는 것이었다. 나는 교회의 재정을 그런 식으로 써서는 안 되는 것이라고 설득하며 달랬다. 그럼에도 어찌나 강력하게 주장하며 물고 늘어지는지 나는 "그걸 교회 재정으로는 할 수 없고 내 개인 돈으로 해 주겠노라"고 해서 겨우 빠져 나왔다. 그 여 집사님은 그 자리에서 당시 돈 6만 원을 내 손에서 받아갔다. 받아가면서 "목사님한테 돈을 받으니 기분이 좋다"는 말을 남겼다. 벌써 시간은 자정을 넘기고 있었다.

이야기가 그것으로 끝났다면 얼마나 좋았을까. 그 다음, 그 다음 날 나는 귀가 의심스러운, 정말 들어서는 안 되는 소식 하나를 접하게 되었다. 김 아무개 집사님이 교통사고로 현장에서 즉사하였고 지금 병원에 실려 갔다는 것이었다. 세상에 이럴 수가 있는가. 김 아무개 집사란 저 지난 밤, 늦게까지 나와 함께 했던 집사님이시다. 간판 대금으로 6만 원을 받아가면서 "목사님한테 돈 받으니 기분이 좋다"고 했던 그 집사님이다.

병원으로 달려갔다. 청바지 차림으로 얼굴은 피투성이가 되어 누워 있었다. 차량이 오가는 위험한 길거리에서 장사하다가 달리는 차량에 치어 급사를 했다는 것이었다. 가슴이 아팠다. 나는 담임목사로써 그 집사님의 장례를 집례했다. 장례를 마칠 때까지 한 치 앞도 모르는 인생에 대해서 생각했고 과연 어떻게 인생을 살아야 하는가에 대해서 곰곰이 생각해봤다. 지금도 내 가슴 한 편에는 그 집사님을 산에 묻고 터덜터덜 산길을 내려오던 생각이 아픈 흔적으로 남아 있다.

(한국크리스천문학, 2013년 봄)

11. 20분만 더

산 사람은 산다. 어떤 어려움이나 슬픔을 만났어도 살아있으면 산다. 외로움이나 답답함도 극복하거나 참으면서 산다. 벗어날 궁리도 하고 애도 쓰면서 살아간다. 때로는 모든 일이 시들해져서 손을 놓을 때도 있고, 마음이 아파 모든 걸 포기하고 싶은 극단적인 생각도 들지만 역시 삶을 포기하기는 어렵다. 입에 밥이 들어가지 않을 것 같지만 결국 먹게 된다. 입맛이 소태 같아도 죽지 못해서 살고 살기 위해서 먹는다.

교회에 남편을 먼저 하늘나라로 보낸 뒤부터 신앙생활을 시작한 자매가 있다. 그 자매의 남편의 1주기가 되어 같이 추모예배를 드렸다. 방에 빙 둘러앉아서 찬송가를 부를 때 자매의 눈에 이슬이 맺히는 듯했다. 그러다 말았다. 참느라 애쓰는 느낌이 들었다. 1년 세월이 얼마나 안타까웠으랴. 기쁜 일을 만났어도 기쁜 줄 모르고 슬픈 일을 만나면 더욱 남편이 생각났으리라. 그런 표를 내지 않고 살아가려니 또한 얼마나 가슴이 저며 왔을까.

내가 예배 중에 읽어드린 하나님의 말씀은 이 부분이었다. "다윗이 죽을 날이 임박하매 그의 아들 솔로몬에게 명령하여 이르되 내가 이제 세상 모든 사람이 가는 길로 가게 되었으니 너는 힘써 대장부가 되고 네 하나님 여호와의 명령을 지켜 그 길로 행하여 그 법률과 계명과 율례와 증거를 모세의 율법에 기록된 대로 지키라. 그리하면 네가 무엇을 하든지, 어디로 가든지 형통할지라."(왕상 2:1-3) 다윗이 죽기 전에 아들인 솔로몬에게 남긴 유언이다. 서양 속담에 "새는 죽으면서 가장 슬픈 소리를 내지만 사람은 죽으면서 가장 옳은 말을 한다."는 말이 있다. 죽어가면서까지 거짓된 말을 할 이유가 없다. 나름대로 자손들에게 값진 교훈을 남기고 싶을 것이다.

죽음은 누구에게나 공평하게 찾아온다. 이 달갑지 않은 사실을 알고 있기에 누구나 죽음의 존재를 수용하며 살아간다. 그러다가 어느날 그것이 직접 자기에게 찾아오면 아무리 귀중히 여긴 것이나 사랑했던 가족이라도 두고 떠나야 한다. 속수무책이란 말은 아마 이런 때 쓰라고 생긴 말일 것이다. 떠나는 사람이나 남겨진 사람이나 무기력하기는 마찬가지다. 할 수 있는 일이라곤 눈물 흘리는 일과 회한일 것이고 잘 가라는 간단한 인사뿐일 것이다. 그렇다면 그 시점에서 돌아가시는 분이 남겨지는 가족들을 위하여 가지는 소원이 무엇일까. 그가 신앙인이라면 영원한 소망을 붙들고 하나님 잘 섬기면서 열심히 사는 것일 것이다. 나는 그런 요지의 말씀으로 위로를 드렸다. 몸도 약하고 신앙도 약해서 곧잘 주일조차 지키지 못하는 형편인 이 자매에게 하나님의 은혜 안에서 슬픔이 치료되고 씩씩하게 살기를 원하는 마음을 전했다.

예배를 마치고 가까운 음식점에서 식사 대접을 받았다. 자매가 음식을 더 가져다주며 "이것 잡숴 보세요.", "이것 괜찮아요." 하면서 시중까지 들어주는 것이 아주 노련하고 익숙한 사람이나 하는 행동이다. 어쩌면 저렇게 자연스러울 수가 있을까. 스마트폰으로 사진까지 찍어준다. 친절하고 사려가 깊다. 지금의 저 모습은 적어도 남편을 여읜 여인의 모습은 아니다. 아주 명랑하다. 일부러 그러는 것일까. 슬픈 기색이라곤 전혀 찾아볼 수가 없다. 남편은 어떻게 저런 부인을 두고 훌쩍 떠날 수가 있었을까. 사람이 마음대로 할 수 있는 일이라면 보내지도, 떠나지도 안했으리라. 인간의 한계를 극복할 수 없는 우리들. 그러나 어쩌랴. 주어지는 환경과 상황을 받아들일 수밖에 없는 우리는 서글픈 존재다.

대접을 잘 받아 이제 충분하다 싶어 그만 일어서려는데 그 자매는 조금만 더 머물러 주었으면 했다. 우리가 먹고 마실 만큼 대접 받았으니 일어나는 게 좋겠다고 했더니 손가락 두 개를 세우며 20 분만, 20 분만 더 남아 달라고 했다. 그 모습이 진지했고 그 태도가 참으로 순박해 보였다. 형식적으로 말리는 게 아니었다. 우리는 그 진정 앞에서 선뜻 일어설 수가 없었다.

긴 시간 속에서 20분은 얼마나 짧은 시간인가. 그래도 20분만 더 같이 있어주기를 원하는 그 마음. 그 마음속에 담겨 있는 뜻은 무엇이었을까. 산 사람은 살아가게 마련이지만 외로움을 간직하고 산다는 것은 안타까운 일이다.

(크리스천문학나무, 2019년 겨울)

12. 불쌍하긴 누가?

나이가 들어서일까. 주변에서 가까이 지내던 분들의 부음이 가끔씩 들려온다. 나보다 두세 살 연상이긴 하지만 건강하던 분이었는데 갑작스럽게 돌아가셨다는 소식을 듣고 나는 그의 빈소를 찾았다. 같은 교회에서 신앙생활을 하던 분인데 내가 은퇴하여 교회를 떠나고 한 달 남짓 지난 뒤에 이런 일을 만난 것이다. 나를 맞은 부인은 권사님으로 교회를 섬겼고 지금 세상을 떠난 남편은 안수집사의 직분을 맡았었다. 별로 말이 없으시면서 신실했다. 권사님 말로 우리는 일생 살면서 서로 다툰 일이 없다고 해서 다른 성도들로부터 부러움을 산 부부였다. 그러나 나는 오히려 무슨 부부가 싸움도 않고 사느냐고 그것은 금슬이 좋아서가 아니라 바보들이기 때문이라고 놀리기까지 할 정도로 다정한 부부였다. 슬하에 남매를 두어서 모두 가정을 이루었고 특별히 아들 내외는 교회에서 찬양대 지휘와 반주를 하면서 예쁘게 신앙생활을 했다.

그러나 아무리 화목하고 단란한 가정이라도 세상 떠나는 일은 사람이 어떻게 할 수 없다. 아무리 금슬이 좋아도 하나님이 떼어놓으면 헤어져야 하고 아무리 정서적 안정 속에서 살아도 슬픔의 시간이 오면 애통해 할 수밖에 없다.

나를 보고 권사님이 접근하여 끌어안듯이 하고 펑펑 소리 내어 울었다. 어찌 그 마음을 모르랴. 좀 전까지만 해도 팔팔하게 살아서 서로 얘기를 나누었는데 남편은 떠나고 한 사람은 살아서 문상을 왔으니 얼마나 안타까우랴. 권사님은 세상 떠난 남편이 불쌍하다고 했다. 그것도 여러 번 반복해서 말했다. 그 마음을 왜 모르랴만 나는 위로의 말에 건네면서 나직이 말했다. "권사님, 불쌍하긴 누가 불쌍해요? 내가 보기엔 권사님이 불쌍합니다. 집사님은 지금 하늘나라에서 위로를 받고 있지만 권사님은 애통해 하고 있잖아요." 내 말의 뜻을 깨달은 권사님이 "그러네요."하면서 눈물을 닦았다 .

부부가 한날한시에 가정을 이루고 살지만 특별한 사고가 아니면 같은 날 떠나기는 어렵다. 그러면 누가 불쌍한가. 우리 신앙인들로서는 떠난 사람이 아니라 남아있는 사람이다. 기쁜 일을 만나도 혼자 맞는 기쁨이 기쁨인가. 슬픈 일을 만나면 더욱 생각이 나서 그립고 안타까울 것이다. 그것을 나머지 생애동안 계속 지니고 산다는 것은 그게 차라리 불쌍한 일이다.

문상을 마치고 돌아오면서 새삼스럽게 삶이란 무엇인가를

생각했다. 거리에서 바쁘게 오가는 저 사람들은 왜 사는 것일까. 나 자신도 모르게 하나님의 섭리 안에서 태어나는 인간, 도중에 예수 그리스도가 구원주라는 사실을 믿은 사람은 그래도 천국을 향하여 가고 있다는 위로가 있지만 그도 아닌 사람은 왜 사는가. 돈 벌려고 살고, 자식 낳으려고 살고, 취미생활 즐기기 위해서 살다가 손에 힘 풀리면 떠나기 위해서 사는가. 거기에도 하나님의 섭리가 있다고 하지만 인생이 참 허무하다. 어디 사람뿐인가. 만물이 왜 생겨나서 왜 죽는가. 자기 소신도 없고 그저 창조주의 섭리에 따라서 살다 가는 일생. 바르게 산다면 그나마 다행이지만 그렇지 못하다면 삶의 보람조차 없지 않은가. 다행인 것은 그래도 갈 곳이 있다는 것이다. 그리고 그곳을 향하여 열심히 살 수 있다는 것뿐이다. 그분에 의하여 태어나 그분의 가르침을 따르다가 그분의 뜻으로 그분을 만나러가는 여정. 바울 사도의 가르침이 생각난다. "이는 만물이 주에게서 나오고 주로 말미암고 주에게로 돌아감이라. 그에게 영광이 세세에 있을지어다. 아멘."(롬11:36) 가볍지 않은 걸음을 옮기면서 이런 생각들조차 없이 열심히 달리기만 했던 시절이 그리워진다. 내가 늙었지?

(크리스천문학나무, 2020년 가을)

13. 내가 나 아니네

　김 목사님은 폐암 3기의 고통 속에서 기사회생하였다. 그러고도 13년을 살았다. 왼쪽 폐 절반 이상을 잘라내고 완쾌라는 판정을 받은 이후 10년 이상을 건강하게 지냈다. 물론 그 후에도 늘 조심은 하였다. 특별히 감기를 조심하지 않을 수 없었다. 열이 조금이라도 오르는 기색이 있으면 병원으로 달려가야 했다.

　다행인 것은 반을 잘라내고 남은 왼쪽의 절반은 그냥 붙어만 있지 제 구실을 전혀 못했지만 오른쪽 폐가 작동을 잘 해주는 것이었다. 하긴 그렇다 하더라도 어디 예전과 같았겠는가. 조금 높은 산이라도 오를 때는 숨을 헐떡이며 땀을 많이 흘려야 했다.

　속설은 치료 후 5년 이상만 무사히 넘기면 걱정할 것이 없다고 한다. 그렇다면 10년을 넘겼으니 이제는 안심이다, 할 때도 됐지 않은가. 그런데 최근에 피곤이 자주 오는 것 같아서 진찰을 받아보니 머리를 갸우뚱하던 의사는 폐가 이상하다는 것이었고 정밀 검사를 받은 결과는 폐암이라는 것이었다. 남은 오른쪽 폐에 또 이상이 왔다는 것인데 그렇다면 폐암 재발인 셈이었다..

김 목사님과 나는 다른 누구보다 자주 전화통화로 안부를 묻는 관계다. 그런데 최근 좀 뜸했다싶어 전화를 걸어보니 그동안 병원 다니느라 시간이 없었노라고 하지 않는가. 그리고 이어지는 소식이 다시 입원해서 항암 치료를 받아야 한다는 것이었다. 아직 아무에게도 알리지 않았다고 했다. 가족들 말고는 처음으로 나에게 알린다면서 기도를 부탁했다. 흔히 우리들은 생명은 하나님께 달려있으니 그 분의 뜻만큼 사는 것 아니냐고 쉽게 말하지만 막상 이런 경우를 당한 당사자는 그렇게 느긋하게만 생각할 수 없지 않겠는가. 내가 "다시 힘을 냅시다. 지난번에 이겨냈지 않습니까?" 하고 격려의 말을 전하자 고맙다고 했다. 그러나 내 격려가 당사자에게 얼마나 힘이 될까. 질병을 치료하는 일이 한번 경험이 있다고 해서 다음엔 가볍게 느껴지겠는가. 오히려 지난날 투병 생활의 경험이 더욱 불안하고 고통스럽게 할지도 모른다. 10년 전보다 의술이 발달했다는 것은 다행이지만 그만큼 나이를 먹었다는 것은 그때보다 체력적으로 약해졌다는 약점이기도 한 것이다.

목사님은 그동안 왜 방심했는가, 하는 아쉬움도 든다고 했고 그동안 쓸데없는 일에 마음을 써서 평안을 빼앗긴 것도 후회스럽다고 했다. 자기 자신이 참으로 무능함을 새삼스럽게 느낀다고도 했다. 그래서 사모님에게 이렇게 말했노라고 했다.

"내가 나 아니네."

막상 다시 입원을 해서 치료를 받을 일을 생각하니 지금부터 내 의지는 있을 수 없다는 뜻이었다. 병원에 들어가면 의사가 하자는 대로 맡길 수밖에 없고, 집안일은 가족들이 하자는 대로 따를 수밖에 없고, 더구나 살고 죽는 문제는 하나님께 맡길 수밖에 없지 않느냐는 것이었다. 도대체 이런 상황에서 어떻게 내 의지를 내세우며 내 주장을 이야기 할 수 있겠느냐는 것이었다.

그리고 덧붙였다. 그동안 왜 쓸데없는 일에 분노하고 흥분도 했는지 모르겠다고 했다. 정치가 어떻고, 정치하는 사람들의 꼬락서니가 어떻다고 열을 올린 것이 무슨 소용이냐는 것이었다. 앞으로 내가 어떤 고초를 당할지 모르는 상황에서 참으로 부질없는 일에 마음을 빼앗겼다는 생각만 든다고 했다.

그렇다. 우리는 때로 부질없는 일에 마음을 쓰고 바쁘다. 쓸데없는 일에 집착하고 열을 올리는 경우가 많다. 건강할 때 이 사실을 깨달았더라면 얼마나 좋았을까. 미리 내 주장, 내 의지가 아무것도 아니란 걸 안다면 더욱 겸손한 삶을 살았을 것이고, 내 생명의 주장자이신 하나님께 좀 더 순종했을 터인데. 사람은 늦게 깨닫고 후회하는 경우가 많다. 말로는 안다고 하면서 그렇게 아는 대로 살지 못하는 경우도 허다하다.

오늘 입원한다는 연락이 왔다. 사람의 힘으로 어쩔 수 없으니 하나님께 맡기고 평안한 마음으로 다녀오겠노라고 마음은 다잡겠지만 걸음은 얼마나 무거울까. 잘 다녀오시라고 했다. 힘내시라고 했다. 하나님께서 도우실 것이라는 소원으로 격려했다. 그렇다. 어차피 우리는 우리 맘대로만 사는 사람들이 아니지 않은가.

(한국크리스천문학, 2014년 봄)

제4부

목사님 때문에 이 교회에 나옵니다

1. 선물(膳物)로 받은 새해

받아서 기쁜 것이 선물입니다. 그러나 선물을 받고 기뻐하는 이유는 다양할 수 있습니다. 속된 사람은 이것이 얼마짜리인가 가늠해보면서 기뻐할 것이고 고상한 사람은 선물 속에 담긴 정성과 마음을 헤아리면서 감사할 것입니다. 그러나 위로부터 오는 각양 좋은 은사와 온전한 선물을 사모한다면 그는 신령한 사람입니다.(약 1:17)

한 해를 마무리하면서 나는 또 다시 내 삶의 역사를 기록할 수 있는 새해를 선물로 받았습니다. 백일장(白日場)에 나가 원고지를 받아든 경우처럼, 사생대회(寫生大會)에 나가서 하얀 도화지를 받은 소년처럼 나는 약간의 두려움과 설레는 마음으로 열리는 새해를 받았습니다. 받아 놓고 보니 내가 이 순백(純白)의 선물 위에 무슨 그림을 그리고, 어떤 이야기를 써내려 갈가를 생각하지 않을 수 없습니다. 내게 이 선물을 주신 하나님은 내가 이 선물을 어떻게 사용할 것인가에 대해서 깊은 관심을 가지고 계실 것이기 때문입니다.

아무래도 내가 그리는 그림은 현란(絢爛)하기보다는 우아(優雅)한 그림이었으면 싶습니다. 어두운 색이 많이 들어가 전체적으로 무겁고 침울한 느낌이 드는 그림보다는 산뜻한 그림을 그리고 싶습니다. 이를테면 비가 막 갠 날 아침의 풍경 같은 것. 개울에 물이 흐르고 나무들이 청초한데 오솔길이 보여 사랑하는 이를 만나면 금방이라도 같이 걷고 싶은 충동을 일으키는 수채화라면 좋을 것 같습니다. 거기에다 물안개라도 피어오르고 있다면 금상첨화(錦上添花)일 것이고.

금년에 나는 내 원고지에 파안대소(破顔大笑)하는 내 모습의 이야기를 쓰지 않으려 합니다. 행여나 내 웃음 뒤에 한숨을 쉬고 외로움이나 슬픔을 느끼는 사람이 있을까 해서입니다. 그것이 성공한 일이라 할지라도 실패한 사람도 곁에 있을 수 있다는 것을 언제나 염두에 두고 싶습니다.

가급적이면 많은 사람을 만나고 싶습니다. 그러나 사랑한다는 말을 남발하고 싶지는 않습니다. 다만 눈이 내리는 날에는 눈을 맞으며 동화 속을 거닐 듯 어깨를 나란히 하고 걷고, 비오는 날에는 같이 비를 맞으며 걸어주고 싶습니다. 어느 따사로운 날 정원에 복사꽃이 화사하고 어디서 날아왔는지 꿀벌들이 잉잉거릴 때 그들에게 우리 집의 꽃소식을 전하고 그 아래서 함께 차(茶)를 나누며 담소하는 일이 많았으면 좋겠습니다.

열심히 살아가는 이야기를 쓰고 싶습니다. 그러나 뛰고 싶지는 않습니다. 달리는 것이 목적이 된다면 주위를 둘러볼 겨를이 없을 것 같기 때문입니다. 차라리 나는 열심히 걷겠습니다. 그리고 조금씩 쉬어가면서 숨을 고르고 나 자신을 돌아볼 수 있는 여유를 갖고 싶습니다.

남들을 쳐다볼 수는 있을 것입니다. 그러나 앞서가는 사람을 보고 질투하지 않고, 뒤따라오는 사람을 경계하거나 멸시하는 일은 없을 것입니다. 더욱이 다른 사람과 비교해보는 일을 하지 않으렵니다. 왜냐하면 내가 그 사람일 수 없고 하나님은 나를 그 사람과 다르게 만들어 주셨을 것이며 나를 통해서 하시고자 하는 그 분만의 독특한 뜻이 분명히 있었을 것을 믿기 때문입니다.

실패를 두려워하지 않는 모습을 쓰겠습니다. 그러나 무모하거나 저돌적으로 행동하고 싶지는 않습니다. 더구나 성공과 승리를 위해서 무슨 방법이나 수단이라도 사용할 수는 없습니다. 잘못된 방법으로라도 우선 성공하고 보겠다는 생각이 든다면 차라리 실패를 선택하게 해달라고 기도할 것입니다. 하나님보다 앞서 생각하는 것처럼 보이지 않으려 할 것이지만 그렇다고 게으르다는 소리도 듣고 싶지 않습니다.

죄는 미워하되 사람을 미워하지 않으려고 노력하렵니다. 무조건 잘못된 결과만 보고 정죄하기 보다는 그럴 수밖에 없었던 이유가 없었는가를 먼저 조심스럽게 살피겠습니다. 그리고 불의한 일인 줄 알면서 고의적으로 발을 들여놓은 사람을 가차 없이 충고할 수 있고 어떤 상황에서도 예와 아니오를 분명히 할 수 있다면 얼마나 좋을까.

힘든 일을 만나도 그것이 내게 주어진 일이라면 기피하거나 불평하지 않고 기도하며 참으렵니다. 아니 힘든 일을 만나기 전부터 나의 우매함과 무능함을 고백하는 삶의 이야기를 쓰고 싶습니다. 그리고 하나님이 주시는 힘으로 일하고 그 일을 성취했을 때 내가 했노라고 교만하지 않을 뿐더러 어떠한 결과가 나오더라도 감사할 수 있기를 소원합니다. 그것은 나에게 언제나 위를 향한 소망이 있고 하나님은 언제나 합력하여 선을 이루어주시는 분임을 믿기 때문입니다.

내가 나서지 말아야 할 일에 앞장서는 우(愚)를 범치 않겠습니다. 그러나 그것이 반드시 내가 나서야 할 일이라 판단되면 능동적이고 적극적인 자세로 대처하고 싶습니다. 모든 사물을 긍정적으로 바라보는 자세가 되고 조금은 담대해지고 싶기도 합니다. 그러나 진정한 용기란 진리를 붙잡고 정의 편에 서서 양심에 거리낌이 없을 때 비로소 발휘될 수 있다는 사실을 명심하겠습니다.

그리고 내가 걸어온 행적을 적나라하게 표현한 나의 글과 그림을 다시 한 해를 마무리하는 시점에서 오늘 나에게 새해를 선물로 주신 하나님께 감사의 마침표를 찍어 바치고 싶습니다. 아, 나는 살아있는 사람에게만 주어지는 존귀한 선물을 받았습니다. 거룩하신 분이 주시는 이 벅찬 새해를 설레는 마음으로 받았습니다.

(월간 창조문예, 2005년 2월)

2. 늙을 것 아니네

　늙어서 좋은 건 뭘까? 천국에 먼저 갈 수 있다는 것밖에 없는 듯싶다. 흔히들 노인에게는 명철이 있다느니 경험이 풍부하다느니 해서 장점으로 들기도 한다. 그러나 그것도 위로 차원이 아닐까 한다. 요즘 젊은 세대가 늙은 사람의 경험을 인정이나 해 주는가. 오히려 낡은 생각, 구태라고 몰아붙이기 일쑤다.

　늙은이의 설 자리가 자꾸 좁아지는 것 같다. 젊은 사람들 사이에 낄 수가 없게 된다. 내가 스스로 생각해도 동작이 둔해지고 사고가 느려터지고 기억력이 쇠퇴한다. 그렇다. 기억력 얘기를 해야겠다. 흔하게 노인들이 써먹는 말이지만 나도 젊었을 때는 나름 기억력이 괜찮은 편이었다. 웬만한 건 기록해두지 않고 머리에 새겨두고 꺼내 사용했다. 그러나 지금 그렇게 머리를 믿었다가는 낭패를 당한다. 감쪽같이 기억력이 사라져버린 것이다. 금방 들은 얘기도 돌아서면서 잊어버린다. 심지어 아내와 입씨름을 한 것도 하루만 지나면 왜 다투었던가, 그 내용을 잊어버려서 모르겠다. 그래도 그런 건 좋은 일일 수 있다. 부부다툼을 한 내용을 오래 기억해서 좋을 게 뭔가. 그런데 잊어버려서 안 되는 것을 잊어버리니 답답한 노릇이다. 나는 글을 쓰는 사람이기에 때로 느닷없이 좋은 어휘가 떠오를 때가 있다. 즉시 메모를 해 두지만 어느 땐 준비가 돼 있지 않아서 머리에 기억해 두어야 한다. 그러나 지나고 나면 내 기억력은 허망하다. 생각이 나지 않아 곤욕을 치르게 된다. 방에 뭘 가지러 들어갔다가 왜 들어왔지 하고 골똘히 생각해야 할 때가 있고, 문을 잠그고 와서 혹시 잠그지 않고 나왔나 걱정을 하기도 하고, 불을 끄고 나왔는데도 끄지 않고 나왔나 해서 다시 들어가 확인한 일도 여러 번이었다 .

나는 또한 목회자이기도 하기에 성도들의 이름을 잘 기억해두어야 한다. 성도의 입장에서 담임 목사가 자기 이름을 알지 못하거나 기억하지 못할 때 얼마나 섭섭하겠는가. 그런데 최근 들어 내가 잘 잊어버린다. 한참을 골똘하게 생각해야 겨우 떠오르는 경우가 있다. 한번은 길에서 권사님을 만났는데 갑자기 이름이 생각나지 않았다. 그러면 그냥 권사님, 권사님 하면서 인사 나누고 헤어지면 될 터인데 흉허물 없는 사이라서 내가 "권사님 이름이 뭐지?" 해버렸다. 그 권사님이 껄껄 웃었다. 기가 막혀서였을 것이다. 20년도 넘게 신앙생활을 같이하며 지냈는데 이름을 모를 리 없을 텐데 그렇게 물으니 얼마나 기가 막히겠는가. 나도 따라서 웃었다. 이런 경우라면 건

망증의 한계를 넘어 치매 수순을 밟는다고 해야 할 것 같다.

한번은 한 성도가 이사를 하고 예배를 드리고 싶다고 해서 갔는데 갑자기 부인 집사님 이름은 생각이 나는데 정작 남편 집사님 이름이 생각이 나지 않는 것이었다. 이런 때 직분이 있다는 것은 얼마나 다행인가. 이름 붙일 필요 없이 집사님이라는 호칭으로 부르면서 예배를 마치고 식사 대접을 받는데 그때서야 생각이 나는 게 아닌가. 예배 시간에 그 집사님 이름을 부르면서 축복하지 않은 것이 지금까지 아쉬움으로 남아 있다.

운전하는 분들이 네비게이션을 부착하고부터 길눈이 더 어두워졌다고 한다. 전에는 신경을 곤두세우고 길을 기억해 두려 했는데 이제는 네비게이션이라는 믿는 구석이 있어서 덜 신경을 쓰다 보니 그렇다는 것이었다. 그렇다. 믿는 구석이 조금이라도 있으면 생각은 집중되지 않는다. 이름을 잊었어도 직분 이름이 있는데 뭘, 하다 보니 이름이 생각나지 않을 수 있다. 그래서 기억력을 유지하려면 자꾸 생각하고 연구하며 뇌를 회전시켜야 할 것 같다. 마음이 해이되어서 좋을 건 없으리라.

예전에 내가 어렸을 적에 어르신들이 하시던 말씀. "늙을 것 아니네" 하는 소리를 가볍게 들었는데 이제 그게 남의 말이 아니라 내 것이 되었구나 하는 생각이 절로 든다. 조금만 복잡한 것이 있으면 귀찮아진다. 간단하고 쉬운 것만 찾아진다. 조작하기가 어려우면 기피가 되고 누구에게 부탁을 하고 싶다. 왜 이렇게 세상은 복잡해지는가. 젊은 아이들은 편리하다고 하는데 나는 어려워만 간다. 포기하지 말아야 한다. 부딪쳐야 한다. 그래야 안방노인 대접 안 받는다. 이런 정도는 나도 이론적으로 알고 있기에 남에게 그렇게 가르치기도 하지만 도대체 나부터 몸과 마음이 따라주질 않는다. 어떤 때는 어서 하늘나라 가서 이 꼴, 저 꼴 보지 않았으면 하는 생각도 든다. 정말 늙을 것 아니다. 늙어서 좋은 거란 아무것도 없는 것 같다. 아니 내가 벌써 늙었나?

(크리스천 문학나무, 2020년 여름)

3. 쉼

　입원을 했다. 건강검진을 받으라고 보건소에서 여러 차례 독촉이 왔는데도 귀찮다고 차일피일 미루다가 더위가 뜸해진 이 가을에 날을 잡아 검진을 받기로 했다. 평소에 잘 아는 병원을 찾아갔더니 원장님이 이참에 아예 위장과 대장 내시경 검사도 같이하라고 조언을 했다. 그렇잖아도 집사람이 대장 검사를 하라고 수차례 채근을 하고 있는 중인데 원장님의 권유까지 있어서 피하기가 어렵게 되었다. 아내가 대장 검사를 해보라고 채근하는 이유가 있다. 3년 전인가, 검사를 했는데 글쎄 용종이 열한 개나 있어서 떼어냈었다. 밥 먹고 용종만 키웠나 하고 나는 대수롭지 않게 여겼는데 아내는 걱정이 되나 봤다. 요즘 들어 부쩍 채근을 해댔었다. 하기야 요즈음엔 하도 이상한 병들이 게릴라처럼 기습하는 통에 조심스럽기는 하다. 아내와 원장님의 권유를 무시하기가 어려워 허락을 했다. 원장님은 같은 교단의 장로님이시고 우리 교회 부근에서 병원을 운영하고 있어서 나는 환자 심방 같은 이유로 자주 뵐 기회가 있었다. 그때마다 친절하게 대해주었다. 목사와 장로라는 직분 때문인지는 몰라도 내게 남다른 친절을 베푸시는 것 같은 느낌을 들게 했다 .

나는 용종이 발견되더라도 떼어내면 곧 병원에서 나올 줄 알았다. 지난번에는 그랬었다. 그런데 이번엔 달랐다. 검사 결과 용종이 아홉 개가 있어서 제거했고 그 중에 세 개는 꽤 커서 조직검사는 당연히 해야 한다고 했다. 뿐만 아니라 만약에 용종을 제거한 자리에서 피가 멈추지 않으면 일이 크게 벌어질 수 있으니 아예 2-3 일 입원을 하는 게 좋겠다고 겁을 주었다. 물론 별일은 없을 듯싶지만 일이 꼬이면 엉뚱한 곳에서 사단이 날 수 있으니 그렇게 하라고 했다. 바빠서 평소에 쉬지 못했으니 쉰다는 맘으로 편안히 있다 나가라고도 했다. 그러나 쉬는 것도 그렇지, 경치 좋고 공기 맑은 휴양지 아닌 병원에서 편안히 쉰다는 게 말이 되는가. 그러나 어떻게 하랴. 설득 당한 아내가 원장님 말씀 들으라고 곁에서 더욱 설치니 후원군 없는 내 의사는 무시되어 사면초가로 갇혀있는 신세가 되었다. 환자가 따로 있나. 환자복을 입고 있으면 환자다. 꼼짝없이 환자가 되어 병상에 누워 있으니 간간히 간호사가 혈압도 재고 당 수치도 재고 주사도 주고 간다. 완전히 환자 취급이다. 거기다가 어제부터 금식이 계속된다. 답답한 데다 배까지 고프다. 환자 노릇 하기가 힘들다. 내가 입원했다고 무슨 큰 병이나 든 줄 알고 아들 내외가 다녀가고 소문을 들은 사람들이 다녀간다.

교회에는 건강검진 받으러 간다고 고하고 왔으니 우선은 걱정할 일은 없다. 주일 설교도 미리 준비해 놓았으니 그것도 걱정할 것 없고 당장 교회에 처리할 문제도 없다 그냥 원장님 말마따나 쉬면된다. 그러나 그냥 쉰다는 것이 말은 쉽지만 시간이 아까운 사람에겐 고역이다. 볼펜과 종이를 가져다 달라고 해서 이렇게 끼적이고 있는 것이다. 그러면서 생각한다. 내가 무슨 복이 많아서 주변에 염려해주는 사람이 이렇게 많나? 아내는 물론이지만 병원에서도 , 성도들도 이 조그마한 일을 두고 걱정들을 해 주신다. 이 모두가 하나님의 은혜다. 이걸 은혜로 깨달을 수 있는 내가 된 것도 감사하다.

문득 창밖을 보니 하늘이 구름 한 점 없이 푸르다. 전형적인 가을 하늘의 아름다움. 내 마음의 평안함. 내 인생의 초년은 갈피를 잡을 수 없이 불안했었는데 목회를 하면서부터 하나님은 내게 큰 어려움을 주지 않고 인도해 주셨다. 내가 나를 알기 때문에 나는 그동안 욕심을 부리지 않았다. 맡겨주신 성도들에게 성경말씀만 전하기로 했다. 성도의 수효에 연연하지 않았고 다른 사람이나 다른 교회와 비교하지 않았다. 타고난 재주가 없으니 앞서 행하려고도 못했다. 목회자가 목회하면 성공이라 믿고 왔다. 모든 것을 하나님이 하신다는 신앙을 견지해 왔다. 알고 보면 이 믿음도 하나님이 주신 선물이라고 나는 믿는다. 이제 목회를 마치면 아내와 손잡고 홀가

분하게 산책도 하고 싶다. 그동안 나는 명절도 없이, 쉬는 날도 없이 교회로 출근했었다. 아내에겐 미안하다는 마음이 있다. 나의 목회생활도 계절로 치면 가을이고 내 인생도 그렇다. 가을이 얼마나 좋은 계절인가. 덥지도 춥지도 않고 견디기 좋다. 산천은 또 얼마나 아름다운가. 일률적으로 푸른 것보다 알록달록한 단풍이 더 곱지 않은가. 내 인생도, 내 몸도 아직 견디기에 버겁지는 않다. 임기 마치면 그동안 건강 주신 것과 그 많은 감사했던 일들을 생각하며 살다가 부르시는 음성에 아멘 하련다.

조용하다. 혼자의 시간이다. 이만하면 좋다. 더 바랄 것이 없으니 족하고 행복하다. 주여, 저는 주님의 은혜로 여기까지 왔습니다, 하는 고백이 절로 나온다. 생각해보니 하나님은 적당한 시간에 이렇게 또 쉼과 평안을 주셨다. 입원시켜 주시고 주변을 돌아볼 수 있는 여유를 주셨다. 감사하다.

(한국크리스천문학, 2019년 겨울)

4. 쓸개 빠진 권사님

  나는 어떤 때 이 권사님을 이감자 권사님이라 부른다. 그러면 빙긋이 웃으신다. 본 이름은 이금자다. 그만큼 우리는 흉허물 없이 지낸다. 30년 가까이 신앙생활을 같이 하다 보니 서로를 잘 알게 되었고 무슨 말을 해도 오해를 살 일이 없게 되었다. 그렇다고 서로 함부로 대하는 것은 아니다. 많이 가깝다는 뜻이다.

  그 이금자 권사님이 담낭암 수술을 받았다. 얼굴이 누렇고 몸이 마르는 듯싶었는데 검사를 받아보니 그게 담낭에 문제가 생겨서였던 것이고 결국 수술을 받아야 했다. 본인은 수술을 받지 않고 그냥 하늘나라 가겠다고 고집을 부렸지만 어디 부모의 은덕을 조금이라도 아는 자식이라면 어머니 뜻대로 그리 하자고 내버려 두겠는가. 가족의 설득으로 권사님은 수술을 받을 수밖에 없었다.

  병이란 이름이 붙으면 무슨 병이든 유쾌할 리 없지만 담낭암도 만만치 않은 병으로 알려져 있다. 고약한 놈이다. 그놈이 착한 이 권사님에게 달라붙었다. 이런 걸 보면 병이 찾아오는 것은 심성이 착하거나 악한 것 하고는 상관이 없는 듯싶다.

어떻게 하나? 목사가 당신 교회의 성도가 입원을 하고 수술을 기다리고 있다는데 머뭇거릴 수는 없다. 원자력 병원으로 달려갔다. 어떻게 위로를 해야 하나? 심방을 가면서 갖는 이런 고민은 비단 나에게만 있는 것일까. 모든 목회자가 병자 심방을 하면서 갖는 마음 상태일 것이다. 대체로 환자들은 수술을 앞두고 두렵고 불안해 한다. 평소에는 대담한 것같아도 일단 암과 같은 병이 들었다 하면 쉽게 낙심하며 두려워하는 것이다. 그런데 막상 권사님을 만나보니 수술을 앞둔 환자 같지가 않았다. 표정도 그렇지만 수술을 받는다는데도 마음의 동요가 전혀 없는 것 같았다. 다행이었다. 이럴 때는 조금이라도 더 같이 있어주며 따뜻한 대화를 나누는 게 좋을 수 있으리라.

생각해 보면 지금부터 20년도 훨씬 전에 본인에게서 들은 이야기다. 이 권사님의 두 아들 중에 큰아이가 갑자기 안고 있는 권사님의 품 안에서 숨을 거두었단다. 자식이 죽으면 가슴에 묻는다든가. 그때부터 이 권사님의 속에는 불이 들어와 있었던 것 같다. 오늘도 이런 얘기, 저런 얘기 하는 중에 권사님은 죽은 아들 얘기를 꺼냈다. 내가 지금 있는 아들에 대해서 얼굴도 그렇고, 허우대도 커서 잘 생겼는데 교회를 잘 안 나오는 것이 흠이라 했더니 뜬금없이 그 애보다 큰놈은 더 잘생겼었다고 했다. 놓친 고기가 더 크다고 했던가. 권사님은 지금 같이 사는 아들에게서 조금이라도 못마땅한 점이 보이면 더욱 잃어버린 큰놈 생각이 나나 보았다. 그놈이 더 잘 생겼는데 하면서 병실 천장을 바라보는 것이었다. 내가 왜 그 아이 얘기는 꺼내느냐고 힐책을 하니까 그 아이가 있는 데로 가고 싶다고, 말도 되지 않는 소리를 하는 게 아닌가. 위로의 대화를 나눈다는 것이 엉뚱한 방향으로 흘러갔다.

사실 평상시에도 이 권사님은 죽음을 초월한 사람처럼 행동을 했다. 어느 설교 시간이었다. 내가 천국 가고 싶은 사람은 손을 들어보라고 했다. 모두가 손을 들었다. 이번에는 손을 내리라 하고 지금, 당장 천국에 가고 싶은 사람은 손을 들어보라고 했다. 아무도 손을 들지 않았다. 지금 천국에 간다는 것은 지금 죽겠다는 뜻이니 누가 선뜻 손을 들겠는가. 그런데 번쩍 손을 드는 사람이 있었다. 이 권사님이었다. 하나님께서 부르실 때까지 우리는 열심히 살아야 한다는 것을 가르치려는 내 의도를 그날 권사님은 보기 좋게 깨트렸던 것이다.

그 정도로 당시 권사님은 가정에서 고통을 느끼며 살고 있었다. 어서 세상을 떠나는 것이 축복이라는 낙심에 빠져 있었다. 남편이란 사람은 돈벌이가 시원찮은데다 술꾼이라야 맞았다. 아내의 말을 들어주는 구석이라곤 없었다. 항상 빗나갔다. 그러니 아내의 신앙생활에 도움이 될 리가 없었다. 그래도 언젠가는 좋아지겠지 하는 마음으로 참는 것 같았다. 그러기를 지금까지 하고 있는 것이다.

예전에 내가 교회를 개척하고 얼마 지나지 않았을 즈음에 권사님은 매달 한 번씩은 정기적으로 당신의 집에서 예배를 드려달라고 했었다. 당신 가정의 신앙 때문이었겠지만 개척교회 하는 나를 대접하고자 하는 마음도 있었으리라. 이를 어떻게 거부할 수 있었겠는가. 나는 예배를 같이 드리면서 늘 말씀으로 위로를 드렸다. 셋방살이가 지긋지긋하다며 죽을 때까지 이렇게 살 것이라고 낙심할 때는 그렇지 않다고 소망을 주었다. 하나님께는 하나님의 방법이 있노라고, 믿음은 바라는 것들의 실상이라고, 믿음만 흔들리지 않고 붙들고 있으면 반드시 적당한 때에 하나님께서 이루어 주신다고 격려를 해드리곤 했다.

그런데 그 가정에 기적이 일어났다. 아들이 군대를 다녀오고 직장에 들어가더니 같은 직장 동료와 결혼을 했다. 그리고 두 아이를 낳아 할머니 품에 안겨주었다. 그뿐인가, 집을 하나 사 드리고 자기들은 분가해 나갔다. 집 없는 설움도 해결

되고 손주가 생겼으니 잃어버린 자식과 같지는 않겠지만 얼마나 위로가 되었겠는가. 새 집으로 이사 가는 날 나는 일부러 권사님을 이감자 권사라고 부르면서 한마디 했다. "이감자 권사님, 셋방살이 못 면한다고 하더니 집 생겼잖아요!" 권사님은 그 특유의 소시민의 웃음을 웃었다. 나도 따라 웃었다.

연세가 들 만큼 든 지금도 권사님은 남편과 아들네 식구의 믿음 없음에 늘 마음이 불편하다. 이제 수술도 마쳤다. 회복만 기다리면 된다. 문병을 간 우리 앞에서 영감탱이가 글쎄 병 낫고 맛있는 것 사먹으라고 돈을 다 주더라고 했다. 이런 일은 처음이라고 했다. 내가 "그것 보세요. 영감님도 돌아오고 아들네도 다 돌아옵니다. 심성들은 다 착하지 않나요." 했더니 또 빙긋이 웃으면서 대답했다 . "내가 쓸개가 빠졌거든요."

(크리스천 문학나무, 2018년 봄)

5. 그래도 하나님은 계시다고

안 권사님의 딸이 세상을 떠났다. 아니 가연이 엄마가 돌아가셨다. 가연이는 지금 다섯 살이다. 아직 초등학교에도 들어가지 못했다. 엄마가 세상을 떠났는데 빈소를 찾아온 조객들 앞에서 팔짝팔짝 뛰어논다. 그 나이에 무슨 철이 들었겠는가.

10년도 더 지났다. 안 권사님이 나를 찾아와 "우리 딸이 결혼하게 되었습니다." 하고 알려주었다. 권사님은 젊은 날에 남편과 사별하고 남매를 누구의 도움도 없이 혼자의 손으로 키워냈다. 힘들었을 것이다. 그런데 그 딸이 장성하여 결혼을 하게 되었으니 이 얼마나 대견한 일이며 축하할 일인가. 그래서 "축하드립니다." 하고 나는 진정어린 축하인사를 드렸다. 그랬더니 목사님, 주례 좀 서 주실 수 있을까요? 하고 묻는 게 아닌가. 나는, 그야 물론이지요, 당연히 서 드려야지요, 하고 흔쾌히 승낙을 했다. 그랬더니 권사님은 잠시 뜸을 드리다가 신랑 될 사람이 예수를 안 믿어서, 하는 거였다. 사위 될 사람이 신앙을 갖지 않았다는 게 아쉽다는 투였다. 딸과 직장생활을 같이 하다가 눈과 마음이 맞아 결혼까지 하게 되었는데 신랑감이 당시까지 신앙을 갖지 않았던 것이다. 이럴 때는 어떻게 해야 하는가. 주례를 서 주겠다고 해놓고 신랑이 예수 안 믿는다고 주례를 설 수 없습니다, 할 수는 없지 않은가. 나는 "앞으로 예수 믿으면 되지요. 그렇게 되면 영혼 하나 또 구하는 겁니다." 하고 대수롭지 않다는 투로 대답해 주었다.

결혼식이 끝나고 딸은 어머니를 떠나 신랑과 함께 새 살림을 차렸다. 당연한 수순이다. 그 이후 나는 그들이 어떻게 사는지 그 내용을 몰랐다. 우리 교회에 출석하지 않으니 내 생각은 그저 잘 살려니 할 뿐이었다. 요즘 젊은이들이 짝만 맞춰주면 얼마나 잘 사는가. 그런데 몇 해가 지나서 안 권사님이 조용히 내게 말했다. 아직도 아기가 없다는 것이었다. 딸 가진 어머니의 당연한 걱정거리였다. 나는 "낳으면 됐지, 뭘 걱정하세요." 하고 안심을 시켜드렸지만 내심으로는 어서 아기를 가져주었으면 했다. 그런 일이 있은 후 태어난 아이가 가연이다. 예쁜 딸이었다.

이제 가장 행복하게 살 때가 됐는데 가연이 엄마가 1년 정도 앓다가 세상을 떠난 것이다. 원인은 늦게 발견한 암이었다. 그를 죽음으로 몰고 간 질병의 시초는 유방암이었고 어찌 된 일인지 투병을 하는 동안 병세가 더 악화만 되었고 전신에 퍼졌다. 결국 암에게 몸을 빼앗겼다. 그동안 교회적으로 기도 시간마다 부르짖은 것이 허사가 되었고, 거리가 멀어서 자주 가지는 못했지만 심방을 가서 위로도 하고 하나님께 맡기자고 격려도 한 것이 우리 뜻대로 되지 않았다. 환자가 자신의 부실한 신앙생활을 뉘우치며 이제 낫기만 하면 봉사도 많이 하고 복음도 전하리라는 다짐도 했지만 그것도 이루어지지 못했다. 이제 나이 50도 되지 않았다. 투병을 하면서 독한 약에 지치고 고생만 하다가 갔다. 그의 나이나 인물이 너무 아쉽고 아깝지 않은가.

장례를 마쳤다. 한 인간의 생이 그렇게 끝났다. 그녀의 남편은 이 땅에서는 아무것도 손에 잡히지 않을 것 같다며 전에 남아공에 가서 취업한 경험을 살려 그곳으로 가서 살겠노라고 딸 가연이를 데리고 떠났다. 나는 그동안 목회자로써 젊은 이의 앞날을 축복하며 결혼 주례도 많이 섰고 돌아가신 분을 위하여 장례도 많이 치렀다. 생각하면 사람이 태어나서 살만큼 살다가 떠나는 것은 당연한 이치다. 누구도 거부할 수 없다. 그리고 그것은 생명을 주장하시는 하나님의 섭리다. 그렇지만 앞으로 잘 살라고 축복하며 결혼 주례를 선 사람에게 장례식도 맡긴다는 것은 가혹한 일 아닌가. 세상에는 우리가 상상할 수 없는 일들이 수없이 일어나곤 하지만 그래도 이건 아닌 것 같다. 이건 예의도 아니고 질서도 아니고 본분도 아니다. 말하기 좋게 사람은 누구나 한 번은 가게 되어 있고 그 가는 길엔 순서가 없다고 하지만 그래도 있어서는 안 될 것 같다. 분명히 이건 나나 누구의 책임도 될 수 없지만 내게 책임이 있지 않은가 하는 생각까지 든다. 그렇다면 딸을 먼저 보낸 어머니의 마음은 어떨까. 본래 말이 없는 분이지만 안 권사님은 더욱 말수가 줄어들었다. 주일마다 나와서 예배를 드린다. 가슴에 묻은 딸을 부여안고 얼마나 몸부림을 치고 있을까. 그래도 내가 알고 있는 게 있다. 지금까지 신앙으로 다져진 안 권사님은 딸의 죽음 앞에서 인생의 허무보다 천국의 영광을 바라보고 계실 것이다. 우리의 뜻대로 이루어지지 않은 현실 앞에서 예수 믿어서 뭘 하나, 하고 낙담하기보다 그렇기 때문에 오히려 연약한 우리는 하나님만 의지해야 한다고 굳게 믿고 있을 것이다. 그래도 하나님은 계시다고.

(크리스천 문학나무, 2018년 여름)

6. 형제여, 그래도 당신은 승리했습니다

타고 가는 지하철 안에서 전화를 받았다. 장로님으로부터 였다. 장규복 성도가 돌아가셨다는 연락을 받았다고 했다. 어떻게 알았는지 그의 여동생이라는 분이 알려주더라고 했다. 듣는 순간 마음속에서 아차, 하는 후회감 같은 것이 일었다. 교회에 도착하는 대로 영안실로 찾아가겠노라고 답을 하고 전화를 끊었다.

장규복 성도. 교회에 거의 억지로 등록을 하고 다니다시피 하는 성도다. 표정이 없다고 할까, 담담한 얼굴로 교회에 나오는데 자신의 마음을 열지 않아 다른 성도하고도 친절히 지내는 사람이 없는 것 같았다. 주일에도 나오다 말다하지만 어디 다른 교회에 나가는 것도 아닌 것 같아 내가 등록을 하고 마음을 잡도록 유도했다. 예배가 끝나면 교회에서 공동으로 먹는 식사에 참여하기도 했고 그냥 돌아가기도 했다. 어떻게 사는지, 가족은 어떻게 구성되어 있는지 도무지 말이 없으니 알 수가 없었다. 심방을 원하지도 않고 상담을 구하지도 않았다. 오히려 가정사에 대해서 묻는 것을 부담으로 느끼는 것 같아 조심스럽게 관찰하며 기회를 찾을 수밖에 없었다. 어느 날인가, 성도님 어디서 사세요? 하고 내가 물었을 때 용기를 냈는지 자신은 혼자 살고 있으며 아내와 자식들은 이단종파에 빠져 그에 동조하지 않는 자기만 외톨이가 되었다고 했다. 그리고 더 아실 필요 없이 그 정도로만 아시라고 했다. 그 흔히 사회에 문제를 일으키는 이단종파의 피해자로 그는 가정을 잃어버린 사람이었던 것이다. 안됐다는 생각으로 어떻게 도울까 생각하다 시간만 보내고 결국 죽음을 보게 되었다. 평소 그는 모든 것을 체념한 듯한 모습이었고 말수가 없었다. 그래서 한동안 우리는 그가 교회에 출석하면 출석했나 보다 하고, 안 나오면 무슨 일이 있었나 보다하며 지냈는데 죽었다니. 좀 더 가까이 다가가 따뜻하게 대했어야 하는데 하는 후회가 밀려왔다. 지혜롭지 못하면 언제나 이렇게 지나고 나서 후회하게 된다.

밤 여덟 시가 넘은 시간에 그의 시신이 안치되었다는 병원 영안실로 찾아갔다. 빈소에는 여인이 혼자 앉아 있었다. 내가 교회 목사라는 사실을 알리고 어떻게 된 일이며 고인과는 어떤 관계냐고 물었다. 여인은 자기는 고인의 막내 동생이고 강남의 모 교회에 출석한다고 했다. 그리고 오빠의 성경 갈피에 끼어있는 남전도회 회원 명단을 보고 직분이 장로님으로 되어 있는 분에게 소식이나 알리려고 전화 했었노라고 했다. 나는 잘 하셨다고 하면서 장례 절차는 어떻게 진행할 것이냐고 물었다. 나는 교회가 어떻게 도와야 할 것인가 하는 것 때문에 묻지 않을 수 없었다. 그랬더니 동생 되시는 분은 그저 예배나 한 번 드려 주세요. 나머지 절차는 가족들이 알아서 할 것입니다, 하고 꼭 남의 얘기하듯 했다. 그래도 조금 구체적으로 물으려 했더니 "이 집안에 대해서는 더 말하고 싶지 않으니 가족들에게 물어보세요, 지금 식사하러 갔으니 돌아오면 물어보세요." 하는 것이었다. 자신은 고인이 오라버니기 때문에 어쩔 수 없이 찾아왔다는 식이었다.

그렇다. 이단종파에 빠져서 남편과 관계를 끊은 부인이며 자기를 낳아주신 아버지와 인연을 끊고 살 수 있었던 자식들이라면 그 속사정이 어떠했겠는가. 굳이 듣지 않아도 짐작이 갔다. 그런데 지금 고인이 혼자 살다가 언제 숨이 끊어졌는지 모른다는 것이었다. 늦게 발견되어 경찰에 신고했고 경찰은 사망 원인과 사망 시간을 규명하고 있기 때문에 장례가 언제 진행될지 모르겠다고 했다. 한 달 전쯤이었다. 병원에 전도하러 갔던 사람들이 그가 병원에 입원해 있더라는 소식을 주어서 심방한 일이 있었다. 그리고 퇴원 후에 교회에 나오기도 했었다. 심지어는 입원 중에 같은 병실에 있었던 환자를 데리고 오기도 했다. 그런데 갑자기 숨이 끊어졌으니 그 흔히 말하는 고독사로 규명해야 하지 않을까.

나중에 고인의 자식들에게 장례에 대해서 물었더니 시큰둥했다. 자기들이 알아서 하겠노라고 했다. 부인을 만나보고 싶다고 했더니 아직 오지 않았고 내일 쯤 온다는 연락이 왔다고 했다. 고인의 남동생이 장례에 대해서는 경찰의 통보가 있을 때까지 조금 기다려야 할 것 같고 형수는 교회에서 와 예배를 드린다 하면 더욱 반대할 것이라고 했다. 어떻게 해야 하는가. 고인에 대한 예우는 필요하지만 이미 영혼은 떠난 시신, 고인을 두고 다툴 필요도, 말려들 필요도 없을 것 같았다. 괜히 말려들면 덕스럽지 못할 것 아닌가. 사망 시간도 추정해 내야하는 외로운 마지막. 얼마나 가족이 그립고 그래서 고통스러웠을까. 아니 그런 마음도 감추고 떠난 성도. 이튿날 나는 교회를 대표해서 문상을 다녀왔다. 그리고 마음으로 생각했다. 고달픈 인생을 살다간 성도여, 이 땅에서는 천금보다 귀한 가족을 잃고 살았지만 그래도 주님을 끝까지 붙들었으니 당신은 신앙에서 승리했습니다.

(크리스천문학나무, 2019년 여름)

7. 목사님 때문에 이 교회에 나옵니다

"목사님 때문에 이 교회에 나옵니다."

성도로부터 이런 말을 들었다면 솔직히 말해서 기분 나빠할 목사님은 안 계실 것이다. 어느 날 우리 교회의 할머니 권사님으로부터 나는 그런 말씀을 들었다. 그러나 듣는 순간 이 무슨 말씀인가, 민망했다. 아무리 당신이 섬기는 교회의 목사를 존경하고 좋아한다고 하더라도 그렇지, 하나님 앞에서 어떻게 그런 말씀을 하실 수 있을까.

나는 그 말씀을 듣는 순간 큰 죄나 지은 사람처럼 얼굴이 화끈했다. 누가 들을까 싶었다. 뜸도 들이지 않고 곧 바로 대답했다. "아니 권사님, 아무렴 하나님 보고 오시는 거지. 저 때문에 오신다 하면 됩니까?" 그랬더니 이어지는 권사님의 대답.

"목사님, 하나님은 우리 동네 교회에도 다 계십니다. 제가여기까지 오는 것은 목사님 때문입니다."

그렇다. 이 할머니 권사님은 버스를 두 번이나 갈아타면서 훠이훠이 우리 교회까지 나오신다. 오시는 도중에 수많은 교회들을 지나친다. 이 권사님 말마따나 그 모든 교회가 다 하나님을 섬긴다. 그리고 그들이 섬기는 하나님이 우리가 섬기는 하나님과 다르지 않다. 이론상으로 하나님께 예배드리려는 목적이라면 구태여 이 멀리까지 오실 필요가 없는 것이다. 그럼에도 불구하고 왜 이 먼 곳까지 오시는 걸까. 오랜 신앙생활 중에 정이 든 성도들이 왜 없으시겠는가. 어루만졌던 시설이나 성구 하나하나에 왜 애착이 가지 않겠는가. 그런 중에 하나님 말씀을 전하여 주는 당신의 담임목사인 나를 잊을 수 없다는데 할 말이 없었다. 하나님께 죄송한 생각이 들어서 그게 아닌데 하다가 그게 아닌 것도 아닌 것 같았다.

교회의 연륜이 쌓이다 보니 지금은 연세가 많은 분들이 자꾸 늘어난다. 초창기부터 교회를 위하여 헌신하고 충성했던 분들이다. 요즘은 사회 풍조가 이상해져서 결혼을 늦게 하거나 아예 하지 않겠다는 사람이 늘어나고 있다. 결혼을 해도 살기 힘들다고 자식을 적게 둔다. 그러다 보니 교회에 젊은 사람이 줄어든다. 그럼에도 사람의 수명이 늘어나니 자연스럽게 노인이 많아질 수밖에 없다. 그분들이 주일이면 꾸역꾸역 교회를 찾아오신다. 힘들어 하는 것이 눈에 보인다. 아무래도 젊은이들처럼 활기차지 못하다. 그런 그들의 모습을 바라보면 미안하면서도 또 고맙게 여겨지는 이유는 뭔가.

　노인이 많아지면 걱정도 많아진다. 사고(事故) 때문이다. 기력이 떨어지면 넘어지는 경우가 생긴다. 노인네가 넘어져 고관절이라도 부러지면 이건 거의 치명적이다. 그래서 날씨가 궂거나 땅이 미끄러우면 차라리 오시지 않았으면 하는 생각도 든다. 그런데 오신다. "조심하세요. 미끄러지면 큰일 납니다." 하면서도 그 성의가 고맙다. 그런 분들의 입에서 "나는 목사님 때문에 여기까지 옵니다." 하실 때 여러분이 목회자라면 어떤 마음이 들겠는가. "이제 얼마나 더 이 예배당에서 예배드릴 수 있겠어요. 조금이라도 기력이 남아 있을 때 부지런히 다녀야지." 하는 할머니의 말씀을 들으면 숙연해지고 가슴이 먹먹해진다. 눈시울이 뜨거워진다.

　저들의 신앙이 부럽다. 저들로부터 받은 사랑이 크다. 그 사랑을 감당하기가 어렵다. 이런 사랑을 받으면서도 게으르면 안 되지, 하면서 나는 나를 다그친다. 행복이 무엇인가. 목사는 어디에서 행복을 찾아야 하는가. 나는 기도할 수밖에 없다. "하나님, 저 할머니 권사님들을 붙들어 주세요. 하나님께서 부르실 때까지 건강 지켜주시고 사고 입지 않게 해 주세요!"

(크리스천 문학나무, 2017년 겨울)

8. 싸움도 지혜롭게

오 집사와 노 집사가 싸웠다. 남전도회 회의석상에서 서로 의견이 달라 다투다가 결국 멱살까지 잡았다고 했다. 잡힌 쪽은 오 집사고 잡은 쪽은 노 집사라 했다. 알고 보니 그들의 다툼은 오늘이 처음이 아니었다. 회의 때마다 아옹다옹했는데 결국 터지고 만 것이란다. 흥분을 감추지 못하고 내 집무실에 들어온 오 집사가 교회에서 이럴 수가 있느냐고 내게 호소하더니 이런 교회를 어떻게 다니겠느냐고 하면서 나갔다. 그게 끝이었다. 아주 교회를 떠나버렸다.

왜 이런 교회가 되게 했는가. 자신도 거의 이 교회 개척 당시부터 다닌 사람이다. 교회의 분위기는 누가 만들어가야 하는가. 하나님의 은혜를 아는 사람이라면 남의 탓만 할 게 아니다. 나보고 당장 어떻게 하란 말인가. 순리적으로 일을 처리하려면 양측의 말도 들어봐야 하고 현장에 있었던 사람들의 말도 들어보면서, 이 싸움의 발단과 과정과 결말도 알아봐야 한다. 그런데 천둥에 개 뛰어오듯 달려와서 자기 억울함만 죽 나열하더니 나가버렸다. 따져서 무엇하랴.

참 부끄러운 일이다. 누구의 잘잘못을 따지기 전에 집사의 직분을 맡은 사람들이 교회에서 싸웠다는 것은 부끄러운 일 아닌가. 그런데 그것도 부족하여 수십 년을 다니던 교회를 이 일로 해서 그만 두겠다니 이 얼마나 부끄러운 일인가. 신앙적으로는 말할 것도 없고 세속적으로 철만 들었어도 교회 안에서는 이럴 수가 없는 일이다. 교양이나 인격이 조금만 있었더라도 부끄러워서 감히 드러낼 수가 없었을 것이다. 그런데 교회 안에 이 사건을 모르는 사람이 없을 정도로 만들어 놓고 떠났다. 주님을 생각한들 어떻게 그럴 수가 있겠는가. 주님의 몸인 교회를 생각한들 어떻게 그럴 수가 있겠는가. 가까이는 담임 목사를 앞에 두고 어떻게 그럴 수가 있는가. 무식한 싸움을 하고 무례하게 떠난 것이다.

흔히 이런 말을 한다. 불신자들은 싸워도 술 한 잔 나누면서 상대방에 대하여 이해도 하고 용서도 하면서 쉽게 화해를 하는데 예수 믿는 사람들은 술도 안 마시고 고지식해서 화해가 잘 안된다고. 술 마시고 술김에 화해하는 것보다 술 안 마시고 이성적으로 화해하는 것이 훨씬 낫다. 그것이 예수 정신이다. 잘못한 사람이 솔직히 잘못 했다고 할 수 있어야 하고 잘못했다고 시인하면 용서해 줄 줄 알아야 예수님의 제자다. 예수 그리스도, 우리 주님이 그렇게 하셨고 그렇게 가르치셨다. 우리의 죄를 대신 지고 죽으심으로 사랑을 실천하시며 본을 보이셨다. 하나님과의 원수 관계를 해소시키기 위해서 스스로 화목제물이 되신 것이다. 그리고 우리에게는 당신을 본받아 화목에 힘쓰라고 화목의 직분을 주셨다. (고후5:18-19) 화평하게 하는 사람이 하나님의 아들이라 일컬음을 받는 복을 받는다는 가르침도 베푸셨다.(마5:9)

사람이 살아가는 곳에 어디엔들 다툼과 싸움이 없으랴. 생각이 다르고 이해관계가 생기는데 어찌 다툼이 나지 않으랴. 천사들의 모임도 아니고 의인들의 모임도 아닌데 어찌 이견이 없고 싸움이 없으랴. 인정하자. 우리는 언제든지 다툴 수 있는 소지를 가지고 사는 사람들이라는 사실을. 그러나 중요한 것은 다투고 나서 후속조치를 잘해야 한다. 부부도 싸울 때가 있다. 그러나 싸웠기 때문에 이혼하는 건 옳지 않다. 형제가 다툴 수 있다. 그러나 다투었기 때문에 이절하고 사는 것은 바람직하지 않다. 이웃에게 상해를 입혀서 입원까지 하도록 만드는 것은 무식한 싸움이다. 서로의 약점을 이해하고 부족했던 부분을 용납해야 한다. 그리고 용서할 수 있어야 한다. 성경이 너희 관용을 모든 사람에게 알게 하라고 하지 않는가.(빌4:5) 관용이 위로부터 난 지혜 중의 하나라고 했다.(약3:17)

싸워도 무지하게 싸우지 말자. 부끄럽지 않게 싸우자. 싸움 자체가 덕스러운 게 아니지만 덕스럽게 싸워도 싸우자. 철

천지원수가 되는 싸움은 서로가 망하는 길이다. 성경이 만일 서로 물고 먹으면 피차 멸망할까 조심하라고 하지 않는가.(갈 5:15)

우리 속담에 두 손바닥이 마주쳐야 소리가 난다는 말이 있다. 어찌 되었든 혼자 싸울 수는 없다. 피차 자신을 돌아봐야 한다는 것을 깨우쳐 주는 대목이다. 싸움은 어디서 나는가. 대체로 욕심 때문이다. 물질욕, 명예욕, 자존심, 이기고자 하는 승부욕, 대접받고자 하는 욕심, 인정받고자 하는 욕심. 이 끝없는 욕심을 제어하지 못한다면 우리 곁에는 항상 다툼과 싸움이 있을 것이다. 만부득이 싸우더라도 이기는 싸움을 해야 한다. 그것은 서로 상처를 주지 않고 원수를 만들지 않으며 화목을 깨지 않는 것이다.

"너희 중에 싸움이 어디로부터, 다툼이 어디로부터 나느냐. 너희 지체 중에서 싸우는 정욕으로부터 나는 것이 아니냐. 너희는 욕심을 내어도 얻지 못하여 살인하며 시기하여도 능히 취하지 못하므로 다투고 싸우는도다."(약4:1-2)

(한국크리스천문학, 2014년 겨울)

9. 낙심할 게 없다

무슨 일이 내 뜻대로 이루어지지 않았다고 낙심해야 하는가. 그렇지 않다는 사실을 나는 최근에 두 사건을 통해서 확인하게 되었다. 하나는 친구 아들의 중매 사건이었고 다른 하나는 후배 목사의 사역지 사건이었다.

먼저 친구 아들의 중매 사건부터 펼쳐보자. 일찍부터 친절하게 지내는 목사님으로부터 당신의 아들을 중매하라는 부탁을 받은 바 있었는데 나는 그런 분야에 소질이 없어서 관여를 않고 지냈다. 그러던 차에 우리 교회의 여자 청년이 노골적으로 결혼을 하겠다고 하는 게 아닌가. 나는 이런 게 인연인가 싶어서 친구 아들에게 소개를 시켰다. 교회에서 유치부 교사를 하는 청년으로 신앙이 좋으니 어쩌면 잘 어울릴 듯싶기도 했다. 친구도 좋아라, 했다. 이후 나는 관심을 가지고 두 사람의 관계가 어떻게 진행되는가를 관찰했다. 조마조마하기도 하고 잘 돼야 하는데 하는 강박관념으로 불편하기도 했다. 처음엔 여자 청년 측에서 괜찮은 것 같다는 반응이 나왔다. 나도 기뻐하고 친구도 기뻐했다. 모처럼 중매가 성사되는가 보다고 내심 둘이는 기뻐했다. 그렇다면 막걸리 석 잔은 얻어 마시겠구나, 했는데 두 달, 세 달 지나더니 웬걸, 내게 미안했던지 여자 청년이 찾아와 울면서 절교했다고 하는 게 아닌가. 꼼짝없이 뺨 석 대를 맞아야 할 형편이 되었다. 친구 목사님도 낙심했겠지만 나도 괜히 면목이 서지 않았다. 그 후 친구 아들 소식은 모른 체 지났지만 여자 청년은 다른 청년과 마음이 맞아 결혼을 했다. 그리고 아들까지 낳아서 재미있게 산다는 소식이 들어왔다.

그러던 차에 최근 아들 중매 건이 있었던 친구로부터 아들 소식이 왔다. 같은 노회 소속의 목사의 딸과 결혼하게 됐다는 게 아닌가. 신부 감이 현직 교사인데 참하다고 했다. 지난번의 청년보다 여러 조건이 다 좋다고 만족해하는 소리를 들으며 나는 그동안 민망했던 마음을 내려놓을 수 있었다. 친구에게 더 좋은 며느리 보라고 지금껏 기다리게 했을 것이라고 덕담을 건넸고 그도 그렇다고 수긍을 했다.

이제 후배 목사의 사역지 사건을 얘기할 차례다. 이 사람은 내 밑에서 부목사로 사역을 했던 사람인데 어느 날, 날 찾아와서 추천서를 써 달라고 했다. 지금은 타 교회에서 부교역자로 시무하고 있는데 이제 새 교회로 독립해 나가려 한다고 했다. 그래서 알아보니 지원하는 새로운 교회가 내가 속해 있는 노회요, 내가 잘 아는 목사님이었다. 나는 기꺼이 추천서를 써 주고 뒤로 새로운 사역자를 구하는 목사님께 내가 추천하는 목사가 훌륭하니 잘 살펴서 이 사람을 써 보라고 전화까지 해 주었다. 실로 후배 목사가 인격이나 성품이 괜찮은 사람이었기 때문이었다. 그런데 결과는 탈락이었다. 본인도 민망했겠지만 나도 여간 섭섭하지 않았다. 목사가 이런 경우에 어떻게 해야 하는가. 또 알아보자고 격려해주고 말았다. 그런데 한두 달 지났을까. 후배 목사로부터 새로운 사역지가 결정 되었다고 연락이 왔다. 김포에 있는 교회인데 담임 목사님이 50대의 젊은 나이에 돌아가시고 자신이 후임으로 들어가게 됐다는 것이었다. 알아보니 지난번에 추천해 주었던 교회보다 규모나 여러 조건이 좋아 보였다. 나는 축하를 드리면서 목사님이 그 교회에 부임케 하기 위해서 선임 목사님이 돌아가신 것이고 그 교회는 슬픈 중에 복을 받은 것이라고 덕담을 해 주었다. 목사님 같은 인격자를 모실 수 있게 되었으니 복이 아니겠느냐고.

우리는 앞일을 모르고 가지만 하나님은 모든 것을 예비해두고 계신다는 사실, 그리고 그 하나님은 기다리고 소망하는 사람에게 가장 좋은 길로 인도하신다는 사실. 새삼스럽게 하나님은 내게 그것을 다시 깨닫게 해 주셨다. 합력하여 선을 이루시는 그 하나님은 찬양을 받으셔야 마땅하시다.

(한국크리스천문학, 2018년 여름)

10. 술집사

내가 왜 이런 글을 쓰는지 모르겠다. 안 쓰려니 쓰고 싶은 욕구가 굴뚝같고, 쓰려니 나의 단호하지 못하고 우유부단한 성품만 고스란히 드러날 뿐 시쳇말로 영양가가 없을 것 같아서이다.

우리 교회에는 술집사가 하나 있다. 집사라는 거룩한 직분을 맡아가지고 있으면서 술을 마시기 때문에 붙여진 이름이다. 다른 사람도 그런 분이 있을 수 있지만 남들이 보는 데서는 감추기 때문에 그런 이름까지 붙이진 않는다. 그러나 이 사람은 교회를 오래 다녔으면서도 술을 끊을 생각도 않고 공공연히 마시는 게 표가 나서 그렇게 부른다. 본인 앞에서는 물론 그렇게 부르지 않지만 그렇게 부른다고 해서 화를 낼 것 같지도 않다.

술을 마시는 사람은 집사 직분을 맡을 수 없는가? 나는 신학적으로 술 마시는 사람은 구원에서 제외 된다는 것을 인정하지 않는다. 그렇다고 집사 직분까지 받은 사람이 술 마시는 것을 괜찮다고 옹호할 생각은 없다. 경건생활에 지장을 주는 음주를 권장할 생각은 추호도 없다. 그런데 해마다 집사로 임명한다. 내가 그 직분의 임명권자다. 임명하면서 상쾌하진 않지만 그렇다고 임명을 안 할 수도 없다. 그런 식의 임명이 분명히 봉사의 직분을 잘못 적용하고 있다는 것을 나도 인정한다. 그러나 목회의 다른 측면에서 행여 그의 여린 마음을 다쳐 시험에 들까 염려되는 부분을 무시할 수 없어서이다. 그가 집안에서는 어떻게 사는지 모르지만 밖에 나와서는 큰소리 한번 칠 줄 모르는 사람이다. 들리는 바로는 부인에게 언제는 인형을 사달라고 조르기도 하고 어떤 때는 강아지를 사달라고도 한단다. 성화에 못 이겨 그런 것을 사줘도 오래 가지 못해서 싫증을 내고 버린다고 했다.

이 술집사가 사고를 쳤다. 제초제를 마셨다. 농사철에 시골에 사시는 부모님 집에 가서 농사일을 돕다 피곤하여 일찍 잠이 들었단다. 밤늦게 목이 말라 물을 먹으려고 일어나 냉장고 문을 열었는데 이게 웬 떡인가. 술병이 있었다. 벌컥 마셔버렸다. 그런데 그게 술이 아니라 술병에 담은 제초제였다. 농약을 뿌리고 남은 것을 술병에 담아 냉장고에 넣어 두었단다. 참 기가 찰 일이다. 왜 독약을 냉장고에 넣어 두었을까. 그길로 병원에 실려가 위 세척을 해서 겨우 살았다. 살 수 없었는데 산 것이다. 독약을 마시게 된 경위도 기이하지만 살아난 것도 신기했다. 이런 경우 그에게서 하나님이 하시는 일을 나타내고자 하심이었을까.(요 9:3) 아니면 예수님의 말씀대로 무슨 독을 마실지라도 해를 받지 않게 될 것이라는 믿는 자들에게 따르는 표적을 보여주기 위함인가.(막 16:18)

새해가 되면 어김없이 서리집사를 임명해야 하는데 단호하지 못한 나는 금년에도 그의 탈락을 내년으로 미루고 아마 집사 임명을 하고 말 것 같다. 그러면 여전히 금년에도 그는 술집사다. 여러분에게 자문을 구한다. 어떻게 해야 하는가? 아니 내 처사가 어리석은가, 지혜로운가?

(총신문학, 제 7집, 2018년)

11. 털렸다

털렸다. 새벽기도회를 마치고 내 집무실로 올라오는데 종이류의 재활용품을 수거하는 용기 안에 헌금봉투들이 들어있었다. 수상했다. 거기에 내가 그런 유의 것을 버리지 않는데, 이상한 생각이 들어 자세히 들여다보니 내가 해마다 만들어 정기적으로 헌금하는 봉투들이 아닌가. 모두 집어가지고 들어와 내 봉투를 보관하는 서랍을 열어보니 과연 없었다. 그때서야 설마 했던 마음이 무너지면서 털렸구나 하는 생각이 들었다. 지난주에 사례비를 받아 한 달 동안에 헌금할 돈을 거기 봉투들에 넣어 보관했는데 모조리 돈만 빼내가고 봉투만 재활용품 용기에 버리고 간 것이었다.

이를 어쩌나? 갑자기 어찌할 바를 몰라 관리집사를 부르고 장로님들에게 연락하여 자초지종을 설명한 다음 어떻게 해야 하느냐고 자문을 구했다. 실로 나는 처음 당하는 일이라 난감했다. 그런데 하나같이 일단 신고를 하라고 했다. 나는 그때 이 사건을 경찰에 신고해야 하느냐, 마느냐로 갈등이 생겼다. 내 상식으로는 범인이 쉽게 잡힐 것도 같지 않은데 어떤 이유로든지 교회의 이미지를 흐리는 일이 된다면 신고를 하지 않는 게 좋지 않을까 해서였다. 그러면서도 신고를 하지 않은 것이 오히려 문제가 되지 않을까 싶기도 해서 일단 신고를 했다. 조금 있으니 경찰이 밀어닥쳤다. 밖에서 건물 안으로 들어오는 현관문 열쇠, 네 집무실의 열쇠, 그리고 현장과 상황에 대해서 파악을 했다. 그리고 어젯밤에 10시가 넘도록 기도회를 가졌으니 그 후부터 내가 오늘 새벽기도회를 마치고 난 시간까지를 범행 시간이라 추정했다. 어쩌면 새벽기도회를 시작할 시간부터 내가 집무실을 비우기 때문에 그때부터 기도회를 마치기 전까지 약 한 시간 남짓이 범행 시간으로 간주할 수도 있을 것 같았다. 그 시간엔 현관문이 열려있고 성도는 모두 예배 처소에 모여 있으니 마음만 먹으면 범행이 용이했을 것이다. 경찰은 감식반을 불러서 여기저기 손이 갔을만한 곳의 지문을 채취하더니 돌아갔다.

　다시 혼자 남으니 쓸쓸한 마음이 엄습했다. 지금까지 20년을 넘게 내가 이곳을 집무실로 사용했는데 이런 일이 없었다. 경찰은 이런 험한 세상에 cctv 하나 설치하지 않고 있었다니 범죄 예방에 대한 인식이 너무 허술했다고 비웃듯이 말했다. 그렇다. 나는 그동안 목사라는 입장에서 남을 의심하는 일이나 설형 도둑을 맞았다 할지라도 범인을 잡는 일 등에 부담을 느끼는 순진함(?)이 있었던 것이다. 순간 제 선친께서 전에 도둑놈보다 도둑맞은 사람의 더 책임이 크다고 하신 말씀이 번뜩 생각났다. 조서에 범인이 잡히더라도 처벌은 원치 않는다고 하여 도장을 찍어주었다.

나는 지금까지 내 개인의 돈이나 지갑이나 모든 서류도 집으로 가져가지 않았다. 옷가지는 세탁을 필요로 할 때만 가져갔고 간단한 소지품까지도 이 집무실에 두고 사용했다. 그건 그렇고 어떻게 알았을까? 은밀하게 감추어둔 개인 돈까지 어떻게 모두 찾아갔을까? 그러고 보니 내가 한 푼 없는 빈털터리가 된 게 실감이 났다. 지갑에 신분증과 체크카드도 있는데 다 가지고 간 것이다. 당장 다가오는 주일에 하나님께 바칠 헌금도 없다.

하나님은 내게 빈털터리가 무엇인가를 새삼스럽게 체험토록 하신 것일까. 내 집무실에 무단 침입하여 털어간 그 담대한 사람은 누굴까. 별 생각이 다 났다. 기왕에 잃어버린 것, 체념하려는데 아깝다는 생각이 끼어들고, 그가 바르게 살아야 할 터인데 하며 도둑에 대하여 연민의 마음으로 걱정까지 하다가 하필이면 가난한 사람의 것을 훔쳐갔느냐 하고 미운 마음이 되기도 했다. 그러나 어떻게 하랴. 도둑이 마음먹고 털어갔는데 다시 되찾기는 어려운 일이고 미련을 버려야 했다. 주변에서 나를 위로하는 사람들이 그래도 다행이라며 만약 그

도둑과 현장에서 맞닥뜨렸다면 얼마나 위험했겠느냐고 했다. 따는 그랬다. 범인이 범행을 들키면 잡히지 않으려고 무슨 험악한 수단인들 쓰지 않았겠는가.

목사는 이런 때도 설교가 나온다. 이 녀석아, 그렇게 살면 안 된다. 그 돈이 얼마 안 되지만 나는 아끼고 아낀 것이다. 가져갔으면 바르게 써라. 네 부모님이 혹 병중에 있으면 치료비로 보태고 배가 고프면 먹을 것을 사 먹되 네 몸을 상하게 하는 데는 함부로 쓰지 말거라. 나는 이미 그 돈을 하나님께 드리기로 작정했기 때문에 하나님께서 이미 내 마음을 받으신 걸로 안다. 그러니 네 행위가 곧 양심의 가책으로 이어져 앞으로 올바른 삶을 살아가기 바란다.

아, 내가 이렇게 선한 생각을 할 수도 있구나. 털렸으니 당분간 나는 빈한한 삶을 살아야 한다, 그러나 나는 아직도 삶에 필요한 집과 옷과 음식이 있다. 이런 모든 것을 다 잃었을 때 비로소 나는 하늘나라에 가게 될 것이다.

오늘은 내가 도둑이 깨우쳐주는 것을 배우게 되었다. 돈으로 살 수 없는 좋은 선물이기도 하다. 하나님께 기도부터 했다. "잃어버리고 나니 하나님 고맙습니다. 나의 부족과 잘못을 이 기회에 용서해 주시옵소서. 나도 남의 것을 훔치고 내 것처럼 쓴 일이 많습니다. 그 사람이 잡히지 않았으면 합니다. 그러나 그 사람에게도 용서의 징표로 바르게 사는 길을 열어주소서."

　돈은 잃었어도 내 신앙과 영혼을 잃어버리지 않았으니 얼마나 다행인가. 털리고 나서 마음 추스르니 갑자기 부자가 된 기분이다.

(한국크리스천문학, 2020년 가을)

12. 거지되기도 어렵다

거지가 따로 있나? 주머니가 비어서 얻어먹을 수밖에 없는 형편이 되었다면 그게 바로 거지 아닌가.

내 사무실에 도둑이 들었다. 돈 이라고는 씨도 남기지 않고 다 가져갔다. 나는 내 개인의 중요한 문서나 용돈이나 옷가지 모두를 이 사무실에 두고 살아왔다. 집으로 가져가는 것이라고는 세탁하기 위한 옷가지 정도였다. 내가 중요하게 여기는 원고도 여기 컴퓨터 안에 저장 되어 있고 신분증이나 중요 서류도 여기에 두고 살았다. 그러므로 나는 이곳을 내 집보다 소중히 여겨왔다. 집은 내가 하숙생처럼 잠자고 아침, 저녁으로 밥이나 얻어먹는 장소일 뿐이었다.

그런데 이 소중한 내 사무실에 허락도 없이 무뢰한이 들어와 현찰을 다 가지고 간 것이다. 본래 많은 액수를 보관할 수 있는 처지는 아니지만 그마져 몽땅 가져갔다. 은밀하게 감추어 둔 것까지 어떻게 그리 남김없이 다 찾아갔을까. 신기하다는 말은 이런 때 쓰라고 만들어졌는지 모르겠다. 꼭 맡겨 놓은 자기 것을 찾아간 것처럼 가져갔다. 도둑은 돈 냄새를 맡는다는 속설이 있는데 정말 냄새를 맡고 모두 훔쳐갔을까? 잃어버린 게 아깝다는 생각을 하면서도 그 신기한 수법과 기술에 감탄사를 읊어야 할 노릇이었다.

심지어 지갑 속에 든 신분증과 은행카드까지 다 가져갔으니 나는 하루아침에 거지 아닌 거지꼴이 된 것이다. 불행 중 다행이라고 해야 맞을 것 같다. 가져가봐야 소용이 없으니 놓고 갔겠지만 대한민국 노인들에게 나눠주는 지하철 무임승차권은 남아있어서 집에도 다녀오고 먼 거리도 외출은 할 수 있게 되었다.

어디 이렇게 철저히 거지생활 한번 해보자. 나는 엉뚱한 오기를 발휘하여 다음 사례비 받을 때까지 견디어 보리라고 마음을 다졌다. 생기면 먹고 없으면 굶으리라. 그렇지만 나는 아직 입을 옷이 있고 잠 잘 방이 있다. 당장 무엇을 구매해야 할 것도 없다. 마음 내려놓으니 부끄러울 것도 없고 두려울 것도 없다. 설교준비 하고, 기도하고 글 쓰면서 어디 지내보자, 그런 배짱도 때로 필요하리라 생각되었다.

그런데 환경이 거지로 살기도 쉽지 않게 만들어갔다 . 내일 모 선교회에서 설교를 해 달라고 부탁이 왔다. 차까지 보내겠노라 했다. 이것 봐라! 다녀오면 얼마의 사례비가 주워지는데 그렇다면 다음 추수감사주일에 다행히 감사헌금을 할 수 있게 되었지 않은가. 초대장이 날라왔다. 나를 잘 따르는 후배 목사의 여식이 결혼을 한다는 안내장이 온 것이다. 어떻게 해야 하나? 아무리 내가 지금 거지 신세라지만 그걸 누가 알아주겠는가. 옛 어른들이 인사가 범보다 무서운 것이라 했는데 빈손으로 지나치기가 망설여졌다. 예식장에 가기도 그렇고 안 가기도 그런 곤란을 겪고 있는데 내 사정을 아시는 것처럼 정말 긴요한 때에 한 장로님이 용돈이나 하라면서 얼마를 주고 가셨다. 더 망설일 게 뭐 있나. 가지는 못해도 기분 좋게 축의금을 송금하여 인사치레를 했다. 오늘도 어떤 모임에 나가서 차려놓은 음식 배불리 먹고 왔다. 이런 때는 맛을 따질 게 못된다. 거지가 무슨 맛으로 음식을 먹는 호강을 누릴 수 있나.

그런데 또 신기한 일이 일어났다. 어느 권사님이 내가 새벽 기도 시간에 자주 기침을 하는 것을 보고 "약 사 잡수세요." 하며 봉투 하나를 주고 가셨다. 송구스럽지만 거지가 체면 차릴 수 없어서 고맙습니다, 하고 받은 다음 나중에 봉투를 열어보니 아!, 거지에게는 거금에 해당하는 금액이다. 이건 아닌데 하고 전화를 해서 웬 약값이 이렇게 많으냐고 했더니 성령께서 드리라고 했단다. 살다보니 예상할 수 없는 참 별스런 일도 다 일어난다.

　거지생활 끝! 사례비 받을 날도 다가오고 있으니 걱정 할 것이 없게 되었다. 이럴 때 공중의 나는 새도 먹이고 내일 아궁이에 던져질 들풀도 입히시는 하나님을 찬양해야 할 것 같다. 성경에 나오는 어떤 선지자에게는 하나님께서 까마귀를 시켜 먹을 음식을 공급해 주었다 하지 않는가.(왕상17:1-7) 부자되기도 어렵지만 거지되기는 더 어렵다 .

(크리스천문학나무, 2019년 가을)

13. 이 여인을 보라!

김 선생님! 적조(積阻)했습니다. 그 동안 평안하셨습니까? 혼자 간직하기에는 너무나 충격적인 일이라서 곰곰이 생각하다가 존경하는 김 선생님에게 이 내용을 전하기로 마음먹었습니다.

김 선생님! 우리들의 보편적인 상식으로 한 여자가 10년을 넘게 유방암을 이겨내고 자궁과 폐의 이상을 치료하며 지금도 뼈암과 골다공증과 관절 류머티즘과 싸우고 있다면 쉽게 납득이 갈 수 있겠습니까? 내 상식으로는 그 여인이 그런 처지와 아픔을 극복하며 지금까지 살아있다는 것이 충격적이다 못해 신기하기까지 했습니다.

나는 지난 8월 하순에 그 여인을 전주에 있는 그의 자택에서 만났습니다. 우리가 그 여인을 알게 된 것은 우리 창조문예 동인들이 활동하는 홈페이지에서였습니다. 여인은 그곳에 수필을 여러 차례 기고했는데 자신의 생활을 꾸밈없이 형상화한 글이 너무 감동적인데다 그녀의 삶을 단편적으로나마 엿

볼 수 있게 하였습니다. 그 여인은 분명 고통스런 질병과 싸우고 있었습니다.

한번 찾아보는 것이 좋겠다는 우리 동인들의 일치된 의견에 회장님과 내가 대표가 되어 전주로 내려갔습니다. 사실 나는 회장님 수행원으로 따라간 것만도 감사했는데 뜻밖에 감동을 체험하는 행운까지 얻게 된 것입니다.

그 여인은 평화동의 임대 아파트에 살고 있었습니다. 일곱 평이라 했습니다. 우리가 다 아는 사실이지만 규모가 크든 작든 살림을 하려면 기본적으로 갖추어야 하는 가재도구라는 것이 있지 않습니까. 더구나 장애를 입고 사는 사람이라면 건강한 사람보다 더 편리한 것이 요구되는 것입니다. 그런데 생각해 보십시요. 일곱 평 안에 화장실이 있고, 주방이 있고, 일인용이지만 침대가 놓여 있고, 냉장고가 있고, 책들이 가득 채워져 있는 책장이 있고, 컴퓨터가 있고, 타고 다닐 휠체어까지 들어와 있다면 여유 공간이 얼마나 될까요? 거기에 우리 두 사람이 방문하고 그 여인은 물론 방바닥에 앉을 수 없어 줄곧 침대에 걸터앉아 우리를 맞았지만 그 여인을 돕는 분이 우리를 대접하기 위해서 다과와 음료를 올려놓은 상을 가운데 두고 앉아 있다는 것을 상상해 보십시요. 우리는 그렇게 앉아서 우리의 처음 대면을 하나님께 예배드리는 일로 시작했습니다.

예배를 마치고 자연스럽게 우리는 그 여인의 이야기를 듣게 되었습니다. 신학 공부를 하는 중에 유방암이 발견되었고 그 때문에 학교도 졸업하지 못했다고 했습니다. 가까스로 수술을 하고 나니 자궁이 위험해서 암 발병 직전에 난소와 나팔관을 적출(摘出)해냈다고 했습니다. 이 부분에 와서 여인은 말했습니다.

"나도 여자인데, 나도 결혼하고 싶고, 가정을 가지고 싶고, 자식을 낳고 싶었는데……"

한 남편의 아내이며 자녀들의 어머니이고 싶은 여인들의 평범한 소원이 무참하게 허물어졌다고 느껴졌을 때 설상가상으로 폐에 이상이 생기고 사랑하는 사람이 떠났다고 했습니다. 여인은 그 당시를 회상하며 젖어드는 눈빛으로 그러나 담담하게 "죽고 싶었다."고 했습니다. 육신의 아픔도 아픔이지만 자신을 외면하는 것 같은 현실, 최소한 여자로 남아있는 것조차 거부당한 현실이 얼마나 낙심케 했겠습니까.

지금은 암이 뼈로 전이돼서 투병을 계속하는 중이고 독한 약들을 사용하기 때문이겠지만 골다공증과 관절 류머티즘으로 다리가 마비되어 단 한 걸음도 휠체어 없이는 옮길 수 없게 되었고 손마디까지 굳어져가고 있었습니다. 여인은 분명히 싸우고 있었습니다. 한번 통증이 오기 시작하면 몇 시간이고 시달려야 하고 한 움큼씩 진통제를 먹어야 겨우 견디게 된다고 했습니다. 그러나 그녀의 싸움 대상은 몸을 녹초로 만들고 결국 쓰러트리려 하는 질병만이 아니었습니다. 주위 환경도, 만나지는 사람들도, 끊임없이 자신의 내면에서 치밀어 오르는 감정들도 때로는 모두 치열한 싸움의 대상이 될 수 있다는 것입니다. 한번은 책을 사러 서점에 갔는데 휠체어를 타고 들어오지도 못하게 하더라는 겁니다. 초라한 모습을 보고 구걸하러 온 줄로 알더라는 것이지요. 당신 같은 사람이 무슨 책을 사서 볼 사람이겠느냐 하는 괄시하는 표정이 역력해서 주는 푼돈 뿌리치고 나왔다고 합니다. 그러나 이제 그 모든 것들과 싸우지 않고 오히려 사랑하기로 했다고 했습니다. 심지어는 질병과도 사이좋게 지내기로 했다는 것입니다.

에피소드 하나를 소개해 주었습니다. 생활보호 대상자를 규명하기 위하여 찾아온 동사무소 직원이 사고무친(四顧無親)이요, 1급 장애자로 한 푼의 소득도 없는 사람에게 방안에 놓여있는 가재도구들이 좋다며 생활보호 대상이 될 수 없다고 난색을 표시하더라는 것입니다. 여인은 기가 막혀서 말했답니다. "내 돈으로 산 것은 하나도 없고 다 누가 가져다주어서 있는 이런 가재도구 때문에 생활보호 대상자가 될 수 없다면 모두 버리겠습니다. 그러나 그렇더라도 책과 침대와 컴퓨터는 버릴 수 없습니다. 책은 내가 힘이 있을 때 하루라도 읽지 않으면 안 되는 아끼는 것이고 침대는 없으면 당장 살아갈 수가 없고 컴퓨터는 글을 써야 하기 때문입니다." 우리는 이 여인이 최소한의 삶을 영위하며 삶의 의미를 찾기 위하여 소중히 여기는 것이 무엇인지 알 것 같았습니다.

여인의 얼굴을 평화스러웠습니다. 자신의 말로 여인은 수다를 떤다고 했지만 연방 웃음 띤 얼굴로 진지하게 대화하는 것이 조금도 환자 같지가 않았습니다. 하기야 우리가 예고하고 찾아갔는데 아무리 환자라 하지만 환자의 모습으로 맞고 싶지는 않았을 것입니다. 화장도 했을 것이고 방안도 정리했을 것입니다. 더구나 침대에 누워서 고통을 느끼며 맞으려 했겠습니까? 눕지 않고 우리를 맞을 수 있게 해달라고 기도까지 했다고 합니다. 그러나 나는 압니다. 그녀의 아름다움은 임기응변식 치장을 했기 때문이 아니란 것을.

놀라지 마십시오. 그녀는 지금도 교회에서 학생부 교사로 봉사하고 있습니다. 자기 몸 하나도 건사하기 어려운 형편인데 그 몸을 이끌고 너무나 감사해서 봉사하지 않을 수 없다고 했습니다. 그리고 우리에게 손가락이 마저 굳지 않도록 기도를 부탁했습니다. 소품(小品) 하나 쓰려면 지금도 5시간 정도를 자판기에서 춤을 춰야 하는데 더 굳으면 어떻게 하겠는가.

여인은 계속 글을 쓰고 싶어 했습니다. 이미 일반 문예지로 등단까지 했으면서도 반드시 크리스천 문인으로 남고 싶다고 했습니다. 나가서 전도하지 못하니 글로 하나님의 은혜를 전하기 위해서라 했습니다. 감히 말씀드립니다만 어쩌면 그의 생명이 지금까지 지탱되는 이유 중의 하나도 그 감당하고자 하는 사명과 봉사정신 때문이 아니겠는지요.

돌아오면서 나는 어떻게 그 여인은 그런 질곡(桎梏) 가운데서도 환경을 초월한 감사와 기쁨을 소유하고 살 수 있을까를 생각해 보았습니다. 김 선생님! 내 주관적인 결론일 것이라 하여 가볍게 여기지 말아주십시요. 절망적인 상황에서도 오히려 고상한 소망을 가진 사람은 언제나 기쁘게 살 수 있고, 불평할 수밖에 없는 처지에서 오히려 감사할 수 있는 사람은 언제나 아름다움을 유지할 수 있고, 불우한 환경에서도 오히려 하나님을 사랑하는 사람은 새로운 힘을 얻을 수 있고, 사명이 아직 남아있는 사람은 절대로 죽을 수가 없다.

김 선생님! 우리에게도 세상을 향한 책임과 주님을 위한 사명이 있습니다. 살아있음에 감사하고, 감사하면서 삽시다. 그러나 불우한 남의 환경과 비교해서 내가 좀 더 나은 건강과 환경을 가지고 있다는 조건으로 감사하지는 맙시다. 만약 우리가 남과 비교해서 그들보다 우월한 조건 때문에 감사한다면 우리에게도 예기치 않은 어려운 환경이 찾아온다면 불평도 하고 원망도 할 수 있지 않겠습니까? 주 안에서 사랑합니다. 내내 평안하십시요!

아, 참! 한 가지 빠뜨린 것이 있습니다. 내가 어떻게 그런 어려움을 잘 이기셨냐고 했더니 여인은 절대로 자기 힘이 아니라고 했습니다. 그리고 웃었는데 그 웃는 모습도 아름답지만 웃을 때 나타나는 옥니가 촘촘하게 건강하더라고요.

추신:
이 글은 써 둔지가 이제는 10년도 훨씬 넘었습니다. 이런저런 이유로 발표할 기회를 놓쳐서였는데 지금 다시 읽어보니 그때가 새삼 그리워지기도 합니다. 지금 나는 이 여인과 인연이 끊어져 생사를 알지 못합니다. 풍문에 의하면 이런 형편을 다 아는 한 사람이 나타나 결혼하겠다고 해서 많은 주저와 반대 속에도 인간을 사랑하는 마음이 이해되어 망설임 끝에 결혼을 했다는 소식도 있었습니다. 그 남편의 결혼은 말이 그렇지 평생 부인의 손과 발이 되어 간호하는 삶이었을 것입니다. 세상에는 이런 사람들도 살아가고 있더군요.

(크리스천 문학나무, 2019년 봄)

제5부

이 땅을 고쳐주소서

1. 5일간의 여행

사진으로나 보고, 말로나 들어 보았던 와이키키(Waikiki) 해변을 거닐어 보았습니다. 약 4.3km에 이른다는 그 긴 모래 사장의 일부분을 걸어도 보고, 야자수 그늘 밑에 앉아 음료수를 마시며 아스라한 수평선을 바라보기도 했습니다. 들떠오르는 마음을 진정시키며 오래오래 바라보았습니다.

물론 수영을 즐기는 무리들과 수영복 차림의 사람들도 보았습니다. 나신(裸身)에 가까운 아슬아슬한 수영복 차림을 바라보기가 내 정서상 민망해서 처음엔 훔쳐보듯 보아야 했고, 그들 사이에 끼어 담그면 금방 청람(靑藍)빛 물이 들 것 같은 바닷물에 몸을 담그어 보기도 했습니다.

우리는 우리 백성의 하와이 이민 100주년에 맞추어 노회(老會) 차원의 목회자 수련회가 열리는 이곳 하와이에서 세미나에 참석도 하고 관광도 하는 행운을 얻었습니다. 5일 동안이었습니다.

하와이는 미국의 50번째 주(州)로 니하우, 카우아이, 오하후, 몰로카이, 라나이, 마우이, 카호올라웨, 하와이 등 8개의 섬과 100개가 넘는 작은 섬들로 구성되어 있는데 그 중 호놀룰루시가 있는 오하후 섬은 하와이 전체 약 120여만 인구 중 80%가 살고 있는 하와이 주의 주도(主島)로 우리 교민도 약 3만 5천 정도가 살고 있다고 했습니다.

이미 잘 알려진 바와 같이 오하후 섬은 세계 최고의 휴양지답게 해안을 따라 길이 잘 닦여져 있어 섬을 일주하며 빼어난 경관을 볼 수 있었습니다. 면적이 우리나라 제주도보다 약간 작은 1,541㎢인데 우리는 주마간산(走馬看山) 격이긴 하지만 섬 전체를 돌아볼 수 있었습니다. 유서 깊은 이민 초기의 교회, 우리 교민들이 처음 이주하여 고생하며 생존의 뿌리를 내렸다는, 지금은 파인애플 농장으로 바뀌었지만 예전에는 사탕수수 밭이었다는 광활한 농장, 가이드는 이곳의 땅이 검붉은 것은 우리의 초기 이민자들이 노동을 착취당하며 흘린 피땀 때문이라고 과장법을 써 설명해 주었습니다. 태평양 전쟁의 시발점이 되었던 진주만(眞珠灣)도 보았고, 하와이 민속촌을 구경하고 그곳에서 벌어지는 민속공연도 관람했습니다.

역시 부러운 것은 그 곳의 잘 보존되고 가꾸어 놓은 자연 경관이었습니다. 가이드는 이곳의 물은 깨끗하기 때문에 어디서든지 그냥 마셔도 되고 심지어 화장실에 들어가서도 꺼림 칙하게 생각지 말고 그냥 마시라고 가르쳐 주면서 수도관에 서 나오는 물도 정수해 마셔야 한다면 그것을 음용수라 할 수 있느냐고 우리의 물 사정에 일침을 놓기도 했습니다. 야자수 를 비롯하여 많은 나무들이 시가지에 심겨져 곳곳에 공원을 이루고 있었고 신기한 것은 그렇게 큰 나무들도 꽃을 피우고 있는 모습이었습니다. 꽃이 많기 때문에 일부러 꺾을 필요도 없지만 누가 꽃을 꺾는다고 해서 벌을 내리는 일도 없다고 가 이드는 소개했습니다.

차량통행이 비교적 적은 거리, 그렇게 교통질서를 위반하 는 일도 드물지만 만약 어떤 사람이 횡단보도가 아닌 곳으로 건너가더라도 오히려 지나가는 차가 멈춰 기다려 주는 것도 신기했습니다. 우리나라 같으면 아마 그런 경우 경적을 울려 도 여러 번 울리고 창을 열고 불쾌한 말이나 하지 않으면 다행 일 것 같은데 똑같은 상황에서 어떻게 그들은 먼저 건너가라 고 차안에서 손짓까지 해줄 수 있을까. 그런 것을 가리켜 여 유라고 하는 게 아닐런지요.

낮에는 시내가 조용하고 밤에는 해변이 조용했습니다. 우 리가 머물렀던 호텔이 와이키키 해변과 불과 5분 거리도 되 지 않았기 때문에 마음만 먹으면 언제든지 그곳을 찾을 수 있었습니다. 우리는 밤에 해변에도 나가보고 야시장 거리도 거닐어 보았습니다. 낮 동안 그렇게 열기로 뜨거웠던 해변에는 밀려와 부서지는 파도소리가 정적을 깨뜨리는 대신 야시장 거리는 모든 사람이 다 이 거리로 쏟아져 나온 것처럼 북적였습니다. 가게마다 쇼핑하는 사람으로 북적이고 밀납 인형처럼 은가루를 입힌 옷을 입고 서 있다든지 온몸에 황토색 물감을 칠하고 비쩍 마른 체구로 미동도 않고 미이라처럼 서 있으면서 구경하는 사람들이 깡통에 돈을 넣어주면 비로소 감사의 눈짓을 해주고 원하면 입맞춤까지 해주면서 당당하게 돈을 버는 사람도 그 거리에 있었습니다. 밀려오고 밀려가는 저 사람들의 물결, 서양이면서도 유독 동양 사람이 많이 눈에 띄는 거리. 그 거리는 분명 낮에 쉬었다가 밤에 활개를 치고 있었습니다.

그러나 무엇보다 볼거리는 역시 와이키키 해변이었습니다. 저 멀리 아득한 수평선에서부터 연이어 밀려오는 은빛 파도가 해변까지 와서는 와그르 부서지며 일어나는 포말(泡沫). 끝이 없을 것 같이 전개되는 백사장과 야자수. 서핑과 수영을 즐기는 사람은 물론이지만 작열하는 태양 볕을 온몸으로 받으며 모래사장에 누워 일광욕을 즐기는 커플들. 나이 지긋한 분이 비스듬한 의자에 앉아 그 뜨거운 열기를 아랑곳하지 않고 독서삼매에 빠져있는 모습은 진정 자유요, 여유였습니다. 남의 행동에 간섭치 않고 또한 남의 행동에 방해되지 않도록 행동하는 것, 그것이 진정 예절이요, 질서 아닐까요. 남의 눈이 집중되어도 개의치 않고 또한 집중할 필요도 느끼지 않는 사람들. 미모나 체격이 아름답다고 자랑할 필요도 없고 하마(河馬)처럼 큰 체격을 가지고 있으면서도 조금도 부자유스럽거나 부끄러워하지 않는 사람들, 나와 다르다고 이상한 눈초리를 보낼 필요가 없는 사람들, 수영복 차림이든 평상복 차림이든 남의 일에 일체 상관하지 않고 자기 일에만 열중하는 사람들이 거기에 있었습니다.

수영복을 준비하지 않은 나에게 먼저 물속에 몸을 담근 동료들이 계속 나에게 손짓을 했습니다. 이곳까지 와서 그냥 가려느냐고 다그치는 바람에 나도 못이기는 척 4각 팬티바람으로 북태평양의 짠물에 몸을 담갔습니다. 아, 시원함! 그리고 밀려오는 파도에 몸을 맡겨 같이 밀려보는 재미! 나는 지금도 태양 볕에 달구어졌을 모래사장을 맨발로 걸어도 따갑지 않게 느껴지는 이유를 모르고, 아무리 뜨거워도 나무 그늘로만 들어가면 시원한 그곳 기후와 맑은 공기를 잊을 수 없습니다.

비용을 아끼기 위해서 인천국제공항에서 호놀룰루까지 직항노선을 이용하지 못하고 일본 나리따 공항까지 약 두 시간 비행하고 체류했다가 다시 8시간가량 걸려서 호놀룰루에 도착하는 불편한 여행을 했지만 그러나 그것도 새로운 세계와 새로운 경관을 보는 유익한 경험으로 얼마든지 상쇄하고도 남는 여행이었습니다.

우리와 다른 생활양식과 우리와 다른 생각으로 살아가는 사람들이 지구 저쪽 그곳에 살고 있었고 나는 그들을 보면서 자유와 여유와 참다운 질서에 대해서 숙고해야 할 필요를 느꼈습니다.

알로~하 ! 그곳 사람들의 인사말이었습니다.

- 2003, 5.19-23

2. 이 땅을 고쳐주소서

    휴전선의 문이 열렸습니다. 쥐어짜면 금방이라도 초록물이 똑똑 떨어질 것 같은 산야에 초여름의 양광(陽光)이 따갑게 내리쪼이는 6월 8일의 오후 4시 15분. 우리는 드디어 출국 수속을 마치고 우리 측 CIQ를 출발했습니다. 같은 노회(老會)를 섬기는 교역자 부부 120명이 "남북통일 및 민족복음화를 위한 특별 기도회"라는 조금은 거창하게 들려지는 목적을 수행하기 위하여 금강산 관광단에 합류하여 휴전선을 넘었습니다. 이념과 체제가 달라서 싸워야 했고 지금은 쌍방이 합의하여 전쟁을 쉬고 있지만 양측 군인이 무장을 하고 서로 대치하며 경계를 설 수밖에 없는 그 살벌한 곳을 우리는 통과하게 된 것입니다. 우리는 입을 꼭 다물고 여태껏 민간인 신분으로는 들어갈 수 없었던 비무장지대, 말로만 들었던 그 비무장지대를 지나면서 설렘과 긴장이 교차됨을 맛보고 있었습니다. 난생 처음으로 북녘 땅을 밟아본다는 사실은 우리로 하여금 설레게 했지만 그러나 우리와 체제가 다른 지역 사람들을 만나게 된다는 사실은 약간의 긴장을 불러일으키기에 충분했습니다.

우리는 이 여행에 앞서 충분한 사전 교육을 받은 바 있었습니다. 우리와 이질적인 그곳에 도착하여 주의해야 할 사항과 여행 중에 휴대할 수 없는 품목이 무엇인가에 대한 것이었습니다. 고성능 쌍안경 및 망원경, 카메라는 가지고 갈 수 없다고 했습니다. 모든 신문, 잡지, 서적 등 인쇄물도 지참할 수 없고 핸드폰, 무전기 등 통신물품과 의료 목적을 위한 약품 외에 마약이나 유독성 화학물질 등은 절대로 휴대해서는 안 된다고 했습니다.

주의사항으로는 차량 이동 중에 북측 사람이나 시설물을 촬영하지 말 것이며 휴대 금지 품목 및 음식물을 반입하지 말라고 했습니다. 관광 중에 각종 쓰레기나 담배꽁초 등을 투기하지 말고 지정된 장소 외에서는 흡연이나 용변을 하지 말고 침도 뱉어서는 안 된다 했습니다. 자연을 훼손하는 일체의 행위, 즉 풀 한 포기를 뽑거나 나뭇가지를 꺾는 행위, 돌 하나라도 주워오는 행위를 엄금하며 만약 그런 행위를 하다 발각되면 미화 100불의 벌금을 물게 되고 특별히 북측의 경제나 사상을 비판하는 발언을 해서는 안 된다고 경고해 주었습니다.

우리가 탄 버스가 북측 지역으로 들어가 북측 군인들에 의해서 1차 검열을 받고 북측 CIQ에 도착한 것이 오후 5시 20분이었으니 북쪽 땅을 밟는데 소요된 시간은 불과 한 시간 남짓이었습니다. 이렇게 가까운 거리에 있는 우리의 땅을 왜 우리는 그 동안 저 아프리카 대륙이나 미주(美洲) 대륙보다 더 멀게 느끼며 살아야 했는가.

처음 통과해보는 비무장지대지만 조금도 낯설지 않았습니다. 우리 강산 어디서나 흔히 볼 수 있는 그 수목, 그 웅덩이, 그 자연이 거기에 있었습니다. 그러나 북쪽 경계선을 넘어 북쪽 CIQ에 도착할 때까지 차창으로 보여지는 풍경은 그게 아니었습니다. 우리의 마음은 어느덧 우울해지기 시작했습니다. 같은 하늘을 이고, 같은 기후에 같은 언어, 같은 풍습을 가지고 살아가는 같은 민족인데 왜 이렇게 달라졌을까.

우중충한 군복을 입은 군인들의 검고 무표정한 얼굴이 긴장감을 더해주고 길의 포장공사를 하다가 쉬는 인부들의 깡마른 체격에 새까맣게 탄 얼굴의 우수(憂愁)가 연민의 마음을 가져다주었습니다. 조만간 포장이 되겠지만 아직은 먼지가 뽀얗게 일어나는 비포장도로는 대형버스가 서로 비켜갈 수 없을 만큼 좁았고 길가에는 가로수 하나, 화초 한 포기가 없었습니다. 길을 따라 전선이 허약한 전주에 걸려 있지만 가로등은 없었습니다. 멀리 보이는 푸른색을 띤 산에도 나무 한 그루 없다는 것이 오히려 신기하고 을씨년스럽기까지 했습니다.

너른 들판은 어떤가. 작물보다 잡초가 더 많다는 것은 관리를 효과적으로 하지 못하고 있다는 증거가 아닌가. 아직 모를 내지 않아 못자리가 보이는데 재래식이고, 작물이라고는 가끔씩 보이는 보리밭과 한 뼘도 자라지 못한 모종 옥수수가 타는 대지 위에서 목말라 하고 있었습니다. 과연 거기서 얼마만큼의 수확을 거둘 수 있을까 하는 황폐를 그것은 말하고 있었습니다. 낡은 기와가 얹혀있는 마을의 가옥은 회색 시멘트로 지어져 있고 일률적으로 낡아서 남루한 모습을 여지없이 보여주는데 그나마 지나는 차량의 굉음도 인적도 없는 고요에 묻혀 있었습니다. 멀리 들판에 붉은 기(旗) 서너 개를 꽂아 놓고 예닐곱 사람이 그 앞에서 땅에 엎디어 뭔가를 하는 모양인데 그것이 바로 마을 주민들의 공동작업을 하는 모습이라 했습니다.

더욱 우리를 답답하게 하는 것은 도로변 양편에 500m 간격으로 예의 그 무겁고 칙칙한 군복을 입은 군인 한 명이 뙤약볕을 받으며 부동자세로 서서 우리가 탑승한 버스를 바라보는 모습이었습니다. 감시하고 있는 것일까, 아니면 시위하고 있는 것일까?

우리의 이 북쪽 여행은 2박3일(二泊三日) 간이었습니다. 두 번에 걸친 온천욕은 물도 좋았지만 우리나라 기업이 만든 전혀 낯설지 않은 시설이라서 더욱 긴장과 피곤을 푸는데 적합했고 식사도 우리 사회에서 흔히 즐기는 뷔페식으로 전혀 이질감이 없었습니다.

북한이 자랑하는 세계적인 교예단의 공연을 관람하는 것도 일정 속에 있었습니다. 과연 그들의 아슬아슬한 연기는 신기(神技)였습니다. 아낌없이 박수를 쳤지만 관람을 마치고 돌아오는 우리의 마음은 서글픔으로 채워지고 있었습니다. 사람이 얼마만큼 훈련을 받아야 저런 경지에까지 이를 수 있을까 해서였습니다.

우리에게 허락된 관광 코스는 세 곳이었습니다. 구룡폭포(九龍瀑布)까지 다녀오는 4시간 정도의 산행은 이튿날 오전에 이루어 졌습니다. 금강문을 지나 옥류동, 연주담, 비봉폭포를 지나서 만나는 나비 4m, 높이 74m를 자랑하는 구룡폭포는 개성의 박연폭포와 설악산의 대승폭포와 함께 우리나라의 3대 폭포 중의 하나라는 소문대로 과연 절경이었습니다. 떨어지는 물을 받아들이는 구룡연(九龍淵)은 깊이가 13m나 되고 그 위로 하늘에서 선녀들이 내려왔다는 전설을 품고 있는 상팔담은 여덟 개의 맑고 푸른 못이 층층으로 만들어져 비경(祕境)을 이루고 있었습니다.

오후에는 삼일포(三日浦)를 다녀왔습니다. 둘레가 4.5km에 달한다는 이 호수는 관동 8경중의 하나답게 역시 맑고 푸르렀습니다. 그리고 돌아오는 날 오전에 우리는 기묘한 바위와 깎아 세운 듯한 절벽이 신기하다 못해 괴이하기까지 한 만물상(萬物相)을 두 시간에 걸쳐 다녀왔습니다. 가파른 길이었지만 비교적 천선대까지 등산에 용이하도록 잘 만들어져 있었습니다.

과연 일만 이천 봉이라는 금강산은 아름다운 명산이요, 세계 어느 곳에 내 놓아도 뒤질 수 없는 명승(名勝)이요, 절경(絶景)을 간직한 보배였습니다. 잘 관리된 산행길과 종이조각 하나 버려져 있지 않은 깨끗함, 그리고 계곡을 흐르는 희다 못해 푸르른 물줄기, 소나무를 비롯한 울울창창(鬱鬱蒼蒼)한 수목들의 장관(壯觀), 기암괴석(奇岩怪石). 이는 분명 천연의 자원이요, 하나님이 우리 민족에게 주신 값진 선물이 아닐 수 없었습니다. 그러나 아쉽고 안타까운 것은 그 절경을 관람하는 북쪽의 우리 동포들은 없다는 것이었습니다. 군데군데 요원(要員)들이 있을 뿐이었습니다.

돌아오는 날 기념품을 판매하는 매점에 들러서 출발 시간을 기다리는데 사고 싶은 품목이 없었습니다. 우리 땅에서 우리의 화폐가 아닌 미국의 달러가 사용되어야 하는 것도 마음을 아프게 했습니다.

돌아오는 버스 안에서 나는 한 부분이라도 놓치지 않으려고 창밖의 산야에서 눈을 떼지 않았습니다. 북쪽의 지도자들도 자기 나라를 풍요롭게 하기 위하여 갖은 노력을 다하였을 것이고 자기 백성을 굶주리지 않게 하기 위하여 최선을 다했을 터인데 왜 그들이 주장하는 지상 낙원은 이루어지지 않았을까? 벌거벗은 산, 관리되지 않은 전답, 목말라하는 작물, 어느 것 하나 윤기가 도는 것이 없었습니다. 왜 이 땅에는 그렇게 궁기(窮氣)가 흐를까. 사유재산을 인정하지 않는 공산주의가 그렇게 만든 게 아니겠는가. 죄성(罪性)이 있는 사람들에게 사유재산을 인정하지 않으면서 공동생산으로 어떻게 생산을 극대화할 수 있었겠는가. 하나님을 인정하지 않고 한 사람의 통치자를 우상화할 때 하나님도 당연히 그 나라를 외면하지 않았겠는가. 안내원에 의하면 금강산 일대에만도 그들의 지도자인 김일성, 김정일, 김정숙을 찬양하는 내용이 든 비문(碑文)이 4000개가 넘게 세워져 있다고 했습니다.

우리가 모든 일정을 마치고 우리가 사는 땅으로 돌아왔을 때 과연 남쪽 땅은 북에서 볼 수 없었던 생동감이 있었습니다. 도로변의 가로수와 바람에 나풀거리는 화초들, 푸른 산하와 기름진 논밭의 작물들, 포장된 도로를 질주하는 차량의 행렬! 그러나 그 정겨운 모습을 보면서도 나는 우리가 과연 북녘의 현실과 비교하면서 풍부만을 자랑할 수 있을 것인가를 생각해 보았습니다. 우리는 이번에 종교와 신앙을 달갑게 여기지 않는 체제의 북녘 땅에서 하나님께 예배를 드리고 뜨겁게 기도를 했습니다. 이곳의 무너진 제단을 수축할 수 있게 해 달라고 기도하고 전쟁이 아닌 평화적인 통일을 앞당겨 달라고 두 손을 높이 들고 부르짖었습니다. 그리고 우리는 물질의 풍요 때문에 신앙이 게을러지고 이 땅을 위한 기도를 쉬었던 죄를 회개했습니다.

그렇습니다. 북녘 동포들의 궁색과 부자유가 가슴 아픈 일이라면 우리의 교만과 무질서와 방종도 가슴 아픈 일이 아니겠습니까. 실로암 망대가 무너져 치어죽은 열여덟 명이 예루살렘에 사는 모든 사람보다 죄가 더 있는 줄 아느냐고 주님은 물으셨었습니다.(눅 13:4) 그래서 북녘 땅을 다녀온 나의 기도는 이것일 수밖에 없었습니다.

"이 땅을 고쳐주소서!"(대하 7:14)

3. 연변여행(延邊旅行) - 고토(故土)를 찾아서

우리의 고구려사(高句麗史)를 왜곡하여 자기들 변방 역사로 편입하려는 이른바 동북공정(東北工程)이 시도되는 미묘한 시점에서 우리 열 한명은 중국을 여행하게 되었다. 미국 시민권을 가지고 있는 김만식 선교사가 10년을 넘게 연길(延吉)의 연변대학(延邊大學) 외국인 기숙사에 방 한 칸을 얻어 기거하면서 괄목할만한 선교 역사를 이루어가고 있는 현장을 방문하여 도전도 받고 협력도 모색하고자 하는 것이 목적이었지만 나는 개인적으로 불우했던 근대 우리 역사의 현장을 둘러보는 것이 주목적 못지않은 기대였다. 그러므로 중국 여행이라고 하지만 실은 김 선교사가 활동하고 있는 북한과 국경지대인 그들의 행정구역상 연변 조선족 자치주(延邊 朝鮮族 自治州) 지역을 방문하게 된 것이다.

인천 국제공항에서 심양(沈陽)까지는 중국 남방항공(南方航空) 여객기로 1시간 30분 정도가 소요되고 심양에서 연길까지는 1시간 정도가 걸렸다. 날씨는 쾌청했고 우리와의 시차(時差)는 한 시간이었다.

우리는 그곳에서 중국에 사는 우리 민족에 대한 새로운 선교 모델을 발견할 수 있었다. 김 선교사는 그곳에서 교회를 짓고 공식적인 예배를 드리는 식의 일상적인 선교를 하는 게 아니었다. 그는 농촌 지역에 소규모 병원을 지었다. 그리고 일생 동안 한 번도 연길 시에조차 와보기 어려운 형편으로 사는 오지(奧地) 사람들에게 현대 의약을 투여하여 치료를 해주었다. 물론 당국의 허락을 받아내기도 쉽지 않았다고 한다. 거기다가 허가를 내주고도 처음에는 의아심을 갖고 감시의 눈을 떼지 않던 주민들과 당국자들이었는데 변함없는 진실이 인정을 받고 이제는 농촌 발전과 계몽을 위한 사업으로 인식되어 오히려 특정 지역에 병원을 세워달라고 요청까지 하면서 면세(免稅) 혜택을 주고 있다니 이쯤 되면 일단 성공적이라 할 수 있잖겠는가. 중요한 것은 특별히 전도를 하지 않아도 진료를 받은 사람들 중에 많이 값싼 진료비와 사랑에 감읍하여 중국의 지하교회인 처소교회를 찾아가 신앙생활을 하고 있다는 것이었다.

김 선교사의 원대한 선교의 꿈은 물론 지금도 열매를 많이 맺고 있지만 그 사역은 계속 지침도, 중단도 없이 진행되고 있었다. 사회주의(社會主義)를 표방하는 국가에 기독교 이름의 병원을, 그것도 현재까지 열 한 개소를 세웠다는 것도 놀라운 일인데 335만평에 이르는 광활한 농장을 일구고 그 외에 약

초농장, 벌꿀농장 등을 경영하고 있는 것이다. 그의 꿈은 이러한 수익사업이 궤도에 올라 자비량으로 현지의 동포들과 북한 주민들에게 선교하는 것이었다.

왜 그는 미국에서 시쳇말로 잘나가는 사업을 정리하고 세상 사람들이 추구하는 안락을 스스로 포기했을까. 그리고 사랑하는 가족들을 미국에 남겨둔 채 이역만리에 와서 외로움과 이 고생을 자초하고 있을까. 결국 하나님은 위대하시다. 그에게 선교의 꿈을 갖고 그 꿈을 이루도록 만드시는 하나님은 정말 위대하신 분이라고 나는 고백할 수밖에 없었다.

우리가 연길에 도착한 것은 우리 시간으로 밤 8시 30분이었다. 공항으로 영접 나온 김 선교사를 따라 영업용 택시를 타고 숙소까지 오는데 낯선 도시를 택시는 쏜살같이 달렸고 요금은 인민폐 5원(우리 돈으로 750원 정도)이라 했다. 나중에 안 일이지만 이 지역에서는 교통질서가 엉망이어서 사고가 잦고 보행하는 사람이나 차량이나 서로가 알아서 조심해야 하는 실정이었다.

변두리는 어두웠지만 그래도 중심가는 자본주의를 표방하는 나라의 도시들과 다를 바 없이 밝고, 시장이 있어서 상거래가 자유롭게 이루어지고 있었다. 찢어진 청바지 차림의 젊은이들, 휴대폰으로 전화를 하는 사람들, 길거리에 휴대폰 서너 개를 펼쳐놓고 파는 사람들, 밤에는 광장에 나와서 끼리끼리 제기차기나 공놀이를 자유스럽게 하는 모습들을 보는 것은 어렵지 않았다. 아직도 자전거로 끌고 가는 인력거가 시내를 달리고 있지만 빌딩을 짓고 묵은 건물을 개축하고 도로를 넓히며 포장하고 인도(人道)를 만드는 모습을 볼 때 더디기는 해도 이 사회가 변화되고 있다는 사실을 여실히 보여주고 있었다.

나에게 기특하게도 느껴지고 안심을 주는 것은 빌딩이나 상점마다 한자(漢字)로 병기되어 있긴 하지만 한글로 간판이 되어 있고 우리 화폐가 별로 불편 없이 사용되고 있다는 점이었다. 그만큼 우리 교포가 이곳에 많이 산다는 증거가 아닌가. 만주 지역에만 220만 이상이 산다고 했다.

시내를 벗어나 변두리로 나가면 불그뎅뎅한 기와와 벽돌로 된 집들이 어두운 느낌을 주는 것은 사실이지만 좀 더 외곽으로 빠져 들녘으로 나가면 마치 우리나라의 어느 시골에 와 있는 듯한 착각을 일으킬 정도로 우리 농촌과 흡사했다. 벼농사를 짓는 환경이 그렇고 콩, 옥수수, 해바라기 등을 심은 밭농사도 우리와 다를 바 없어 친근감이 생기고 외형으로는 풍요로워 보였다. 길가에는 코스모스와 같은 화초를 심는 여유도 있었고, 집 구조는 아직도 굴뚝이 뚜렷이 서 있는 초가도 끼어 있었지만 대체로 우중충하긴 해도 기와로 개량되어 있었다. 작물이 이렇게 풍요로운데 왜 이들의 생활이 어렵느냐고 물으니 선교사는 곡식 값이 형편없다고 했다. 1년 수입이 50만 원 선인데 절반을 세금과 기타 비용으로 쓰고 나면 생계와 자녀교육을 위해서 힘겨운 삶을 살지 않을 수 없다고 했다.

연길에 여장을 풀고 저녁을 먹기 위해서 밖으로 나왔다. 가로등이 없는 어두운 골목을 지나는데 갈비탕, 해물탕 집도 있지만 보신탕, 뱀탕집도 있었다. 우리는 북한 사람들이 경영하는 유경(柳京)호텔에 들어가서 냉면을 시켰다. 내가 썩 좋아하는 음식이 아니기 때문에 맛은 잘 모르지만 면발이 쫄깃쫄깃한 것은 알 수 있었고, 가지런히 썰어온 김치의 맛은 일품이었다. 음식을 들고 수종을 드는 여종업원에게 노래를 청하니 우리들을 위해서 한복을 곱게 차려 입은 아리따운 아가씨들이 돌아가면서 노래를 불러주었다. 여기서는 통상 손님들이 원하면 그렇게 노래를 불러준다고 했다. 그들의 가요격인 "반갑습니다"와 "휘파람"을 부르더니 예상치 못한 우리 남쪽의 가요도 부르는 게 아닌가. 세 곡인가를 부른 것 같은데 내가 기억할 수 있는 것은 언젠가 가수 양희은이 불러서 히트를 했던 "아침이슬"이다. 우리가 부르는 그 가사대로 곱게 불러주었다.

긴 밤 지새우고
풀잎마다 맺힌
진주보다 더 고운 아침 이슬처럼
내 맘에 설움이 알알이 맺힐 때
아침 동산에 올라 작은 미소를 배운다.
태양은 묘지 위에 붉게 타오르고
한낮에 찌는 더위는 나의 시련일지라
나 이제 가노라. 저 거친 광야에
서러움 모두 버리고 나 이제 가노라.

박수를 쳤다. 고운 음성으로 잘 불렀으니 박수를 받는 것은 마땅하리라. 그러나 나는 한편에서 울컥 치밀어 오르는 아픔에 박수를 칠 수가 없었다. 북한에서 이곳으로 나와 종사하는 것만 해도 이들은 특혜를 받은 사람들이지만 마음대로 밖으로 출입하지도 못하고 이 건물 안에서만 일해야 한다는 이야기. 항상 고운 한복만 입고 손님들이 요청하면 녹음된 테잎마냥 같은 노래를 불러 주어야 하는 저들. 음식을 먹고 숙소로 돌아오는데 빌딩 위에 둥근 달이 둥실 떠 있다. 음력으로 보름쯤인가 보다. 새삼스럽게 이국에서 보는 달이 반가웠다.

이튿날은 백두산을 관광했다. 연길에서 5시간 이상을 차를 타고 견디어야 했다. 산 속은 물론이지만 농촌지역을 지나는데도 차량도, 사람도 눈에 잘 띄지 않았다. 비포장이라서 먼지가 풀풀 날려 닫힌 창문을 통해 안에까지 들어왔다. 2차선 도로 양편에는 오직 숲이다. 방목하는 소가 길을 막고 앉아 있어 클랙슨을 울려 쫓아내며 달리기도 했지만 어디에 숨어 있는지 마을이나 인가가 눈에 띄지 않았다. 빽빽한 소나무 숲을 이룬 이도백하(二道白河)라는 곳을 지나고 드디어 백두산 입구까지 왔다.

이곳에서는 장백산(長白山)이라 부르고 입장료를 받았다. 우리의 명산인데 왜 우리는 중국 사람들이 지배하는 곳을 통하여 이 산을 올라야 하는가. 자작나무 군락지(群落地)를 지나며 오르는데 올라갈수록 나무들이 바르게 자라지 못했다. 모진 바람에 뒤틀릴 수밖에 없었으리라. 키 작은 식물들이 생명력의 위대함을 자랑하듯 납작 엎디어 있는 초원지대가 전개되고 정상 부근에는 풀 한 포기 없는 민둥산이다. 이곳까지 승용차가 구불구불 닦아 놓은 길을 태워주면 우리는 조심스럽게 흙길을 오르는 것이다. 콱콱 숨이 막히는 느낌을 받았지만 민족의 영산(靈山)에 올라 천지(天池)를 본다는 설렘으로 정상에 올랐다. 마침 날씨가 좋아서 우리는 그동안 말로만 듣고 그림이나 사진으로만 보았던 천지를 내려다 볼 수 있었다.

바로 여기가 천지인가! 청람색의 물이 고여 있고 우뚝우뚝

둘레를 둘러 서 있는 산 위에 천지가 자리하고 있었다. 여기가 그렇게 사모하고 그리워하는 민족의 영산, 백두산이요, 천지인가! 거센 바람이 돌가루를 날려 머릿속에까지 박혀 들어왔지만 천지의 물은 고요했다.

손을 들고 기념사진을 찍었다. 손을 들고 마음속으로 이 민족의 명운을 위해 기도했다. 그리고 내려다보이는 북쪽의 드넓은 만주벌을 바라보았다. 저 광대무변한 땅이 과연 누구네 땅인가? 우리 조상들이 달리고 가꾸던 애환이 담긴 땅이 아닌가.

날씨가 갑자기 흐려지면서 비를 뿌리고 우리의 하산을 재촉했다. 끝자락이긴 해도 아직은 8월인데 진눈깨비가 내렸다. 산을 내려와 이번에는 오른쪽으로 폭포를 좀 더 가까이에 가서 관람하고 식사를 하려고 음식점에 들어가는데 뜰 한편에 "장백산에 오르지 않으면 평생 유감이로다."고 했다는 등소평(鄧小平)의 말이 쓰여 있는 안내판이 있다. 아름다운 경치를 보고 감탄을 하는 것이야 누가 말릴 수 있으랴만 힘의 논리로 남의 땅을 억지로 점거하는 일은 무뢰한들이나 하는 행동이다.

다음 날은 두만강 변에 있는 "형제사랑병원"을 방문하기 위하여 다시 연길을 출발하였다. 하천이라는 마을에 인민정부의 요청으로 세워진 병원이라 했다. 심지어는 북쪽 동포들이 건너와서 치료를 받고 가기도 했단다. 우리는 병원을 찾아가는 길에 먼저 용정(龍井)시를 방문했다. 지금은 인구 6만 정도의 소도시지만 일제시대에 나라를 빼앗긴 우리 선조들이 이곳에 옮겨와서 독립을 꿈꾸었던 유서 깊은 도시가 아닌가. 선교의 중심지 역할도 했고 언론과 문학 활동을 하던 사람들이 민족 계몽과 독립을 위해서 울분을 터뜨렸던 곳이고 일본 군대와 싸우며 선혈을 흘렸던 사람들의 넋이 지금도 숨쉬고 있는 곳.

용정중학교 정문을 통과하여 오른쪽으로 오래된 2층 건물이 하나 길게 서 있었다. 지금도 현관 정면에 학교명이 붙어 있는데 옛 대성중학교(大成中學校) 자리다. 앞 뜰 오른쪽으로 윤동주(尹東柱) 시비(詩碑)가 서 있고 밑에 그의 작품 "序詩"(서시) 전문이 새겨져 있었다.

죽는 날까지 하늘을 우러러
한 점 부끄럼 없기를
잎새에 이는 바람에도
나는 괴로워했다.
별을 노래하는 마음으로

모든 죽어가는 것을 사랑해야지
그리고 나한테 주어진 길을
걸어가야겠다.

오늘 밤에도 별이 바람에 스치운다.

젊은 날에 조국 독립의 한을 가슴에 품고 펼치지 못한 열화 같은 꿈을 접어야 했던 그 고통이 어느 정도였을까. 그 아픔의 현장에서 기념사진을 찍어서 어쩌자는 것인가.

지금은 자료실이요, 기념관이 되어 있는 건물 안으로 들어 가서 암울했던 시절의 모습을 잠시나마 숙연한 마음으로 둘 러보고 나왔다. "그렇습니다. 당신들의 눈물과 땀과 피가 있 어서 오늘 우리가 여기 있습니다." 이 자리에서 이 외에 내가 더 무엇을 고백할 수 있겠는가.

우리는 김 선교사가 세운 "두만강 형제사랑 하천병원"을 찾 아 간다는 명분으로 두만강을 따라 올라갈 수 있었다. 그런데 웬일인가. 작고한 김정구 선생이 죽으면서까지 불렀던 민족 가요라 할 수 있는 "눈물 젖은 두만강"에 나오는 가사 내용과 는 달리 그곳엔 푸른 물이 없었고, 뱃사공이 노 저을 수 있는 물도 아니었다. 희끄무레한 물이 흘러가고 있었다. 강폭이 좁은 곳은 한 5m 밖에 안 되겠는데 무산(茂山) 철광에서 물을 오염시켰다고는 하지만 이렇게 더러워질 수 있었을까.

이쪽에서 보이는 무산 시는 사람도, 차량도, 좌우지간 움직이는 것이라곤 없이 굴뚝만 수없이 서 있는 낡은 건물의 집합소인 칙칙하고 어두운 도시일 뿐이었다. 이러한 곳을 유령의 도시 또는 죽음의 도시라 하는 것일까? 가슴이 아파서 사진을 찍었다. 그리고 우리는 포장되지 않은 길을 덜컹대며 한 순간도 놓치지 않고 강 저편의 북한 땅을 바라보며 달렸다. 부르면 곧 대답할 수 있을 것 같은 지호지간(指呼之間)의 북쪽 산야가 거기 있지만 우리는 건너갈 수가 없다. 물이 깊어서가 아니고 강폭이 넓어서도 아니다. 안타까운 것은 우리가 그곳에 건너갈 수 없어서만이 아니라 산 중턱까지, 심지어 정상에까지 밭을 일구어 농사를 짓고 있는 모습이었다. 마치 조각 천으로 기워 만든 누더기 옷처럼 만들어진 경작지. 그나마도 작물들이 메말라 있다. 그 모습이 저들이 나무들을 베어내고 『새 땅 찾기 운동』이라는 이름으로 만들어 놓은 경작지라 한다.

왜 5m도 안 되는 강 하나를 사이에 두고 이쪽과 저쪽이 이런 차이가 날까. 겉으로 풍요로운 것 같으면서도 중국 땅에서 농사짓는 사람들이 힘들게 산다는데 그렇다면 북한에서 농사짓는 사람들은 그 고달픔이 어느 정도일까. 몰래 강을 건너와서 하루 품삯 3원씩을 받으면서 일하다가 조금 모아지면 돌아가는 경우도 있단다. 품삯은 적어도 밥은 굶지 않으니 다행이라 생각한다니.

그럼에도 그 누더기 같은 산에 하얀색으로 "21세기의 태양 김정일 장군 만세"라는 구호가 군데군데 쓰여 있다. 구호가 그럴듯해야 잘 살아지는가. 속된 말로 구호가 밥 먹여 주는가?

연길에서 마지막 날은 매우 바쁘게 움직여야 했다. 길이 좋지 않아 이번에는 올라가기가 힘들겠다는 일송정(一松亭)을 그래도 가봐야 한다고 나는 제안을 했다. 여기까지 와서 그냥 가면 언제 다시 볼 수 있겠느냐는 제안에 우리는 한창 길을 닦고 있는 도로를 달려서 산에 올랐다. 그리 높지도 않지만 그렇다고 낮은 언덕도 아닌 적당한 높이의 산에 일송정이 있었다. 정자 옆에 소나무 한 그루가 서 있고 그 아래 일송정(一松亭)이란 글이 쓰여 져 있는 돌 구조물이 서 있었다. 전에 와 보았던 사람들에 의하면 이 앞에 노래비가 서 있었다는데 지금은 없어졌다고 했다. "용정찬가"라는 낯 설은 시인의 이름으로 시비(詩碑)가 서 있었다. 우리의 젊은이들이 여기 모여서 독립을 논의했다는데 이것도 중국의 동북공정(東北工程)의 일환으로 대치되었단 말인가.

산 밑으로 해란 강이 흐르고 있었다. 지금은 물이 말라서 큰 개울 정도로 보이지만 범람하면 제법 큰 강을 이룬다 했다. 나는 마음속으로 노래를 불러보았다.

"일송정 푸른 솔은 홀로 늙어 갔어도
한줄기 해란강은 천년 두고 흐른다.
지난 날 강가에서 말 달리던 선구자
지금은 어느 곳에 거친 꿈이 깊었나."

좀 더 머물고 싶었지만 일정 때문에 우리는 급히 일송정을 뒤로 해야 했다. 그리고 6.25 전쟁 당시 북한군을 지원하기 위해서 중공군이 건너왔고 지금도 북한과 중국 간의 교역을 위하여 차량이 오고가는 다리가 있는 국경도시 도문(圖們)을 둘러보고 귀로에 올라야 했다. 도문 시에는 다리 양측으로 국경을 수비하는 수비대가 주둔하고 있었다.

중국 사람들은 우리의 두만강(豆滿江)을 도문강(圖們江)으로 부른다. 물론 저들의 국경 도시인 도문의 이름을 따서 부른다. 그러나 저들의 저의를 아는 사람은 다 알고 있다. 내가 1960년대 고등학교를 다닐 적에 우리에게 국사(國史)를 가르치시던 선생님은 비분강개(悲憤慷慨)하여 중국과의 국경에 대해서 가르쳐 주신 바 있다.

1712년 조선(朝鮮)과 청(淸)이 백두산에 정계비(定界碑)를 세워 "압록과 토문강(土門江)을 경계로 삼는다."고 양국 국경에 대해서 합의했는데 중국 측은 최근 토문강(土門江)이 중국어로 발음이 같은 도문강(圖們江)을 가리키는 것이고 도문강을 두만강의 자기들 이름이라고 주장한다는 것이었다. 그러나 엄연히 토문강(土門江)은 백두산 천지에서 발원하여 북으로 흐르는 쑹화강(松花江)의 지류에 있다는 것. 그렇기 때문에 결국 두만강 이북의 간도(間島) 지역은 엄연히 우리 땅이라 했다.

을사보호조약(乙巳保護條約)이라는 이름으로 우리의 외교권을 찬탈한 일본이 1909년 9월에 우리의 의사와는 전혀 상관없이 중국에 간도 영유권을 인정해 주고 만주의 철도, 광산의 이권을 보장 받는 조건으로 이른 바 청일(淸日) 간도협약을 맺어 오늘까지 이르고 있지만 이 협약은 우리의 국권을 찬탈한 일본이 우리 의사와 상관없이 맺은 협약이기 때문에 을사보호조약이 무효인데다 1945년 일본의 항복으로 만주협약도 무효일 수밖에 없다고 했다.

또 하나 문제가 되는 것은 북한이 1962년 "조중(朝中) 변계조약"을 통해 "압록강과 천지와 두만강 홍투수"에 이르는 선을 국경으로 비밀리에 확정한 일이다. 이 조약도 그러나 현 체제 안에서는 어찌할 수 없지만 남북이 통일될 경우 북한의 국경조약을 당연히 승계해야 한다는 국제법의 규정은 없기 때문에 논쟁 내지는 협상의 여지는 남아 있다고 보아야 할 것이라 했다.

노파심이지만 문제는 장차 북한의 김정일 정권이 무너진다고 가정할 때 중공군이 치안 유지와 같은 명분으로 북한에 진주한다면 어떻게 될까? 우리가 듣고 본 바에 의하면 중국은 지금 현실적으로 시급하지도 않은데 북한 접경지역으로 도로를 확장하고 있었다. 우리는 이를 경계해야 할 것이다. 왜 최근 들어 중국은 우리의 고구려 역사를 왜곡하면서 동북공정을 시작했을까? 결코 갑자기 시작한 것이 아니라 오래 전부터 준비된 계획이었으리라. 고구려를 중국의 역사에 편입해 동북부 지방 주민들에게 중화사상(中華思想)을 확실히 심어 주고 장래 북한의 붕괴 이후의 영토 확장을 꿈꾸며 또한 있을지 모르는 영토분쟁의 싹을 잘라버리자는 야욕과 음모가 숨어있는 것은 아닐는지.

지나간 역사지만 광개토대왕이 호령하던 고구려가 왜 3국 통일을 이루지 못하여 오늘날 우리는 그 역사까지 도적질 하려는 음모를 보고 구체적인 대책을 세울 수 없게 되었는가. 착잡한 마음을 정리라도 하라는 듯 비행기는 인천 공항 활주로에 도착하고 있었다.

우리의 고향 자유 대한의 땅이다. 우리는 지금 분단의 아픔을 안고 있지만 소망이 있다. 만주 지역에 우리 백성이 지금 220만 이상이 살고 있다. 역사적으로 우리 땅에 우리 백성이 우리 글과 우리 풍습을 가지고 살고 있는 한 언젠가 우리 주권이 미치는 우리 땅이 될 수 있다. 그곳에 사는 우리 백성들이 자부심과 자존심을 가지고 살 수 있도록 신앙적으로도, 경제적으로도 도우면서 이겨내도록 해야 한다. 그것도 힘을 기르는 일이 아니겠는가.

우리는 영적으로 하나님나라 백성이지만 현실적으로는 이 세상 나라에 속해 있다. 하나님나라를 확장해야 하는 사명이 우리에게 주어져 있다면 세상 나라의 번영과 평화를 지켜 나가야 하는 일도 우리에게 맡겨진 몫이 아니겠는가.

※ 최근에 두만강 이북의 "간도"가 우리 땅이라는 사실을 밝혀주는 지도가 발견되었다.(조선일보 2004년 9월 9일)

일제(日帝)가 간도협약체결 한 달 만인 1909년 10월, 통감부나 군부대 등이 완성한 것으로 보이는 "제9도(第九圖) 백두산 정계비 부근 수계(水系) 답사도"라는 제목 아래 백두산을 중심으로 압록강, 두만강, 송화강(토문강)과 그 지류의 흐름을 상세히 그려 놓은 지도가 그것이다. 지도에 "메이지(明治) 42년(1909년) 10월, 축적 40만분의 1"이라고 제작 연도와 방식을 밝히고 있다. 지도는 백두산 부근에서 동북 방향으로 흐르다가 다시 북쪽으로 꺾여 송화강과 합류하는 하천에 "토문강"이라고 명기해 놓고 동쪽으로 흐르는 강에는 "두만강"이라 적어 토문강과 두만강이 중국 측이 주장하는 같은 강의 다른 이름일 수 없음을 분명히 해놓고 있다. 다시 말하면 토문강(土門江)과 도문강(圖們江)은 전혀 다르다. 이 지도에 의하면 일제도 그것을 인정하고 두만강 이북의 간도가 우리 땅임을 알고 있었다. 그러나 만주의 철도, 광산 등의 이권을 보장받기 위해서 1909년 청일 간도협약을 맺어 중국에 간도 영유권을 인정해 버렸던 것이다.

(창문 사화집 2, 하늘로 열린창문, 2004년)

4. 울릉도 여행

어찌 좀 수상했다. 출항을 하는 데는 문제가 없다고 해서 안심은 되었지만 하늘에 구름이 잔뜩 끼어 우중충한 것이 그랬다. 재작년인가, 묵호에서 배를 타려다 풍랑이 심해서 그만둔 경험을 우리는 가지고 있다. 그때도 노회(老會) 차원에서 울릉도로 수련회를 떠나려던 참이었다.

오전 10시에 우리를 싣고 포항 부두를 출발한 2400t급 썬플라워호는 시속 80km로 바다 위를 달리기 시작했다. 다행히 바다는 잔물결이 일뿐 큰 바람이 없어서 배는 그 잔물결 위를 흔들림 없이 미끄러지듯 달렸고 배에 부딪치는 물결은 하얀 포말을 만들었다가 스스로 부서지면서 뒤로, 뒤로 물러나가고 있었다.

나는 항해 시간을 거의 먼 바다를 우두커니 바라보면서 보냈다. 망망대해(茫茫大海)라더니 과연 바다는 넓었다. 멀리 큰 타원형 모양의 수평선만 보일 뿐 바다는 끝없이 이어지고 있었다. 오직 하늘과 바다 그리고 그 사이에는 아무 것도 없었다. 보이지 않는 바람만 흐르고 있으리라. 그렇다면 이 넓은 바다에 떠있는 배는 무엇이며 이 배에 타고 있는 우리는 무엇인가. 우리가 너무 왜소한 존재요, 교만하지 말아야 한다는 자각을 이 바다 가운데서도 하지 못한다면 우리는 얼마나 무딘 사람일까.

포항에서 울릉도까지는 217km라 한다. 우리는 이 거리를 세 시간의 항해 끝에 도착했다. 괭이갈매기가 선회하는 도동(道洞)항이 우리를 맞아주었다. 여객선이 접안할 수 있는 시설이 있을 뿐 그 규모는 내륙의 조그만 어항(漁港) 정도였다. 우선 보아도 주변이 높은 바위 절벽이어서 크게 항구를 만들 입지조건이 되지 못했다. 어선 몇 척이 떠있고 생선을 파는 가게와 좌판들이 늘어져 있는 것은 내륙의 여느 어항과 다를 바 없었다.

하선하여 우리는 이 낯선 땅에서 잠시 기다려야 했다. 도착 즉시 배를 갈아타고 독도(獨島)로 향하기로 계획되어 있었는데 지체되는 것이 수상했다. 아니나 다르랴, 풍랑이 심해서 독도 관광이 취소되었다는 것이고 이대로 바람이 멈추지 않으면 울릉도 주변을 돌아보기로 된 계획도 진행할 수 없다는 게 아닌가. 사람이 마음으로 자기의 길을 계획할지라도 그 걸음을 인도하는 분은 하나님이라 하시더니(잠 16:9) 사람의 계획이 이렇게 허망할 줄이야. 이곳에서는 종종 이런 일이 있다고 했다. 어쩐지 포항을 출발할 때부터 하늘이 청명하지 못하다 했더니…….

우리는 예약된 숙소로 걸어 올라가야 했다. 겨우 차 한 대가 비켜갈 수 있는 좁은 길을 우리는 짐을 끌고 올라갔다. 규모가 작긴 하지만 그래도 우리가 올라가는 좌우편에는 있어야 할 가게와 기관들이 다 있는 것 같았다. 음식점도 우체국도 보험사도 생필품 가게도 여관도 꽃집도 ……. 옛 공장에서는 우리 일행에게 울릉도 특산 호박엿을 나누어 주기도 했다.

지형이 모두 화산작용으로 형성된 화산섬이라서 산세가 높고 평지가 없었다. 골짜기에 겨우 마을을 형성해 놓고 있으니 읍(邑)이라고는 하지만 내륙의 면(面) 단위보다 작아 보였다. 안내원의 말에 의하면 면적이 약 73㎢요 전체 인구가 감소되어 현재 겨우 8,000명을 상회할 정도라니 규모가 클 이유도 없었다.

역사적으로 이곳은 무릉도(武陵島), 가지도(可支島) 또는 우산국(于山國)으로 불리어 오다가 512년 신라 지증왕 13년에 이사부(異斯夫)가 정벌하여 신라에 귀속시켰고 1900년에는 강원도에 소속되었으나 1906년에 경상북도에 편입되어 오늘에 이르는데 울릉도로 개칭한 것은 1915년이었다 한다. 처음에는 행정 단위가 북면, 남면, 서면 등 3개면으로 편성되었었으나 1979년에 남면이 울릉읍으로 승격되는 바람에 지금은 1개 읍, 2개 면으로 구성되어 있다.

우선 보기에도 산업이 빈약할 수밖에 없을 것 같았다. 자원이라곤 해산물과 산나물 정도요, 평야가 없는 지역에서 농산물인들 충분히 나올 수 있겠는가. 거기다가 지금도 쾌속정으로 세 시간 이상 걸리는데 예전에 8시간 이상 걸릴 때 육지와의 무역이나 원활하게 할 수 있었겠으며 시장을 통한 상업 활동인들 잘 이루어졌겠는가. 당연히 생활이 어려웠을 것이다. 다행이 요즈음엔 찾아오는 관광객들이 있어서 그들이 내려놓고 가는 수입이 재원의 도움을 줄 것 같았다.

안내원에 의하면 울릉도는 해안을 따라 큰 바위와 절벽들로 이루어져서 경관이 아름다운 반면 길을 닦고 시설을 만들기가 어려운데 거기다가 잦은 풍랑과 재해로 기존 시설물과 도로가 자주 파손 내지 유실되기 때문에 그것을 복구하는데 재원이 적잖이 들어간다고 했다. 과연 우리가 승합버스를 타고 가는 해안 일주로가 불규칙적인 지형을 따라 구불구불할 뿐 아니라 오르막, 내리막길이 경사가 심하고 가끔씩 바위 터널을 지나는 것을 볼 때 충분히 이해가 갔다.

이런 열악한 환경에서 예전 주민들은 어떻게 살았을까? 누가 뭐라고 해도 땅을 지키는 것은 사람인데 그렇다면 여기서 살아온 주민들에게 우리는 경의를 표해야 하지 않을까. 사람이 살지 않으면 이른바 무주지선점론(無主地先占論)을 주장하면서 남의 영토도 빼앗아 가려는 야욕이 도처에 있지 않은가. 독도(獨島)가 그렇다. 1905년 일본이 우리의 쇠약함을 틈타 이른바 시마네현 고시 40호를 발표했다는 이유를 들어서 지금도 울릉도에서 92km떨어진 역사적이면서 실효적으로 우리 관할 영토를 자기네 땅이라고 주장하고 있지 않은가.

그런 의미로 당시 사정이야 있었겠지만 1403년 태종 3년에 울릉도에서 주민을 쇄환(刷還)하는 이른바 공도정책(空島政策)을 쓴 것 보다는 고종 19년(1882) 울릉도 개척령을 발표하고 주민을 이주시킨 정책이 매우 잘한 일이 아닐 수 없다고 보겠다. 이 나라를 지킨 것은 학대를 받으면서도 이 땅을 떠나지 않은 사람들이요, 고통스런 환경에서도 굴하지 않고 이 땅을 지킨 사람들이 아니겠는가.

풍랑의 방해로 독도 여행은커녕 울릉도 연안 관광도 우리는 포기하고 오직 내륙에서 이틀을 보내야 했다. 첫째 날은 독도가 역사적으로 우리 땅임을 입증하는 자료들이 보관되어 있는 독도 박물관과 울릉도 민속 박물관을 관람하고 내수전 전

망대에 올라 망향봉까지 연결된 케이블카를 타고 가서 도동항 주변과 넓고 푸른 바다를 보는 일로 마쳤다. 그리고 다음날은 해안선을 따라 조성된 도로를 일주하며 나리분지(盆地)까지 가서 되돌아오는 관광을 했다. 주변의 기암괴석(奇巖怪石)과 절벽 그리고 파도가 밀려오는 바다와 하얗게 부서지는 포말, 경사가 심한 길을 오르내리며 보는 산색과 봉우리들. 모두가 아름다웠다. 하기야 한반도 어느 한 곳이 소중치 않고 아름답지 않은 곳이 있으랴만 울릉도와 독도도 삼천리금수강산에서 제외될 수는 없다. 우리는 밤마다 집회를 가지며 이 나라의 안녕과 선교를 위해서 기도를 했다.

또 하나의 추억을 남겨 주기 위함이었을까. 돌아오는 뱃길에 풍랑이 일었다. 갈 때보다 30분정도 더 소요되면서 많은 사람이 멀미로 시달려야했다. 그러나 육지에 가까워 오면서 풍랑은 잦아지고 지는 태양이 우리에게 빛을 보내주는 모습이 장관이었다. 석양빛은 파도를 타고 우리가 탄 배까지 일직선으로 넘실거리며 비쳐오고 있었다. 나는 변함없는 태양빛을 보면서 언제나 조물주의 은혜를 느낀다.

배에서 내리며 심한 멀미로 고통당한 일행 중 하나가 "집 떠나면 고생이야!"하고 말하자 모두가 웃으며 긍정을 표했다. 그러나 고생 없는 보람이 어디에 있는가. 남의 땅도 억지로 자기들의 영토라고 우기는 파렴치한(破廉恥漢)들이 있는 판국에 우리는 우리 땅 귀한 줄 알고 자주 밟으며 나라사랑 정신을 고취해야 하겠다는 생각을 했다.

(한국크리스천문학, 2018년 겨울)

5. 노회 교역자 부부수련회에 다녀와서

4박 5일의 짧은 기간이지만 외국 나들이에서 돌아온 나는 지금 평상시의 리듬이 깨어져 있다. 몸은 내가 늘 앉아서 시무하는 사무실에 있지만 마음이 정리되어 있지 않은 것이다.

나는 함북노회 교육부가 주관하는 교역자 부부수련회에 금년에는 노회장(老會長)으로써 다녀왔다. 떠나는 날은 일정상 오전 6시 30분까지 인천국제공항에 도착해야 했기 때문에 매일 있는 새벽기도회에도 참석치 못하고 새벽 5시에 서둘러 집에서 떠났다. 일정에 늦지 않게 공항에 도착했지만 우리를 싣고 갈 중국 동방항공사 소속 비행기의 연발, 연착으로 첫날은 장사(長沙) 공항에 내려 장사시(長沙市)에 소재하고 있는 호남성(湖南省) 박물관 관람을 하고 곧바로 장가계(張家界)로 이동을 했다.

호남성 박물관은 호남성에서 제일 큰 역사예술 박물관인데 호남대지의 문물유적을 집대성하고 있으며 초한(楚漢)문화의 맥락을 알려주고 있었다. 이곳의 특이한 소장품 중에는 1972

년부터 74년 사이에 발굴된 마왕퇴의 서한시기의 무덤에서 나온 시체가 있다. 이 서한시기의 여인 시체는 천년동안 부식되지 않고 원형대로 보존되어 있는 것이다.

언제나 단체여행에서 느끼는 것이지만 아무리 정교하고 아름답고 고풍스런 멋이 있는 소장품이라도 자세히 감상할 수 있는 시간적 여유가 없다. 지나치면서 일별(一瞥)하고는 보았다고 하는 기억으로만 남기는 식이다. 영생불멸의 갈망을 가졌던 고대인의 미라(mirra)를 카메라에 찍어 담아두면서 당시에는 호화로웠던 인물이었지만 오늘 생각해보면 그들이 얼마나 허무한 것에 붙들려 살았는가 하는 것을 새삼 느낄 수 있었다.

잔뜩 흐린 날이 드디어 비를 뿌리기 시작했다. 그 비를 맞으며 우리를 실은 버스가 장가계(張家界)를 향하여 달렸다. 4시간 이상이 소요된 이동이 지루한 면도 없지 않았지만 주변에 전개되는 새로운 경치를 보면서 그런대로 견딜 수 있었다. 농촌 풍경이야 우리네와 비슷하지만 아직도 소를 이용하여 논을 갈고 써레질을 하는 모습도 보였다. 우리나라로 치면 이미 6,70년대의 모습이다. 넓은 대지에 가옥들은 띄엄띄엄 서 있었는데 대체로 콘크리트로 된 2층 구조였다. 단층도 어쩌다 눈에 띄었지만 그것은 오래된 것이라 거의 무너져가는 형태

이고 3층 건물도 더러 있었지만 많지는 않았다. 나중에 안 사실이지만 집을 2층으로 짓고 사는 이유는 습도가 높고 일 년 중 거의 절반가량 비가 내리기 때문에 단층에서는 살기가 힘들어 2층 집을 짓고 1층은 창고나 주방으로 사용하고 2층에서 기거하기 위함이라고 했다. 그렇다. 사람은 어떤 환경이든 그 환경에 적응하게 되어 있다. 그러므로 우리가 남의 나라의 풍습이나 생활에 대해서 함부로 폄하해서는 안 되는 이유이다. 그들이 그 터전에서 대대로 살아오는 동안 자기들이 처한 지역과 상황에서 적응하기 위하여 형성된 문화나 습관을 처음 찾아간 사람들이 비판하거나 뒤졌다고 함부로 폄하하는 것은 어리석은 일이다.

이튿날은 황룡동굴(黃龍洞窟)을 관광하고 천자산(天子山)에 올랐다. 황룡동굴은 그 규모가 어마어마했다. 국내에서 크다는 삼척의 환선굴은 이에 비할 바가 못 되었다. 한 예를 든다면 동굴 안에서 배를 타고 뱃놀이를 하며 십여 분 동안이나 이동하는 구간도 있는 것이다. 그러니 그 안에 전개되는 여러 모양의 종유석과 석순은 어떻겠는가.

천자산은 그 규모가 웅장하고 거대한 바위산이 마치 돌기둥이 서있는 것처럼 보였고 그 기이하고 장엄함이 현기증을 일으킬 정도였다. 총 면적이 65㎢에 주봉은 해발 1250m라니 계곡은 얼마나 깊겠는가. 케이블카를 타고 우뚝우뚝 솟은 봉우리들을 거쳐 정상에 오르는데 아내는 얼굴이 하얗게 질려 눈을 감았다. 우리의 금강산이 1만 2천봉을 자랑하지만 이곳은 자그마치 12만 봉이라 한다. 내려올 때는 백룡엘리베이터를 탔다.

다음 날은 십리화랑(十里畵廊)과 보봉호(寶峯湖)를 관광하였다. 십리에 이르는 협곡이 마치 거대한 산수화를 세워놓은 것 같다 하여 십리화랑이란 이름을 붙였다 한다. 모노레일 카를 타고 왕복하면서 일행 중 하나가 "하나님은 왜 중국 땅에만 이런 경관을 만들어 놓으셨는가?" 하고 부러워하는 말을 했다. 우리나라에 이런 경치가 없음을 아쉬워하는 것일 게다. 그러나 하나님이 하신 일은 모두가 선하다. 이곳은 우선 땅이 넓다. 부스럼이 많으면 고름도 많은 법이다. 넓은 땅에 보다 많은 자원이 있는 것은 당연한 것 아닌가. 우리나라의 모든 것은 우리에 맞게 아기자기하고 정교한 장점이 있다.

장가계의 비취로 불리는 산정호수 보봉호는 오후에 올랐다. 발전소 댐으로 막아 인공호를 만들고 그 물을 이용하여 인공폭포도 만들어 놓았다. 호수까지 오르려면 꽤 시간이 걸리고 그래서 중간 중간에 가마꾼들이 가마를 타고 오르라고 호객을 하고 있었다. 호수에서 약 20여 분간 유람선을 타고 돌아보고 나면 내려오는 길은 오히려 가파르게 만든 계단을 이용하게 되어 있어서 쉬웠다.

셋째 날은 다시 장가계에서 장사로 이동하여 "세계의 창"이라 이름 붙인 놀이동산과 수족관을 관람한 뒤 오후에는 우리 민족이 존경하는 김구(金九)선생의 기념관이 있는 악록산(嶽麓山)에 올라 한때 김구 선생의 요양지이기도 했다는 장소에 세워진 기념관을 둘러보았다. 오늘날의 안목으로 보면 그 명성에 걸맞지 않게 초라해 보였다. 이 깊은 오지에서 애국지사들은 조국의 독립을 위하여 싸운 것이다. 이 열악한 환경에서 조국 잃은 슬픔을 삼키며 몸도 마음도 바친 그 정신을 우리가 어찌 잊을 수 있는가. 그 독립정신 위에 오늘의 대한민국이 서있는 것이다.

김구 선생 기념관의 지근거리에 악록서원이 있었다. 악록서원은 중국에서도 유서 깊은 교육기관인데 중국 역사 최초로 관영하는 고등학부로 최근에는 이곳에서 모택동 등이 공부함으로 더욱 유명해졌다 한다.

가는 곳마다 길가에는 골동품, 악세사리, 생활용품, 과일을 비롯한 식품 등을 판매하는 궁상스럽기까지 한 노점들이 있어 호객을 했는데 많은 물건들이 우리 돈으로 1,000원이면 되었다. 3천원을 부르고, 5천원을 부르다가도 1,000원으로 하자고 하면 마지못해 하는 듯하면서 팔았다. 우리나라에서 1,000원은 사실 큰돈으로 여기지 않는다. 그런데 이곳에 오니 귀중한 가치가 되는 것을 보면서 새삼스럽게 우리의 경제력이 어느 정도인가 하는 것을 깨닫게 했다. 국력이 있어야 어디를 가든 대접을 받는다는 사실을 안다면 우리는 더욱 나라를 위해서 일하고 기도해야 한다.

마지막 날은 장사에서 장사공항으로 이동하고 거기서 인천국제공항에 도착하는 것으로 마무리했다. 다행히 그 동안 날씨는 첫날을 제외하고는 비가 오지 않고 흐리기만 해서 더위를 느끼지 않고 명소들을 관광할 수 있었다.

이런 수련회에서 항상 느끼는 것이지만 목회자라는 이유 때문에 시간적으로나 물질적으로 여유가 없어 일반인들이 그렇게 잘나가는 외유 한번 제대로 못하다가 새로운 세계를 볼 수 있다는 것은 얼마나 귀하고 유익한 일인지 모른다. 여러 가지 제약으로 그동안 서로 깊은 대화를 나누지 못했던 동역자끼리 허심탄회하게 관심사를 나누며 교제의 폭을 넓힐 수 있다는 것도 부차적 결실이 아니겠는가.

이제 우리는 아무 사고 없이 무사히 도착하여 일상의 생활로 돌아왔다. 흔히 옛 사람들이 "집 나가면 고생이라"고 했고 실제 고생도 되지만 그러나 고생이 되기 때문에 얻어지는 것이 있고 잊혀지지 않는 추억도 남겨지는 게 아니겠는가.

역시 돌아와서 생각하면 내 집에 있는 것이 가장 편하다. 그렇지만 사람이란 편하다고 내 집에서만 안주할 수 있는 존재는 아니다. 또 다시 외국이나 다른 세계로 여행할 일이 있을 때 내가 "편하게 내 집에 남아 있겠다."고 말하리라는 자신은 없다.

항상 새로운 세계를 향한 여행은 약간의 두려움과 설렘으로 시작되고 결국 추억으로 남겨진다. 제 아무리 절경이라도 자주 보면 싱거운 것이고 그렇기에 우리는 언제나 새로운 곳에 대한 동경으로 살고 새로운 세계에 대한 도전의식으로 발전해 나간다. 그래서 우리는 또한 이 땅에서는 나그네요, 행인이다. 지금 우리는 영원한 곳을 향하여 가고 있다. 정욕을 제어하며 선하게 살아야 한다.(벧전 2:11-12)

2006년 6월 5일부터 9일까지 4박 5일 동안의 여행에서 입에 딱 맞지 않았지만 여행지의 음식을 먹고 그곳 호텔에서 자고 생활했다. 그러나 한 가지 물건을 사도 그 지역에서 쓸 것을 사지 않았다. 돌아와서 내 집에서 소용되는 물건을 사고

마련했다. 그렇다. 우리가 우리의 본향인 하나님 나라를 향하여 가고 있는 나그네라면 이곳에서 영원히 살 것처럼 보물을 이 땅에 쌓아둘 것이 아니라 그 나라를 위하여 준비하고 대비해야 할 것이다.

6. 필리핀 여행

4박 5일 동안 필리핀, 마닐라를 다녀왔다. 노회(老會) 교육부가 주관하는 "교역자 부부 수련회" 행사에 참여한 것이다. 노회에서는 해마다 교역자들에게 사역 상 재충전의 기회를 주기 위하여 이 행사를 진행해 왔는데 금년에는 마닐라에서 갖게 된 것이다.

만약 연례적인 이 행사가 없었더라면 지금까지 우리 부부는 아마 해외여행을 하지 못했을지 모른다. 우리 부부는 여러 번 외국에 다녀온 경험이 있지만 그 모두가 개인 차원의 용무가 아니라 노회 행사에 참여한 경우였다. 해외여행은 항상 생소함에 따르는 약간의 두려움과 기대가 섞인 설렘이 있기 마련이다. 우리는 인천공항에서 오후 9시 30분발 마닐라 행 비행기를 탐으로 해서 첫째 날의 일정을 시작했다. 기내에서 저녁 식사를 하며 약 4시간 비행 끝에 우리는 야자수의 나라, 섬으로 이루어진 나라(7107개), 6.25 전쟁 당시 우리에게 군대를 파견해준 고마운 나라 필리핀에 도착했다. 우리하고는 1시간의 시차가 있었다. 우리는 도착하자마자 호텔을 찾아 잠자리에 들기 바빴다.

　이튿날 평소보다 늦은 기상을 하고 호텔에서 조반을 먹은 이후 버스로 라구니로 이동했다. 팍상한 급류타기와 폭포수를 맞기 위해서였다. 방카라는 길쭉한 배에 두 사람이 타면 앞뒤에서 사공 두 사람이 끌고 역류하는 물을 따라 폭포수가 있는 곳까지 가는 것이었다. 강 양편은 절벽으로 되어 있고 자연 삼림이 우거져 장관이었다.

　그러나 무엇보다 두 사람의 사공이 한 팀을 이루어 배를 끌고 올라가는 솜씨가 신기라 할 수 있었다. 승선하여 앉아 있는 우리의 눈에는 그들의 힘들어하는 모습이 민망하다는 생각과 그들의 노련한 솜씨에 감탄하는 마음이 교차되었다. 가이드의 안내에 의하면 한 팀을 이루는 두 사람의 사공은 대체로 형제지간이거나 부자지간인데 이 일이 그들의 가업이라 했다. 그러므로 그들에게 특별히 민망해 할 필요가 없다고 했다. 그러나 검은 피부에 왜소한 체격으로 바위 사이사이를 맨발로 땀을 흘리며 달리는 모습을 보면서 어찌 가슴이 짠하지 않으랴. 마침 날이 흐리고 가랑비가 내려서 무덥지는 않아 다행이었는데 우리를 태운 방카가 종점에 다다르자 대나무로 엮은 뗏목으로 갈아타 쏟아지는 폭포 밑으로 들어가 물벼락을 맞았다. 그리고 갔던 길로 다시 돌아오는데 그 품삯이 1인당 미화 10불이란다. 우리나라의 경우 그 삯으로는 아무도 그 일을 할 사람이 없으리라.

이튿날은 필리핀 최대의 유황온천지대라는 피나투보로 이동했다. 이 지역은 1991년 피나투보 화산이 폭발하여 화산재가 지형을 바꾸어 놓은 곳이라 했다. 끝이 없을 것같이 펼쳐지는, 마치 옛 서부영화에 나오는 황야와 같이 울퉁불퉁한 곳을 지프니(Jeepney)에 4~5인씩 동승시켜 달렸다. 개울이 흐르고 아무데로나 달려가면 길이 되는 곳을 어떤 쾌감까지 느끼게 하면서 차는 열심히 달렸다.

도중에 가이드는 우리를 원주민이 살고 있는 고산으로 이끌었다. 아이타족이라 했다. 우리는 미리 준비해 간 과자류를 그들에게 전달했고 그들은 기쁨으로 우리를 맞아주었다. 그들은 일정한 생업도 없이 하루하루를 산단다. 화산이 폭발할 때 그들은 고향을 버리고 내려왔지만 내려와서 살다 보니 오히려 질병에 걸리고 현대 문명에 적응을 하지 못해 화산이 멈추자 다시 자기들의 고향으로 돌아왔다고 한다.

입고 있는 옷은 현대 문명의 산물이지만 그들의 눈은 선량함을 느끼게 하였다. 아직도 불씨를 보관하고 한 집에서 여러 대가 함께 살며 만족하고 있다 하니 과연 행복이란 어디서 찾아야 할 것인가. 우리는 그들과 함께 생활하며 살 수 없는 문명 상황에 이르렀지만 그들 역시 우리들을 부러워하지 않을 것이다.

셋째 날은 히든벨리라는 휴양지로 갔다. 자연 속에 만들어진 수영장의 물은 미지근했다. 그 물에 몸을 담구고 기화요초와 야자수와 생소한 수목들이 어우러진 경관을 보면서 감탄을 했다.

마지막 날에는 마닐라 시내의 리잘공원과 옛 스페인 지배 당시의 인트라무르스 성 내의 산티아고 요새를 관광하고 쇼핑센타를 방문한 다음 돌아왔다. 물론 저녁 시간마다 호텔에 돌아와 준비된 장소에서 세미나를 들었다.

나는 여기서 잠간 가이드가 소개한 필리핀이란 나라에 대한 상식을 기억나는 대로 소개해 드림으로 마치려 한다.

필리핀이란 나라가 서양에 소개된 것은 스페인의 탐험가 마젤란이 1521년에 이곳을 발견한 이후라 한다. 이후 필리핀은 333년 동안 스페인의 식민지로 있다가 1896년, 아시아 최초로 민족주의 혁명으로 1893년 6월 12일 독립을 쟁취했다. 필리핀이란 이름은 탐험가 빌라로보스(Villalobos)라는 사람이 당시 스페인 황태자 필립 2세에게 드리는 땅이란 의미로 그 이름을 따 펠라피나스라고 했는데 그 이름에서 유래되었다 한다.

스페인은 이 나라를 영구적으로 자국화하려는 목적으로 3대 정책을 썼는데 그 첫 번째 정책은 교육정책이었다 한다. 학교를 세워 교육을 하되 모든 교사를 스페인인으로 세워 스페인을 가르쳤고 두 번째 정책은 이들의 정신적 통일을 위해서 카톨릭을 전파시켰다 한다. 그러므로 현재도 필리핀의 종교분포는 카톨릭이 전 인구의 83%를 점하고 있고 개신교가 9%, 이슬람이 5% 정도라 한다. 세 번째는 혼혈정책으로 원주민들과 스페인사람들과의 결혼을 장려하고 특혜를 줌으로 자연스럽게 혼혈족을 만들었다는 것이다.

스페인으로부터 독립한 필리핀은 1941년 제2차 세계대전이 발발할 때까지 48년 동안 미국식 교육과 법 체제를 갖추고 민주주의적 정부 형태를 유지했으나 4년 동안 일본에 합병 당하였다가 2차 대전 승리로 미국은 다시 필리핀을 일본으로부터 해방시켰고 1946년 7월 4일 마침내 독립을 했다고 한다

면적 299,400㎢에 인구 약 8461만 명, 필리핀 전역에 100여개가 넘는 소수민족들이 살고 언어는 영어 외에 10개의 다

른 언어와 87개의 방언이 사용된단다. 열대기후대에 속해 있으며 연평균 기온이 26℃, 습도가 77%, 우기(6월~11월)와 건기(12월~5월)로 나누이는데 우기에는 대부분 지역에 비가 내리고 여름인 3월과 5월 사이의 온도는 33~34℃라 한다.

우리가 갔을 때는 막 건기에서 우기로 바뀌는 때라서 밤마다 비가 내렸다. 그러나 다행한 것은 우리가 활동하는 시간에는 항상 비가 그쳐서 지장을 받지 않았다는 점이다. 현지 사람들을 많이 상대해보지 못했지만 선량해 보이고 무엇보다 민주체제라서 자유스러워 보였다. 주변 경관은 시외로 나가면 아직 개발되지 않은 자연 유휴지가 많은 것이 어떤 면에서 부러웠다. 야자수 나라답게 산은 물론 가로수까지 야자수가 많았다. 가끔씩 소들이 보이지만 농사를 짓는 곳이 눈에 띄지 않았다. 도회지를 벗어나 있는 가옥들은 함석지붕이 많았고 우리나라에서 화초로 쓰이는 남방식물이 이곳의 곳곳에 자생하는 것을 보니 반가웠다.

여행은 찾아나서는 것이지만 또 한편으로는 마음속에 담아 오는 것이기도 하다. 사람이 사는 모습은 어디나 대동소이하다. 그 지역의 기후나 상황이나 환경에 따라서 적응하다보니 특색이 만들어지고 전통이 세워지는 것이다.

이제는 전 세계가 하나의 마을처럼 가까워졌다. 정보가 나누어지다 보니 유행이 세계적으로 흘러가게 된다. 남의 나라의 전통과 풍습도 쉽게 접할 수 있고 그것들을 배우고 깨달으면 우리의 삶은 한층 풍요로워진다.

사람은 떡으로만 사는 존재가 분명히 아니다. 꾸준히 새로운 것을 추구하고 다른 세계를 보고 싶어 한다. 이 욕구도 알고 보면 나쁜 것은 아니다. 더구나 세계선교의 사명을 갖고 있는 우리는 여행을 통하여 서로를 이해하고 복음전파의 기회를 살릴 수 있다면 얼마나 다행한 일인가. "집을 나서면 고생이다"는 예부터 전해오는 우리의 속담은 틀리지 않다. 그러나 고생 없는 유익과 보람이 없다는 것을 안다면 고생은 사서도 해야 할 일이다. "젊어서 고생은 사서도 해야 한다"는 속담도 있지 않은가.

2007년 5월 28일(월)-6월 1일(금)

7. 가깝고도 먼 나라

가깝고도 먼 나라. 우리는 일본을 흔히 그렇게 부른다. 지리적으로는 가장 가까운 곳에 있지만 감정적으로는 그 어느 나라보다 멀게 느껴지기 때문이다.

지리적으로 가깝다보면 교류가 많을 수밖에 없다. 그 교류는 호혜의 원칙이 적용되어야 할 것이다. 그러나 꼭 그렇던가. 이해관계가 얽히면서 가까운 나라끼리는 다투는 일이 더 많이 발생하게 된다. 사실 고대사를 보면 일본은 우리의 혜택을 가장 많이 받은 나라다. 우리는 그들에게 문자와 많은 지식과 종교를 전하여 그들의 미개를 깨우쳐 주었다. 그럼에도 근세에 들어와 그들은 우리 민족에게 씻기 어려운 고통을 주었다. 조선조, 선조 임금 때 일으킨 7년 동안의 임진왜란이 그렇고, 1910년 한일합방 이후 1945년 해방되기까지 36년 동안 일제가 우리에게 행한 만행은 필설로 표현하기 어려운 것이다.

그럼에도 전혀 반성이 없는 언행을 서슴없이 행할 때 우리는 경악하고 분노가 치밀지 않을 수 없다. 예컨대 일본의 한

반도 강점이 우리를 발전시키는 계기가 되었다는 망언을 비롯하여 교과서를 통한 역사왜곡, 정치인들의 2차 대전의 전범들이 합사되어 있는 신사참배, 독도를 분쟁지역으로 만들어 자기들 땅으로 만들려는 야욕, 그리고 아직도 반성을 하지 않고 억지를 부려 국제적인 지탄을 받는 위안부 문제 등은 분명한 파렴치한 행동이다. 그럼에도 고립되어서는 안 되는 국제사회 정황에서 우리는 그들과 빈번하게 문화교류, 경제교류, 외교적 접촉을 할 수밖에 없다. 그러나 그렇다고 저들의 태도가 변치 않는 한 우리의 가슴 속에 맺혀 있는 앙금이 쉽게 사그라질 수 있겠는가.

이러한 때에 대한예수교장로회 합동 총회는 교육부 주관으로 소속 목사 부부수련회를 "예수 그리스도의 사랑으로"(요일 4:7)라는 주제로 일본 땅에서 갖게 되었다.〈2007년 6월 19일(화)~22일(금)〉

인천국제공항에서 규슈(九州)의 후쿠오카(福岡) 공항까지는 대한항공 여객기로 한 시간 10분이 소요되었다. 과연 지리적으로 이렇게 가까운 곳에 일본이라는 나라가 존재하고 있는 것이다.

우리는 인원이 많아 다음 비행기로 도착하는 일행과 시간을 맞추기 위해서 일본의 시인이며 철학자였던 스가와라노 미치 자네(菅原道眞, 845~903)를 학문의 신(神)으로 모시는 다자 이후 텐만구(太宰府 天滿宮)에 들러서 그가 심었다는 매화나 무 군(群)과 경치를 일별하고 2시간 30분 가량이 걸리는 오 이타현(大分縣), 벳부시(別府市)로 향하였다. 과연 일본은 우 상이 많은 나라였다. 군데군데 신상을 만들어 놓고 부적도 많 이 붙어 있었다.

우리가 벳부를 향하여 가는 왕복 4차선 도로 주변은 산악으 로 연속되어져 있었고 오히려 우리나라의 산천보다 더 평야 가 보이지 않았다. 잔뜩 흐린 날씨는 추적추적 비가 내리다, 멈추다를 번갈아 했다. 주위 경관은 우리네와 비슷하지만 깔 끔하게 매만져 놓은 듯한 인상을 주었고 대나무 군락과 쭉쭉 뻗은 삼나무 삼림은 아름다웠다. 산지를 이용하기 위하여 광 범위하게 초지를 만들어 놓은 것도 보기에 좋았다.

벳부에 가까워오면서 과연 휴양도시답게 특유의 유황냄새 가 계란 썩는 냄새처럼 차창을 통해서 들어오기 시작했고 산 속에서도, 마을 한 복판에서도 부옇게 김이 오르는 게 보이기 시작했다. 가이드가 저것이 땅 속에서 나오는 김이라고 했을 때 처음 보는 우리는 세상에 이런 곳도 있구나 하는 생각을 갖 지 않을 수 없었다. 갑자기 안개에 묻혀 도로뿐 아니라 주변이 보이지 않는 곳도 있었지만 그래도 우리를 실은 버스는 잘도 달렸다. 이 지역은 해안에서 불어오는 찬바람이 산악에 부딪치면서 자주 이런 안개가 낀다고 했다.

인구 10만 정도라는 벳부시는 습도가 높고 연중 장마와 태풍이 많다고 했다. 또한 지질상으로 언제 지진이 일어날지 모르는 상황에서 살고 있다는데 그럴 것 같았다. 그러므로 이곳은 인재(人災)보다 오히려 천재지변이 많다는 것이고 이를 대비해서 서민들은 고층건물을 짓지 않는다고 했다. 그러고 보니 우리나라의 아파트 같은 고층건물은 별로 없고 대부분 단층이나 2층 집들인데 그 2층도 낮아 보였다. 낮에도 별로 사람의 통행이 없고 차량이 붐비지 않았다. 우리의 상식으로는 위험이 도사리고 있는 이런 곳에서 어떻게 불안하여 살 수 있을까 하는 생각도 드는데 이곳 사람들은 그렇지 않단다. 위험요소가 상존하는 반면에 이곳은 자연이 주는 혜택도 크다는 것이다. 원천수가 이 지역에만 2848개소나 된다니 일찍부터 목욕문화가 발달할 수밖에 없었고 거기에 따르는 관광수입이 이 지역을 풍요롭게 한다는 것이다. 과연 세상에는 한 부분이 부실하면 다른 부분이 넉넉한 게 있어서 살 수 있는 것이다. 정자도 좋고, 물도 좋은 곳은 없는 법이고 모든 것이 완벽한 파라다이스는 이 지상에 없다.

우리는 우리가 수련회 기간 동안 머물 스기노이 호텔에 짐을 풀고 도착예배를 드림으로 하루를 마감했다. 이후 우리는 매일 6시에 일어나 새벽기도회를 열고 오전에는 각종 세미나에 참석하고 낮 동안에는 이 지역의 유적지나 관광지를 탐방하고 나서 저녁집회로 그날그날을 마무리했다.

그 동안 호텔 안의 노천 유황온천은 24시간 개방하고 있어 언제든지 시간만 나면 찾아가 몸을 담글 수 있었다. 편리한 것은 유카다만 걸치면 식당이고 어디든 실내에서는 무례가 되지 않는 것이었다. 그러나 방마다 유카다를 비치해 주고 편리하게 입도록 한 것까지는 좋은데 잠시나마 일본에 체류하는 모든 사람을 일본인화 시키는 게 아닌가 하는 생각도 들었다.

우리가 탐방한 곳은 유노하나 유황재배지와 지옥온천지 그리고 지금도 화산활동을 멈추지 않고 있는 아소산(阿蘇山)과 기독교인 순교지 등이었다.

먼저 벳부시의 무형문화재로 지정된 "유노하나"라는 천연의 입욕제를 생산하는 곳은 300여 년 전 에도시대(江戸時代, 1603~1868)부터 전통적인 채취방법에 의해 생산해내는데 산화칼슘, 산화나트륨, 산화마그네슘, 산화철 같은 성분이 있어서 욕조의 더운 물에 풀어 사용하면 각종 피부병이나 무좀,

신경통에 효과가 있다고 했다. 신기한 것은 여기저기 땅 속에서 김을 내며 올라오는 온천수를 보는 것이었다. 그 물에 손을 씻고 그 물로 삶은 계란을 먹어 보았다.

일본인들은 이 지역 온천지대 이름에 지옥(地獄)이라는 이름을 붙이는 게 특이했다. 예를 들면 야마지옥(山地獄), 우미지옥(海地獄), 시라이케지옥(白池地獄) 등과 같이. 부옇게 김이 서린 곳을 지옥이라 이름하고 있는데 저들이 진정 지옥(地獄)의 의미를 바로 알았으면 하는 생각도 하였다.

구마모토현(熊本縣)에 있는 아소산(阿蘇山)은 1609m라 한다. 면적이 380㎢로 동서 18㎞, 남북 24㎞, 둘레가 128㎞로 폭발은 3천만 년 전부터 계속되고 있다고 하는데 현재의 모습은 10만 년 전에 있었던 대폭발로 만들어졌다고 했다. 정상까지는 중턱에서 로프웨이로 올라갈 수 있고 이곳에서 우리는 아직도 검은 연기를 내뿜고 있는 분화구를 보았다. 나는 이곳에서 하나님의 분노와 죄인들을 향한 사랑을 발견하고 이렇게 졸시를 써보았다.

식은 가슴으로 아소산(阿蘇山)에 올라
매일 분노하시는 분을 만났네(시 7:11)
1609m 정상 분화구는

입을 벌려 연기를 내뿜고 있었네
일산화탄소와 아황산가스는
이 시대를 향한 그분의 분노
3천만 년 전에 그분의 열정은
분출하여 128㎢의 분지를 만들고
다시 1만 년 전부터 의로우심을 나타냈다네
아직은 그 사랑은 변함이 없어
이 땅의 불의에 경고를 보내고 있었네
분출하기보다 참기 어려운 인생들에게
참기보다도 분출하기 어려운
의로우신 분의 마음을
새까맣게 탄 연기로 녹여내고 있었네
"인생들아, 어느 때까지 나의 영광을 바꾸어 욕되게 하며
헛된 일을 좋아하고 거짓을 구하려는고(시 4:2)
부슬부슬 비가 내려도
끌 수 없는 분노
그것은 영원히 살아계신 분의 사랑이었네"

- 활화산 -

우리는 순교자들의 순교 장면을 새겨놓은 조형물이 서 있는, 그러나 초라한 순교 유적지에서 이미 이곳에 파송되어 활동하고 계시는 우리 선교사로부터 일본의 기독교 현황을 들

을 수 있었다. 일본 인구가 현재 1억 2천 800만 정도인데 그 중의 기독교인은 0.8%에 해당하는 80만 정도고 교회는 전국에 7,800여개소가 있으나 교회 당 평균 출석 인원은 고작 18명 정도라 했다. 목회자가 없는 교회가 상당수 있다고도 했다.

그러나 일본의 선교역사를 보면 우리보다 먼저인 430여 년 전에 전래되었고 그때는 벌써 70만의 성도가 있었다는 것이다. 그러나 장장 280여 년간의 박해로 30만 가량의 성도가 순교를 했다는 게 아닌가. 순교의 피가 절대 헛되지 않음을 아는 우리들로써는 이 나라야말로 복음으로 정복해야 할 선교지임을 인식하지 않을 수 없었다.

앞서 말했지만 우리 민족에게 있어서 일본은 감정을 앞세우면 절대로 가까울 수 없는 나라다. 그러나 이 시점에서 원수 나라로 여기고 이를 갈면서 혐오하는 것만이 능사겠는가. 우리는 감정보다는 이성을 앞세워야 하고 현실을 직시하고 미래로 바라보는 눈이 필요하다. 특별히 그리스도인에게는 어떤 감정보다도 하나님의 명령이 우선이어야 한다. 그렇다면 일본은 우리에게 고난을 주었던 원수나라이기 전에 기도 대상국이요, 복음을 전해주어야 할 전도 대상국이다. 그래서 우리 선교사들이 이곳에 와서 분주하게 활동하고 있는 것이다. 적대국가라는 이유로 니느웨로 가라는 하나님의 명령을 거스

렸던 요나가 되어서는 아니 될 것이다. 그들이 주님의 사랑과 구원을 받아들인다면 그들과 우리도 진정한 선린우호관계가 되지 않겠는가.

그렇다고 우리가 과거의 역사를 잊어버리자는 뜻이 아니다. 용서할 수는 있어도 잊어서는 안 될 것이다. 그리고 진정한 승리를 위해서 그들을 알고, 배워야 할 것은 겸손히 배워야 한다. 물건 하나를 만들어도 정성을 다하고 상품 하나에도 혼을 불어넣는 장인정신은 본받아야 한다. 잠시 둘러보고 그들의 모든 것을 어떻게 다 얘기할 수 있을까만 적어도 거리가 깨끗한 것을 우리는 보았다. 정가로 판매하고, 신용을 지키고, 자국의 상품에 명예를 지키고, 정직하고 친절한 태도는 가볍게 보아 넘길 일이 아니다. 겸손하게 얻을 것 배우고, 버릴 것 버릴 때 우리도 깨끗한 나라, 건강한 민족이 될 수 있을 것이며 비로소 일본이 지리적으로나 감정적으로나 우리의 이웃이 될 수 있을 것이다.

(한국크리스천문학, 2019년 봄)

8. 가조도(加助島)와 박 목사님

　목회자가 시무하던 교회를 사임하고 난 뒤 그 교회에 다시 부임하는 일은 썩 드물다. 드물다라기 보다 가능성이 거의 없다. 목회자나 교회의 복잡하고 미묘한 관계는 이를 허락지 않는 것이다. 그런데 그것이 가능했다. 우리와 같은 시찰 경내 교회에서 시무했던 박 목사님이 새 교회로부터 청빙을 받아 떠났는데 그 청빙 받은 교회가 17년 전에 박 목사님, 자신이 시무했다가 사임하고 나온 바로 그 교회였다.

　경상남도 거제도 안에 있는 부속 섬 중에 가조도(加助島)가 있다. 면적이 5.86km2 이고 인구가 약 1,600명 정도인 작은 섬이다. 섬에서 가장 높은 봉우리는 해발 332m의 옥녀봉이고 섬을 두르고 있는 해안선의 길이가 약 17.5km인데 아스팔트로 잘 다듬어져 있다. 드라이브 코스가 될 만한 것이다. 이 섬에 창호교회가 있다. 행정구역상 소재지는 경상남도 거제시 사등면(沙等面) 창호리(倉湖里)다. 이 교회가 처음 세워진 것은 1950년대이고 박 목사님은 이 교회에서 7년 동안 시무를 했다. 젊은 날의 꿈을 안고 찾아와서 지금의 교회 건물을 지은 것은 그의 업적이라면 업적이었다. 비록 50여 평의 작은 예배당과 사택이지만 당시 이 건물을 짓기 위해서는 눈물을 흘리고 기도를 많이 해야 했다. 대부분 밭농사와 어업에 종사하는 가난한 성도 4~50명의 힘으로 예배당을 건축한다는 것은 결코 쉬운 일이 아니었다. 더구나 당국에서는 섬의 경관을 훼손할 수 있다고 건축 허가를 쉬 내주지 않았다. 그래서 이 버거운 싸움을 기도와 열정 하나로 극복하고 드디어 예배당 건축을 완성할 수 있었다. 그러나 사명자는 언제나 사명이 끝나면 떠나야 한다. 박 목사님은 예배당을 건축한 뒤 그 섬을 떠나게 되었는데 17년이 지나서 다시 그 교회의 청빙을 받은 것이다. 얼마나 감개가 무량했겠는가. 20년 가까이 지난 뒤라서 세상을 떠난 분들도 있지만 인구 이동이 별로 없는 마을이라서 대부분 지난 날 같이 신앙생활을 하던 성도들이 그대로 교회를 지키고 있었다.

우리 시찰회에서는 해마다 한 두 차례 갖는 수련회를 이번엔 이곳 창호교회에서 갖기로 했다. 명분은 수련회지만 실상은 박 목사님의 청으로 박 목사님 내외도 만나고 관광도 할 목적이었다. 부부 목회자 4쌍과 목사님 두 분, 모두 열 명이 승합차를 타고 서울을 출발한 것은 오전 8시였다. 봄비가 막 그친 뒤라 산야가 파랗게 생기를 찾은 모습을 볼 수 있었는데 유감스러운 것은 짙은 황사가 시야를 가리는 것이었다. 그렇게 부산에 도착하여 점심을 먹고 2010년 12월 14일에 개통한 거가대교를 건넜다. 안내서를 보니까 거가대교는 두 개의 사장교(3.5km), 침매터널(3.7km), 그리고 육상터널(1km)로 되어 있어 총 길이가 8.2km라고 했고, 건너는데 소요되는 시간은 불과 40분 정도였다. 문명은 이렇게 먼 거리를 가깝게 만들고 있는 것이다.

거제도에 도착하여 김영삼 전 대통령의 복원된 생가를 구경하고 일단 해수탕에 들어가 피곤을 푼 다음 박 목사님이 계시는 창호교회를 찾았다. 정(情)이란 아름다운 것이다. 헤어진지가 불과 5~6개월인데 다시 만나니 반갑다. 융숭한 대접을 받고 우리 일행은 교회 사택에서 하룻밤을 유숙하게 되었다. 그렇잖아도 폐가 될까 하여 밖으로 나가려 했으나 박 목사님 내외가 한사코 말리는 바람에 군식구 열 명이 사택에서 하룻밤을 지내게 되었다. 파도소리조차 들리지 않는 고요가 교회 주변을 감쌌다. 사택 뒤편으로는 시누대밭이고 앞쪽으로는 좁은 마당에 동백나무 한 그루와 무화과나무 한 그루가 있는데 무화과나무는 중동이 잘린 채 대여섯 개의 새 가지가 나와 있었다. 거기에 무화과 열매가 벌써 맺혀 있는 게 아닌가.

잠이 많은 내가 일어나 교회 주변을 둘러 볼 때 이미 마을은 삽상한 아침을 맞고 있었다. 오밀조밀한 집들이 작은 마을을 이루고 있는데 그 앞으로 해안도로가 지나가고 그 앞으로 망망한 바다가 펼쳐져 있었다. 아직은 이른 시간 같은데 물새가 날고 흩어져 서 있는 섬들 사이로 한가롭게 고깃배가 떠 있었다. 이것은 낯선 나그네에게 선물로 주시는 한 폭의 그림이 아닌가. 바닷가를 걸어보고, 차를 타고 섬 두레를 한 바퀴 돌았다. 정말 그림 같은 섬이다. 바닷물은 청정해역이란 이름에 걸맞게 맑고, 가옥들이 깔끔하다. 정원수와 화초를 아름답게 가꾸어 놓은 집들이 이제는 가난하지 않다는 것을 보여주는 것 같았다. 나도 어렸을 때 어촌 부근에서 살았기 때문에 당시 어민들의 생활상을 조금은 안다. 그땐 정말 어민들이 가난에 찌들어 살았다. 그런데 지금의 모습은 그게 아니다. 가난을 벗은 말끔한 모습이다.

아침을 먹고 우리는 박 목사님 내외와 함께 선착장으로 갔다. 해금강과 외도를 구경하기 위해서였다. 그렇다. 지난해에 다녀온 베트남에는 하롱베이가 있다면 우리나라에는 해상공원인 한려수도가 있고, 해금강이 있는 것이다. 오랜 세월 동안 바람과 파도에 씻긴 절경을 배를 타고 이동하며 카메라에 담고 외도로 갔다. 이창호씨라는 개인이 사재로 조성했다는 공원은 섬 전체를 남국의 정취가 물씬 풍기게 만들었다. 한 사람의 노력과 열정으로 섬 전체를 이렇게 가꾸어 놓을 수 있다니, 새삼스럽게 인간의 능력을 생각하게 했다. 마음먹기에 따라서 얼마든지 위대한 일을 할 수 있는 인간의 능력! 840여 종이 아열대식물이 자라고 각종 기화요초가 만발했다. 유럽 풍의 정원과 조각공원, 그리고 이국적 자연풍경이 마음을 사로잡았다. 구경하자니 하루가 짧았다. 서둘러 6.25 전쟁의 상흔이 남겨져 있는 옛 거제도 수용소 기념관을 관람하면서 잠시 숙연해지는 마음을 어찌할 수 없었다. 이런 비극이 다시 이 민족에게 있어서 되겠는가. 지금 우리는 절대로 경거망동 해서는 안 되는 때에 살고 있다. 다시 이런 비극을 겪지 않으려면 조금 형편이 나아졌다고 해이되어서는 아니 될 것이다.

통영에 이르러 해상을 조망할 수 있게 조성된 케이블카를 탔다. 아직도 황사의 영향으로 시야가 흐렸지만 이순신 장군이 싸웠던 해상을 보니 감개가 무량하다. 그 역사를 알고는 있는가, 관람객이 참 많다. 살림살이가 어렵다고 아우성을 치지만 가는 곳마다 인파가 넘치는 것을 보면 우리는 누가 뭐래도 풍요로운 나라 백성이다. 저 배고픈 시절에는 어떻게 이웃 마을로 나들이조차 마음대로 할 수 있었던가. 그런 여유도 없었고 나들이 할 때 입을 옷도 변변치 않았다. 그러나 이제는 마음만 먹으면 언제든지 집을 나설 수 있다. 통영 어시장에 들렀다가 통영, 대전 간 고속도로를 이용하여 귀경했다. 집에 도착하니 자정이 가까웠다. 어찌 우리가 긴 여행을 하면서 보고 느낀 그 모든 경관과 이동하면서 나눈 이야기를 다 기록할 수 있겠는가. 반드시 그래야 할 이유도 없을 뿐더러 또한 불가능한 일이기도 하다. 그렇지만 시간이 좀 더 지난 후에는 기억하기조차 어렵기 때문에 대강 이렇게라도 기록해 둘 필요는 있다. 그래야 창호교회와 박 목사님의 사랑을 조금 더 기억해 둘 수 있을 것이다. 여행은 가고 오는 길에서 나누는 대화의 즐거움이 있다. 관람하는 자연환경과 유적이 우리의 정서를 자극해 준다면 대화는 서로의 간격을 좁혀주며 우리의 삶을 풍요롭게 만들어 준다.

2011년 5월 2일-3일

9. 제주도 여행

　제주도에 다녀왔다. 목회자 부부를 대상으로 노회(老會)가
여는 수련회를 이번에는 제주에서 가졌다. 목회 사역에 도움
을 주기 위한 연례행사다.　열심히 일한 사람에겐 쉼이 필요
하다. 지치지 않기 위해서도 쉬어야 하고 다음에 더 열심을
내기 위해서도 쉬어야 한다. 자극과 영적 재충전을 위해서도
쉼은 필요하다. 우리의 체질을 아시는 하나님은 엿새 동안 부
지런히 일하고 이레째 되는 날엔 쉬라고 명령했지 않은가. 예
수님도 열심히 일하고 돌아온 제자들에게 "따로 한적한 곳에
가서 잠깐 쉬라"고 하셨다(막 6:31). 목회자는 쉬는 것도 사
역의 일부다.

　금년의 수련회는 예년에 비해서 참여 인원이 적었다. 50여
명을 겨우 넘겼다. 그러나 그렇기 때문에 오붓했다. 통솔이 잘
되어 오히려 질서 있고 짜임새가 있었다. 나는 지금 집으로 돌
아와서 수련회 기간을 뒤돌아보고 있다. 아직도 남아 있는 흥
분된 감정을 사그라지기 전에 정리해 두고 싶어서이다. 소감
이라도 기록해 두면 훗날에 기념이 되지 않던가.

떠나는 날부터 날씨는 흐렸다. 제주 공항에 내리니 비 날이 떨어졌다. 그러나 관광에 지장을 줄 정도는 아니었다. 이틀 동안은 맑았고 돌아오는 날에 또 비가 내렸다. 그러나 그 비도 장마철에 내리는 비처럼 여행객을 움쭉달싹 못하게 묶어 놓는 비는 아니었다. 우산이나 비옷을 입고 다닐 수 있을 만큼 조용히 내리는 가랑비였다. 그러므로 오히려 수목원이나 휴양림에 들어갈 때는 차분한 기분을 자아내게 해 주었다. 그러고 보니 "절물 자연 휴양림"을 가랑비를 맞으며 걸은 기억이 새롭다. 키가 헌칠한 삼나무 숲길에서 문득 나무가 되고 싶다는 생각은 왜 들었을까. 비를 맞으면서도 향기를 내는 나무 곁을 지나면서 나는 신사가 되고 맑은 사람이 되었다. 신사의 멋을 지닌 삼나무 곁에서 내가 은근히 그렇게 되는 것 같았다.

제주도는 참 싱그러운 곳이다. 볼거리도 많고 걸을 곳도 많다. 최근에 조성된 둘레길을 걸으면 누구나 제주도를 조금 더 이해하고 나아가서 인생을 배우게 될 것이다. 해변을 걸으며 바다와 벗이 되고 때로 야자수 우뚝우뚝 서 있는 이국적 풍치 앞에서는 나그네를 실감하게 될 것이다. 언덕을 오르내리면서 굴곡 있는 세월을 보고, 너른 바다를 보며 가슴에 맺힌 잡다한 고민을 풀어 놓을 수 있을 것이다. 수많은 세월을 밀려와 부서진 파도는 아직도 현무암을 둥글게 다듬지 못했고 검은 색깔을 씻어내지 못했다. 걷기가 불편한 돌길을 걸으며 평탄한 길의 고마움을 안다면 또 하나의 유익이다.

　외돌개 공원에서 사람이 꾸민 아름다움을 느낄 수 있다면 천지연 폭포에서는 자연 그대로의 숨소리를 들을 수 있을 것이다. 유람선을 타고 서귀포 70리 해상을 관광하면 내가 얼마나 작은 존재인가를 새삼 깨달을 수 있고 바람이 많다는 제주도는 다리를 건너 새섬을 돌면 확인할 수 있다. 일출랜드에는 많은 동굴 중의 하나인 미천굴이 있고 성산 일출봉에 올라 바다와 육지를 내려다보면 잠시나마 인간 세상의 욕심을 버릴 수 있다. 지난 날 제주도 사람들이 어떻게 살았는가, 그 생활상은 성읍 민속촌과 민속 박물관에서 볼 수 있다. 고단했던 민초들의 신음소리가 들리는 듯한 곳, 그러나 그곳에서 우리는 당시의 사람들이 간직하려 했던 순수한 마음과 억척스럽게 살아야 했던 삶의 흔적을 보게 되는 것이다. 우리는 지금 너무 풍요로운 세상에서 살기 때문에 순수한 인간성을 잃어가고 있는 게 아닌지 모르겠다.

　제주도는 아름다운 섬이다. 섬 전체가 깔끔하다. 그래서 세계는 2002년에 생물권 보전지역, 2007년에는 세계자연유산, 2010년에는 세계지질공원으로 지정했으려니. 자연을 자연 그대로 보존하려는 노력이 보이고 건물 하나라도 자연에 어울리도록 지었음을 알게 한다. 어떤 외국인이 말했다던가, 과연 제주도는 "인간과 자연과 문화가 밀접하게 공존하는 곳"
이다.

그러나 역시 여행에서 가장 소중한 것 중의 하나는 동행하
는 사람과 함께 하는 즐거움이다. 마음이 소통하는 사람들이
일상의 경직된 언어를 배제하고 조금 흐트러진 대화도 허물
없이 나눌 수 있다면 행복이다. 너무 긴장만 할 것이 아니라
조금은 풀어진 모습도 스트레스 해소를 위해서 때로는 필요
치 않겠는가. 흔히 좋은 여행을 말할 때 볼거리, 음식, 잠자리
를 든다. 이번 여행은 이런 점에서 훌륭했다. 밤마다 가졌던
세미나도 인상적이었다. 내가 맡았던 "문학이 어떻게 목회 현
장에서 도움을 줄 수 있을 것인가"에 대한 주제도 미흡했지만
내게는 또 다른 추억이 될 것 같다.

김포에서 제주까지의 비행시간은 한 시간 남짓. 3박 4일 동
안을 우리는 이 여행을 위해서 내 놓았다. 집에 돌아와서 정
리하고 잠을 청하려하니 어느새 자정이다. 내가 하나님의 섭
리와 보호 안에서 활동하고 누울 수 있다는 것이 행복하다.

10. 하롱베이에서 톤레삽 호수까지

노회가 주관하는 목회자 부부 수양회에 참여했다. 장소는 베트남과 캄보디아였고 4박 6일 동안이었다. 넉넉하지 못한 교역자들이 노회가 보조해 주는 비용이 있어서 2년에 한 번 정도 외국여행을 하게 된다. 명분은 수양회인데 밤 시간에 모여서 세미나를 열고 은혜를 받는 시간 외에는 명승지 관광을 주로 하게 된다. 이번에는 우리 부부도 기회를 놓치지 않고 참여하게 되었다. 떠나기 전부터 우리 부부는 무릎이 아파서 과연 여행을 원만히 소화할 수 있을까 걱정을 했는데 다행히 동행하신 분들이 많은 배려를 해 주셔서 유익하고 재미있는 여행이 되었다. 특별히 한의학에 조예가 있는 박 목사님은 주치의처럼 곁에 붙어 다니시며 우리를 돌보아 주었다.

인천 공항에서 약 세 시간 반 정도 비행기를 타고 하노이 공항에 내리니 예상했던 대로 후덥지근한 열기가 맞아 주었다. 우리와의 시차는 두 시간이었다. 우리 일행을 실은 전용버스는 평야지대를 달렸다. 하롱베이까지 이동하면서 내다 본 자연은 그렇게 평화스러울 수가 없었다. 베트남은 국토의 75%

가 산악이라는데 우리가 이동하는 주변은 평야지대였고, 벼 농사를 하는 들녘이 우리와 별반 다르지 않게 느껴졌다. 연도에 전면이 4~5m 정도의 단층 또는 2~3층의 직육면체형 집들이 마을을 이루기도 했고 지붕은 거의가 붉은색이었다. 왜 그런 모양이 되었느냐고 안내자에게 물으니까 공산주의의 획일성을 들면서 당국에서 처음 택지를 일정하게 나눠주다 보니 도로를 정면으로 같은 모양이 될 수밖에 없었다고 했다. 마을 간의 이동이 없고 자연스럽게 자기 마을끼리 생활하게 된다고 했다. 자원이 풍부하여 지난날에는 우리나라보다 잘 살 때도 있었는데 이제는 우리의 6,70년대의 생활수준이라 했다. 우리 식으로 한다면 모두 헐어버리고 재개발이라는 이름으로 새로 건축했으면 하는 건물들이 대부분이었다.

생각하면 베트남이라는 나라의 역사는 기구하다. 1천 년 동안은 중국에, 후에는 불란서로부터 100년 동안 지배를 받았고, 2차 대전 때는 일본군의 주둔지가 되었는가 하면, 근세에는 이념전쟁까지 치러야 했던 것이다. 그 전쟁이 우리의 군인도 참전했던 월남전쟁이 아닌가. 1964년 통킹만 사건을 구실로 미국이 북 베트남에 폭격을 가하면서 시작된 전쟁, 민족적인 공산주의자들인 베트남 민주공화국(북 베트남)과 남 베트남 민족 해방전선(베트콩)이 베트남 공화국(남 베트남)과 싸운 내전 성격의 전쟁이었는데 여기에 미국이 개입하고 우리

나라를 비롯한 미국의 동맹군들이 남 베트남을 지원하기 위해서 개입한 반면 북한과 중국이 간접적으로 북 베트남을 도움으로 국제 전쟁의 성격이 되었던 전쟁. 여론에 밀려 미국이 철수함으로 종지부를 찍은 것이 1975년이었다. 그 후 공산정권으로 통일은 이루었지만 경제가 피폐하여 현재 국민 소득이 1,700불 정도라 했다.

　우리는 하롱베이에 도착하여 하루 밤을 보내고 이튿날 하루를 배 안에서 절경을 구경할 수 있었다. 약 3,000여개의 섬과 기암이 바다 위에 솟아 감탄을 자아내게 하는 하롱베이는 베트남 제일의 경승지로 1994년 유네스코가 지정한 세계 유산목록 가운데 자연공원으로 등록된 바 있다. 연중 호수처럼 바다가 잔잔한 것은 그 많은 섬들이 방파제 역할을 하기 때문이라 했다. 간간이 비가 뿌려지기도 했지만 우리는 오히려 쨍쨍 내리쪼이는 뙤약볕 아래서 보다 시원하게 호수 같은 바다를 즐길 수 있었다. 그 바다에서 잡은 물고기로 만든 음식(다금바리)을 들면서 섬 사이를 미끄러져 다니는 배에 타고 있으려니 신선이 따로 없었다. 세속적인 근심이나 염려를 잊고 황홀한 절경 속에서 느끼는 기쁨이 있다면야 우리도 신선이 아니겠는가.

　나는 여기서 잠깐 베트남에도 이 잔잔한 바다처럼 평화가

깃들기를 염원했다. 하나님은 세상을 아름답게 만들었는데 왜 그 안에 사는 사람들은 하나님의 뜻을 저버리고 전쟁을 일으키며 백성을 힘겹게 만드는가. 헛된 욕심 때문이리라. 지금은 우리와의 관계도 좋아지고 우리의 6,70년대의 새마을운동을 벤치마킹하면서 경제성장을 꿈꾸고 있다고 하는데 아무튼 그들의 꿈이 이루어졌으면 하는 바람이었다.

캄보디아 관광은 이튿날 하롱베이에서 하노이까지 이동하여 베트남 항공편으로 씨엠립에 도착하면서 시작되었다. 세계 7대 불가사의라고도 하며 유네스코가 지정한 세계문화유산에 등재된 앙코르 왓트 사원은 과연 장엄하였다. 지금부터 약 1천 년 전에 축조된 것으로 추정되는 이 유적은 길이 1.3km, 동서가 1.5km, 높이가 대략 50m에 달하는 광대한 신전이었다. 1861년 프랑스 학자 앙리 무어가 캄보디아 밀림 속에서 찾아내기 전까지는 숨겨져 있었다는 방대한 건물이었다. 9세기에서 13세기까지 대륙부 동남아를 평정한 앙코르 왕국이 신전인 앙코르 왓트(Angkor Wat)와 앙코르 통(Angkor Thong) 유적지를 남겼던 것이다. 우리는 37년 만에 축조했다는 이 신비가 가득한 유적지를 오토바이를 개조하여 만든 인력거(일명 툭툭이)를 타고 이동하면서 관람하게 되었다. 무지한 인간이 우상을 섬기는 행위가 얼마나 허무한 것인가를 폐허가 된 신전이 유감없이 보여주고 있었다. 무너져 내린 건축물과 함께 앙코르 왕국의 영화도 몰락한 현장의 쓸쓸함을 가슴에 담을 수 있었다.

마지막 날 우리는 캄보디아의 비극의 현장을 찾아갔다. 1975년에서 1979년 사이 감보디아의 군벌 샐로스 사르가 이끄는 크메르 루즈라는 무장단체가 지식인들과 종교인들을 무작위로 학살한 현장, 킬링 필드. 그들은 정의를 위하여, 민족과 나라를 위하여 자행했노라고 강변하겠지만 어찌 사람으로서 그런 만행을 저지를 수 있었을까. 그들은 3년 7개월 동안 전체 인구 700만명 중의 3분지 1에 해당하는 약 200만 명을 죽였다고 한다. 이 사실을 잊지 않기 위해서 만들어 놓은 작은 킬링 필드. 우리는 이런 인간이기를 포기한 사람들의 행위가 지금도 세계 곳곳에서 자행되고 있다는 현실이 가슴 아프지 않을 수 없다. 자유라는 이름으로, 정의라는 이름으로, 애국이라는 명분으로, 인권의 존엄성을 무시하고 파괴하는 사람들과 같은 공간에서 숨을 쉬고 있다는 사실이 고통스럽다.

쓰린 가슴을 안고 톤레삽 호수로 갔다. 여기는 수상촌(水上村)이 있는 곳이다. 캄보디아의 중앙에 위치하고 있으면서 동양 최대의 호수를 자랑하는 이곳은 호수라고 하기에는 너무 넓다. 캄보디아 전 면적의 15%를 차지하는 곳이다. 메콩 강물이 역류하여 흘러드는 바람에 물이 부영지만 다양한 어류

와 식물이 자라서 캄보디아인의 60% 이상의 단백질을 제공해 준다고 했다. 이들은 거의 고기를 잡아 생계를 유지하는데 배 위의 집에서 먹고, 잠자고, 배설하고, 자녀를 낳고 사는 것이다. 학교도 있어서 배를 타고 이동하여 배우고 있는 것이다. 뭍에서 사는 우리가 생각할 때는 그들의 생활이 얼마나 불편할까 하는데 정작 본인들은 불편을 느끼기는커녕 행복하다고 여기며 산다는 것이다. 그렇다면 행복이란 무엇인가? 그 조건은 환경이나 물질의 풍부에서 오는 것이 아니라 어떻게 느끼며 사는가에 달려있다고 봐야 할 것이다. 감사하면서 살면 어떤 형편에서도 우리는 행복할 수 있다. 더구나 우리는 천지만물의 주재시며 생명의 주관자 되시는 하나님을 믿지 않는가.

그런데 여기에도 가슴 아픈 이야기가 들어 있다. 이 수상촌에는 캄보디아인만이 사는 것이 아니다. 호수를 사이에 두고 베트남과 접경을 이루고 있어 남베트남이 멸망할 때 난민들이 이곳으로 몰려 수상족의 약 30%를 차지하고 있다는 것이다. 생명을 부지하기 위해서 정처 없이 배를 타고 떠났던 베트남의 보트 피플에 대해서 우리는 알고 있다. 그들은 전 세계에 흩어져 살면서 전쟁이 끝난 지금도 고국으로 돌아가지 못하고 있다. 여기 톤레삽 호수에도 돌아갈 수 없는 베트남 난민들이 작은 배 위에서 하루하루를 살고 있는 것이다. 그들은 캄보디아 호수에 살고 있지만 국적이 없다. 나라를 잘못 만난 것이다. 지도자들을 잘못 만난 것이다. 아니 시대를 잘못 만난 것이다.

주마간산 격으로 두 나라를 다니면서 그들의 살고 있는 세상을 보았다. 결론은 언제나 그렇다. 하나님은 세상을 아름답게 만들고 그들이 평화스럽게 살기를 원하지만 사람들은 버려놓는다. 하나님의 뜻이 반영되는 것이 아니라 사람들의 주장이 평화를 깨고 자신들의 삶을 고통스럽게 하며 환경과 인간성을 황폐하게 만들어가고 있다. 길거리 어디를 가든 관광객들에게 달려와 조잡한 물건을 들고 사 달라고 애원하거나 구걸하는 어린아이들의 모습이 마음을 아프게 했다. 6.25 직후에는 우리의 형편도 그랬었지 않은가. 큰 은혜를 입은 우리는 기도할 수밖에 없다. "주여, 하나님의 나라와 그 뜻이 하늘에서 이루어지는 것처럼 이 땅에서도 이루어지게 하옵소서!" 하고.

11. 황산(黃山)가는 길

여행은 육신을 피곤케 한다. 그래서 우리 속담에 "집 나가면 고생이다"는 말이 있다. 그러나 고생하기 싫어서 늘 집에만 붙어사는 사람은 없다. 하다못해 심심하면 마을 한 바퀴라도 돌고 와야 마음이 편한 것이 사람이다.

연중행사로 있는 교역자 수련회에 참가했다. 이번 행사에 참가한 인원은 예년에 비해 단출했다. 목회자 부부 모두 합해서 50여명 정도였다. 중국으로 건너가 상해(上海)와 항주(杭州)와 황산(黃山)을 둘러보는 코스였다. 일하는 모든 사람에게 해당되는 얘기겠지만 특별히 목회자들에게 가끔씩 쉬는 것은 재충전의 기회가 된다. 탈진하기 전에 목회와 전혀 관계가 없는 곳에서 잠시 쉬는 것은 새로운 활력을 얻는데 도움이 된다.

그런 의미에서 나도 아내와 함께 교역자 수련회에 참가했다. 어느 새 아내와 나는 청력이 약해져서 작은 소리는 들리지 않는다. 시력도 약해져서 자주 안약을 넣어야 한다. 정기적으로 치과에 다니고 혈압 체크도 일 년에 두어 차례 정기적으로 하고 있다. 늙어가고 있는 것이다. 꼼지락거리기가 싫다는 아내의 마음을 나는 이해를 한다. 그러나 얼마나 더 외유를 할 수 있겠느냐고 설득해서 겨우 아내의 허락을 받아냈다. 우리 부부는 가정사나 교회일, 모두 잊어버리고 3박 4일 동안 그냥 쉬고만 오자고 했다.

중국은 인천 공항에서 항공편으로 두 시간 거리다. 시차(時差)는 우리와 한 시간이다. 지리적으로 가깝다. 그리고 역사적으로 끊임없이 관계를 맺어왔다. 우리에 비해 그들의 땅은 넓고 인구도 많다. 그래서 그들은 언제나 대국(大國)이고 우리는 소국(小國)이었다. 그들은 그 많은 인구 때문에 싸울 때 인해전술(人海戰術)을 썼다. 그런데 요즈음은 경제도 인해전술이다. 2차 대전 이후 이들이 공산주의를 채택했을 때 한 동안 침체했지만 개방을 한 이후에는 세계 열강에 합류했다. 경제뿐 아니라 군사적으로도 미국과 자웅을 겨루자고 할 정도로 대국을 이루었다. 그 나라를 구경하러 간 것이다.

상해에 가서 이 나라가 얼마나 성장했는가를 보려면 동방명주(東方明珠)에 올라야 한다. 고층건물이 즐비하다. 마천루는 누가 뭐래도 부(富)의 상징이다. 그래서 여러 나라들이 자국의 자존심을 세우기 위해서 경쟁적으로 고층 탑을 세우고 위용을 자랑한다. 배를 타고 상해의 야경을 보는 것도 중국의 오늘이 무엇인가를 깨닫게 한다. 아름답다는 감상으로 끝내서는 안 된다. 저 발전하는 힘이 결국 어디로 갈 것인가를 생각하며 대처하지 않으면 안 된다. 본래부터 야망이 있는 나라가 아닌가.

우리가 상해에 와서 임시정부 청사를 들르지 않는다면 어떻게 민족을 사랑하는 사람이라고 할 수 있겠는가. 일제에 국권을 빼앗기고 나라를 되찾기 위해서 쫓겨 다니며 독립운동을 펼쳤던 중심지. 거기에 김구(金九) 주석을 비롯하여 애국지사들의 혼이 남아있고 정신이 살아 숨 쉬고 있는 것이다. 이렇게 좁은 공간에서 조국 독립의 원대한 꿈을 가꾸고 싸워야 했던 선열들의 열정이 고스란히 남아 있는 곳이다. 그렇다. 그들의 희생이 오늘의 우리가 있게 한 것이다. 선열의 피와 땀을 잊어버리는 민족은 소망이 없다. 역사를 되돌려 놓을 수는 없지만 그 역사를 잊어버리는 민족은 결국 소망이 있을 수 없다. 이 작은 청사 안에서 꿈꾸던 이상이 드디어 활짝 피어나 지금 우리는 자긍심을 가지고 전 세계에 우리의 위상을 드높이고 있지 않은가.

항주에 가서 서호(西湖)를 찾지 않는다면 그것은 잘못된 여행이다. 소동파(蘇東坡)가 서호를 반(半)은 자연, 반은 인공으로 만들었는데 청나라의 서태후(西太后)가 이곳에 와서 그 아름다움에 감탄한 나머지 북경에 돌아가 이 호수를 본 따서 만든 것이 이화원의 인공 호수라 하지 않는가. 나라가 넓으니까 호수도 넓고 산도 많다. 배를 타고 예전에 시인, 묵객들이 즐기던 풍류를 흉내 내 보았다.

황산으로 가는 길은 여섯 시간이 넘는다. 지루한 길이다. 그러나 새로운 환경에 대한 호기심은 졸다가도 깨어나게 하고 깨었다가 다시 졸게도 했다. 고속도로가 이렇게 뻗어 있고, 속사정이야 속속들이 알 수는 없지만 겉으로 보기엔 평화스럽다. 곳곳에 사람들이 모여서 춤을 추고 아침엔 체조를 즐기고 있다

유네스코에 등재된 세계 자연유산으로 손색이 없는 황산 관광지. 어쩌면 저렇게 아름다울 수 있을까. 나무들이 바위를 덮고, 바위들이 나무를 끌어안고 서 있는 저 웅장한 모습들. 신(神)이 아니면 꾸밀 수 없는 그림을 케이블카를 타고 올라가서 좁은 산길을 오르며 내리며 구경했다. 황산하면 안개와 설경(雪景)이라는데 지금은 점점 가을로 접어드는 계절. 신선(神仙)의 마음이 되어 내 인생의 가을을 이국의 풍경 안에서 누렸다.

돌아와 생각하니 꿈같은 삼박사일이었다. 이런 류(類)의 기

행문은 앞으로 쓰지 말아야 하겠다고 생각을 한다. 이런 글이 후세에 무슨 의미가 있겠는가. 이제는 십년이면 강산도 변한다는 말도 옛말이 되었다. 한 해가 지나도 강산이 변하는 변화무쌍한 세상에서 우리는 살고 있다. 오늘의 생생한 기록도 몇 년 만 지나면 의미마저 퇴색하는 시대에서 살고 있는 것이다. 그냥 그때를 즐기고 쉬는 것으로 만족해야 한다. 내 안에 든 중국에 대한 인식도, 자연에 대한 아름다움도, 그 감동도 세월과 함께 퇴색할 것이 아닌가.

12. 대마도(對馬島) 기도회

2012년은 본 교단 총회가 설립 100주년을 맞는 해이다. 이 뜻깊은 해에 제 49회 전국 목사, 장로 대회가 부산 수영로 교회에서 열렸다. 5월 14일부터 16일까지 3일 동안이었다. 100년 동안을 인도해 주신 하나님의 은혜를 감사하며 다가올 100년의 거룩한 꿈을 실현시켜 나갈 것을 다짐하면서 6,500여 명의 교회 지도자들이 부르짖어 기도했다.

마지막 날에는 400명 가까운 인원이 대마도에 도착하여 일본 선교의 비전을 두고 기도하는 시간을 가졌다. 나는 여기서 내가 겪은 대마도 여행에 대해서 간략하게 기록함으로 기념의 의미만 남기려 한다. 너무나 짧은 시간이었고 일부 지역만 돌아보았기 때문에 내용이 매우 빈약하고 허술할 수밖에 없음을 미리 말씀해 둔다.

부산의 국제 여객터미널에서 오전 9시 30분에 여객선이 출발했다. 망망한 바다를 한 시간 10분쯤 지나니까 기다랗게 섬이 눈에 띄었다. 그리고 10시 50분에 대마도의 히타카츠(Hitakatsu) 항에 도착했다. 바다가 잔잔했음에도 1시간 20분이 걸린 것이었다. 하선하여 입국 수속을 마치니까 12시 20분이었다. 입국 수속만 밟는데 1시간 30분이나 걸린 짜증스런 시간이었다. 시설도 비좁았지만 수행원들이 면밀하게 한 사람, 한 사람을 체크하다 보니까 그렇게 되었다. 양손 검지의 지문을 찍고 거기에다 정면 얼굴 사진까지 찍어두는 것이었다. 겨우 몇 시간 머물다 갈 것을 우리들의 입장에서 보면 너무 지나친 감이 들 수밖에 없었다.

그러니 우리가 대마도에 체류한 시간이 얼마나 되었겠는가. 왕복 2차선의 협착한 길로 한국전망소(韓國展望所)라는 곳을 찾아갔다. 맑은 날에는 부산이 보이기도 한다는데 우리의 남산이나 파고다공원의 팔각정을 본 따 만든 정자가 세워져 있었다. 한쪽으로는 "조선족 역관사 순난지비" 라는 것이 세워져 있었다. 1703년 2월 5일 부산을 출발하여 대마도로 오던 조선의 역관사들이 와니우라를 눈앞에 두고 침몰하는 바람에 역관사 108명과 대마도 사람 4명이 목숨을 잃는 참극이 빚어졌는데 이들 112명 넋을 기리는 마음으로 저들 모두의 이름을 돌판에 새겨 순국 30주년이 되는 2003년 3월 7일에 부산이 내려다보이는 이곳에 표지석으로 세웠다고 한다.

이 비극의 유적지에서 사진 몇 장 기념으로 찍고 올라왔던 그 길을 되돌아 내려왔다. 전체의 90%가 높은 산악이기 때문에 길이 협착할 수밖에 없었다. 사실 대마도는 우리 선조들이 욕심만 냈더라면 얼마든지 우리의 땅이 될 수도 있었던 곳이다. 거리로 봐도 대마도는 부산에서 49.5km 떨어져 있는 반면에 일본의 후쿠오카까지는 132km나 떨어져 있다. 우리 영토에서 훨씬 가까운 거리에 있는 것이다. 농사할 땅이 없으니 예전엔 산업이라고 고기 잡는 일이 대종일 수밖에 없었지 않겠는가. 그러므로 자급자족이 안 되는 저들이 우리의 남해안에 출몰하여 약탈을 일삼을 수밖에 없었으리라. 고려조에는 조공을 바치고 곡물을 답례로 받아가던 관계였다. 그러나 그들은 기근이 들면 해적이 되어 해안을 약탈하는 고질적 골칫거리였다. 그러므로 역사적으로 보면 우리는 세 번에 걸쳐 대마도를 징벌한 일이 있었다. 고려 공양왕 1년에 박위가 병선 100척으로 정벌하여 왜선 30척을 불살랐고, 조선 태조 5년에 김사형이 정벌한 예가 있다. 그리고 세종 원년(1419년)에 군사 1만 7천 명, 병선 227척을 이끌고 이종무가 왜구의 소굴인 이곳을 정벌한 바 있다.

섬은 깨끗하고 나무가 우거져 있었다. 수종은 삼나무가 80%라는데 가을철 단풍이 아름답다고 했다. 인구는 현재 약 27,000명 정도고 주변에 어족이 풍성하여 낚시꾼들이 모여든다고 했다. 우리는 초밥 4개와 우동 한 그릇으로 점심을 때

우고 미우다 해수욕장으로 갔다. 일본에서는 100대 해변에 선정되었다고 하지만 우리의 해운대나 속초 해수욕장에 비하면 어림도 없이 작은 곳이었다. 우리는 여기서 일본 선교를 위해서 기도했다.

"가깝고도 먼 나라"라고 흔히 표현하는 일본이라는 나라. 우리를 자기네 식민지로 삼았던 결코 국민감정이 좋을 수 없는 나라. 그러면서도 반성하지 않고 지금도 독도가 자기 땅이라고 억지를 부리는 나라. 동해를 일본해로 고정시키려고 하고 위안부 문제를 해결하지 않는 파렴치한 나라. 그 나라를 위해서 우리는 기도해야 했다.

우리가 어찌 니느웨로 가서 복음을 전하라는 하나님의 말씀을 어기고 다시스로 도망치려 했던 요나 선지자의 마음을 이해하지 못 하겠는가. 그러나 그렇기 때문에 오히려 사랑해야 한다. 어떻게 우리가 인류 평화와 하나님나라 확장과 영적 구원을 위해서 복음을 전하라 하시는 하나님의 명령을 거역할 수 있겠는가. 우리의 기도는 간절하게 그리고 우렁차게 대마도 하늘에 울려 퍼졌다.

아쉬운 것은 우리의 역사가 숨 쉬고 있는 지역들을 일일이 돌아보지 못하고 시간 관계상 돌아와야 했던 일이다. 일본이 지금도 독도가 자기네 땅이라고 억지를 부린다면 대마도는 역사적으로 우리 땅이다. 1530년에 제작된 "신증동국여지승람"(新增東國輿地勝覽) 첫머리 "팔도총도"(八道總圖)에 기록된 울릉도, 독도 그리고 맨 오른편 끝에 대마도가 명확하게 우리 섬으로 표시되어 있음을 알아야 한다. 그러므로 우리의 초대 대통령 이승만은 건국된 지 3일 뒤인 1948년 8월 18일 첫 기자회견을 열고 대마도는 상도와 하도로 되어 한일 양국의 중간에 위치한 우리 영토인데 350년 전 일본이 불법으로 탈취해 간 것이라고 주장하면서 "우리는 대마도를 한국에 반환할 것을 일본에 요구할 것"이라고 한 바 있다.